蠟《ろう》燭《そく》は燃えているか

Is the Candle Burning?

桃野雑派
Momono Zappa

講談社

Contents

装画 …… tamimoon
装幀 …… 大岡喜直（next door design）

蠟《ろう》燭《そく》は燃えているか

Is the Candle Burning?

スマホの中で、少女がキーボードに指を躍らせ、歌っている。

生配信されている動画は、あっという間に視聴者数が一万人を超え、今も増え続けていた。

確かに少女には、本物のミュージシャンのような華がある。

まず美少女と言っていい顔立ちだし、歌唱力も演奏技術も高い。

それ以上に注目を集めている理由は、これが宇宙からの、それも緊急脱出ポッドからの生配信だからだろう。

日本初の完全民間による格安宇宙旅行。その目的地宇宙ホテル『星くず』は、二日ほど前から連絡が取れなくなっていた。従業員が宿泊客をおいて避難してきたという報道もある。何かしらの事故や事件が発生したのは明らかで、国内外の関心は高かった。そこに、脱出ポッドからの突然の生配信だ。アクセスが殺到するのは当然で、チャット欄には、安否を気遣うコメントがあっという間に溢《あふ》れた。

そんな心配をよそに、ピアノの音色は疾走するように軽やかで心地いい。歌声は繊細で、弾むようなメロディには、パーティーに誘われるような高揚感がある。

英語の歌詞だから意味はわからないけど、気がつけば自分の指先が、楽しげなリズムを取っていた。

なのに歌う少女の表情には、どこか切実さがある。

——ああ、これは特定の誰かに呼びかけている歌だ。それもきっと、大切な人に。

不意にそう理解した。根拠はない。ただの直感だ。それだけに確信も強かった。

あれだけアップテンポで楽しげだった曲が、余韻を残すようにゆっくりと終わる。物悲しさというか、祭りの後を感じさせるメロディで、表情に納得がいく。

ピアノの音と歌声が完全に消えたときには、三〇万以上の同時接続数が記録された。

少女が眩《まぶ》しそうに目を細める。

白い頬と赤いインナーカラーを入れた髪を、オレンジと緑の光が混じり合って射《さ》した。

チャット欄の書き込みによると、大気圏再突入により、脱出ポッドの周囲にあるイオンが燃え、こんな色に包まれるのだとか。脱出ポッドにも窓がついているのかと、変なところに感心した。

少女自身が流れ星となったように煌《きら》めいていた。万華鏡のようで、眩しい。

そこで、ぷつりと配信が途絶えた。

ブラックアウトと呼ばれる現象で、一切通信のできない区間に突入したらしい。たった三、四分のことらしいが、この間は何が起ころうと連絡が取れず、本職の宇宙飛行士でも緊張する時間なのだとか。

五分、六分……一〇分とそのまま待つが、配信は再開されない。

次に少女の姿が確認できたのは、テレビの報道特番でだった。

脱出ポッドが韓国の領海内に着水するも、日韓の連携もあり、無事に保護される。その瞬間をカメラが捉《とら》えていた。テレビのコメンテーターが手を叩《たた》いて喜んでいる。

動画が炎上したのは、そのすぐ後だった。

第一章　星くず、炎上

一

　家を出て最初の一呼吸が好きだ。すっかり普及したＥＶ車や水素エンジン車のおかげで、朝七《ひち》時《じ》の空気は澄んでいる。暑気の名残はあるものの、身体《からだ》にたまった澱《よど》みが洗い流されていくようで心地いい。

　人混みを避けるための早朝登校だが、地元の駅にはもう、キャリーケースを引く人たちが集まり始めていた。英語や中国語だけでなく、様々な言語が入り乱れている。

　家族同士楽しそうにしている人もいれば、翻訳アプリを使って駅員に何か尋ねている人もいるし、大声で何やらわめいているタトゥーまみれの男もいる。インバウンドと呼ばれる、外国人観光客だ。地元民が避けながら、改札を通り抜けていく。

　見慣れた景色だった。真《さな》田《だ》周《あまね》が生まれる前から、京都はずっとこんな調子だったようだ。

　なのに交通事情は改善されていない。

　景観条例の都合もあってか、他府県ほどに大きな都市改造ができないのが原因だと、大人が話していた気がする。

おかげで京都は今も、昔の映像作品や、両親の若い頃の写真や動画で見る街並みと、大きく変わらない。これを文化の保存とみるか、成長の停滞とみるかは人によるだろう。

到着した電車内も、外国人が目に付く。座席には座れないが、今日はまだ空《す》いている方だ。ここでもキャリーケースが足元に並んでいて、ロックを忘れて転がったひとつが、周の足にぶつかった。

一部の金持ちだけとはいえ、気軽に宇宙へ行けるようになった現代においても、ロックし忘れないキャリーケースは開発されないらしい。

外国人観光客にオーバーアクションで謝られるが、ノイズキャンセリングイヤホンで外音を遮断しているため、何を言っているかはわからない。怒ることでもないので、適当に微笑《ほほえ》み返しておいた。

車窓から京都タワーが見え、梅小路《うめこうじ》京都西駅に到着する。たった三駅揺られただけだが、自宅からここまでの距離が、定期購読している英会話番組を聞き終えるのに、ちょうどいい。ただし、スマホを学校へ持ち込むことは禁止されている。見つからないよう、駅を出る前には、電源をオフにして鞄《かばん》の奥に隠した。

そのまま梅小路公園を横切る。今日から九月なのに、芝生広場にも花壇にも、秋の気配は無い。身体に絡みつくような熱が残っていて、日差しを遮るものも無く、早くも背中が汗ばんだ。

この暑さはいつまで続くのだろうか。盆地特有の、行き場を失った熱にうんざりしながら、併設されている京都水族館の前を歩く。日本初の、人工海水のみを利用した水族館だ。いつか入ってみたいとは思いつつ、高三の二学期になった今も叶《かな》ってはいない。二〇一二年に開業だから、生まれる前から存在しているのに、もったいないとは思う。

その水族館の入口あたりで、妙な気配を感じた。

足は止めずに、さりげなく周囲を窺《うかが》う。

駅や電車内とは違い、人の数は少ない。観光客らしき親子連れや、体操しているお年寄りはいるから、だだっ広い芝生のせいでそう見えるだけかもしれない。

おかげで、身長の高さを気にしなくて済む。宇宙に行ったため数センチ伸びてしまい、一六〇センチ台に戻ったのはつい最近だ。新学期に間に合ってほっとしている。

同じ制服を着た男女が追い抜いていく。クールビズスタイルの大人も。

夏休み明けで久しぶりではあるが、いつもと変わらない光景だ。

なのに、得体の知れない違和感がある。

心当たりはあった。だから気持ち早足で、公園横の細い高架下を通り抜けていく。八条通《はっちょうどおり》に出れば、学校はすぐそこだ。

京都《きょうと》南《みなみ》高等学校。シンプルな名前のその学校は、小中高一貫教育の私立学校で、京都でも有数の進学校だ。ここに周は、中等部から通っている。

校門が見え、足をさらに速めたところで、人影が目の前に飛び出してきた。

「どうもー！　突撃動画配信者の、サクピーでーす！」

突然の大声に、全身がびくりと強張《こわば》る。身構える間もなく、髪の毛を真っ青に染め、派手に逆立てた男が立ち塞がった。

「真田周さんですよねー？　炎上事件について、お話聞かせてくださいー！」

怪しい男に自分の名前が知られているのは、はっきり言って恐怖だった。しかもスマホで、こちらを撮影している。

「ネットで派手に炎上してるの、知ってますよねー！　どうしてあんな不謹慎なことしたんですか？」

「あの、どいてください。学校がありますんで」

ようやく状況が飲み込めて、スマホに顔が映らないよう、うつむく。

「無視しないでください。国民みんなが知りたがってるんです。教えてくださいよー」

蹴り飛ばしたくなるが、それこそ向こうが望んでいる対応だろう。

イライラを奥歯で噛《か》みつぶしながら、なんとか男を躱《かわ》そうと試みる。だが――

「こっちも視線くださーい！　コメントお願いしまーす！」

別の男がどこからか現れた。こちらもスマホを構えている。

――なにが視線やねん！

叫びそうになるのを堪えたのは、さらに別の人影が現れたからだ。

「見てくださいみなさん。例の炎上少女が、迷惑系動画配信者に絡まれてます。大変なことになってるみたいです」

でっぷりと太った男が、甲高い声で、自撮りしながら近づいて来る。

突然三人の男に逃げ場を塞がれて、さすがに血の気が引いた。

悲鳴を上げることも忘れて立ちすくんだその時——

「お前らなにしてんねん！　生徒から離れえ！」

強烈な怒声に、周を含む四人が一瞬怯《ひる》んだ。振り向けば、体育の坂本《さかもと》先生が鬼の形相で駆け寄って来ている。

「生徒から離れろ！　離れえゆうてるやろ！　今すぐや！」

学校関係者だとわかってか、最初の男がますます声を高くした。

「どうもー、動画配信者のサクピーでーす！　真田周さんの先生ですか？　お話聞かせてくださーい！」

「カメラ止めろ！　勝手に撮んな！　やめろゆうてるやろ、おい！」

「ひい⁉　まるでヤクザみたいな言葉遣いじゃないですか！　教育者が恫喝《どうかつ》ですかー？　これ今、生配信してるんで、よかったら視聴者さんに挨拶してくださいよー」

伸ばした手が、スマホを摑《つか》む寸前で止まった。代わりに、厳《いか》めしい顔つきで呻《うな》る。

「迷惑や。生徒が怯《おび》えてるでしょう！」

「国民の知る権利を侵害するんですね？　それが教育者のやることなんですか？　しかも生徒の前でー？　みなさーん、今の見ましたかー！　生徒が生徒なら、先生も先生だと思いませんかー？」

周囲に呼びかける姿を見て、初めて人だかりができていることに気づき、ぎょっとした。

校門前の通りは喫茶店やパン屋が並んでいる。京都駅にも近いから、時間帯によっては人通りもそこそこあった。地元の人たちの視線が集まったせいか、坂本先生の勢いが失速する。

「とにかく、周りにも迷惑やから、やめてくださいゆうてるんです」

毅然《きぜん》と対応しながらも、坂本先生がこちらに視線をやって、何か合図を送ってきた。見れば、校舎の入口で別の教師が手招きしている。あれは……校長先生だ。

逃げるようで癪《しゃく》だったが、仕方なく駆け出す。動画配信者がなにか叫んでいたが、周は別のことで驚いた。

連れられた先は、教室ではなく校長室だった。

教室や職員室とは一線を画す高級な造りで、担任の福島《ふくしま》先生が待ち構えていた。

「真田さん、平気？　変なことされてない？」

挨拶などすっ飛ばして、福島先生が顔を覗《のぞ》き込《こ》んでくる。

見知った顔と同性の存在にほっとした。思いの外、恐怖を覚えていたことに気づいた。吐いた息が冷たい。

「うちのせいで大変なことになってるんですか？」

「真田さんのせいじゃありませんよ」

福島先生がなだめてくれたが、心のざわつきは収まらない。

校長先生が、座るよう勧めながら、突然頭をさげた。

「まずは、謝罪させてください」

意味がわからず戸惑う。目と目が合うと、深刻そうな表情が見えた。

「ああいった輩《やから》がやってくる可能性は、前もって保護者から注意されていたんです。なのに、適切な対応ができなかった。本当に申し訳ない」

それで早朝にもかかわらず、体育の坂本先生がいたのか。校門前の挨拶活動が始まる時間は、いつもならもう少し後だ。

「保護者て、うちの両親ですか？」

「いえ。学校の専用サイトからです。炎上している動画があるから気をつけた方がいいと。それも、何通も」

京都南高等学校には、生徒、保護者、教職員だけがログインできる専用サイトがある。

そこから各種連絡事項や行事日程を確認できたり、生徒同士でメッセージのやり取りをしたり、学校へ要望や質問等も送れるようになっていた。

「言い訳になりますが、対応は一応進めていたんです。ですが、真田さんがこんなに早く登校してるとは知らなくて」

「すんません。満員電車が嫌で、いつも早めに出てきてるんです」

謝ると、微苦笑が返ってくる。

今から一ヵ月ほど前、日本初となる格安宇宙旅行の、モニターツアーが行われた。国の内外から注目を集めたツアーで、周はその無料招待枠に応募し、当選した。

喜んだのも束《つか》の間《ま》、そこでとある事件に巻き込まれ、不幸なことに、ツアー客の数人が亡くなった。宇宙ホテルからの通信も断絶され、仕方なく周は、当初の目的であった生配信を、脱出ポッド内から敢行したのだった。

あの動画が派手に炎上したことは、もちろん知っている。

曰《いわ》く、『死人が出ているのに生配信なんて不謹慎』『脱出ポッドで演奏なんて安全性に問題がある』『何かトラブルがあったら会社がかわいそう』『こいつを助けるために大勢の人が大変な思いをしてるのに、ライブ中継とか頭おかしい』『自己承認欲求モンスター』『そうまでして、いいねが欲しいかねえ？』などなど。ひどいものになると、『犯人に殺されたのがこいつならよかったのに』なんてものもあった。

庇《かば》ってくれる人もいた。『この子って事件に巻き込まれた被害者だろ？』『安全面については会社から問題ないって発表出てたけど？』『地上でどんな動きがあるとか、それまで通信ができなかったのにどうやって知るんだよ』『女子高生叩いて楽しいの？　恥ずかしくないの？』『それ思った。どんな連中がどんなツラして未成年に粘着してんだよ』『恥を知れってこういう感覚なんだな』……などと訴えるコメントも多い。

だからこそ、余計に論争が大きくなった。

今では周の動画チャンネルは、罵詈《ばり》雑言が飛び交う場所となってしまっていた。そのうち収まると放置していたが、炎上は飛び火して、各種ＳＮＳなど、あらゆる場所でバッシングを受けている始末だ。そんな書き込みが、迷惑系動画配信者を呼び寄せてしまったのだろう。

あの動画が拡散されることは望んでいたが、こんな形でとは予想外だ。おまけに学校まで特定されていたとは。

「真田さん。ＳＮＳなどは利用していますか？」

校長の質問に、周は首を振って答える。

「一切やってません。ネットにあるのは、宇宙から生配信した動画だけです」

本当に女子高生なのかと従姉妹《いとこ》に呆《あき》れられるぐらい、周はこの手のものに手を出していない。未《いま》だに連絡手段は、メールと電話がメインだ。

もっと言うと、スマホに登録してある電話番号も、自宅、両親、仲のいい従姉妹、行きつけの美容院、宇宙旅行へ行く際利用した旅行会社の六つだけだ。

自宅が特定されていなかったり、電話番号やメールアドレスが流出していないのは、そのおかげなのだろう。今後は、帰宅時に尾行されないか気をつけないと。

「とにかく、今日は始業式を簡略化して、各担任から全生徒へ説明を行います。真田さんはそれまで、ここで待機していてください」

　思ったより大ごとになっているぞと、周は初めて、動画の炎上に危機感を覚えた。


　自宅に戻って、疲労がどっと押し寄せた。結局始業式が終わるまで、一人で校長室にいた。軟禁されたとまでは言わないが、なにもすることが無く、スマホも触れず、いつまで待たされるのか定かではない状態が続くのは、かなりの苦痛だった。

　ようやく解放されたかと思ったら、その後も腫れ物に触るような扱いを受け、学校にいる間は気の休まる暇が無かった。

　孤立するのには慣れている。小学校時代、どうしてもそりの合わない担任教師に反発して以来、学校という存在そのものに不信感があって、それが周囲にも伝わるのか、距離を置かれることの方が多かった。

　だが今回の件は話が違って、迷惑系動画配信者による、完全なもらい事故だ。少なくとも周はそう考えている。まさか夏休み明けの初日からこんな目に遭うとは。

両親が共働きのため、家は静かだ。無音に耐えられず、音楽を流そうとスマホをいじる。ふと気になって、自分の動画チャンネルを表示させた。

理由があって、コメント欄は閉じていない。

周には、高等部に入ってから知り合った、唯一の友人がいた。名前を木之下瞳子《きのしたとうこ》といい、その名の通り、目がとても綺麗《きれい》で印象的な女の子だった。

くりっとした丸形は幼く見えがちなのに、二重のおかげで中性的な華があった。見つめてくる瞳は澄んでいて、何も知らない赤ん坊を思わせた。

だから惹かれたのかもしれない。瞳子と相対すると、自分にはない純粋さに搦め捕られるような気分になった。

その子が二年生になる直前、失踪した。置き手紙まで残した家出で、今なお見つかっていない。原因は、両親がはまっていたカルトだ。

宇宙からわざわざ生配信した理由は、その友達に、メッセージを送りたかったからだ。普通に生配信するよりも話題になって、気づいてもらいやすくなるはずだと、クイーンの『ドント・ストップ・ミー・ナウ』を生演奏した。

歌詞に連絡を呼びかける一文があり、かつ、小学校の卒業式で、この曲を演奏したかったと、瞳子にだけ話したことがあった。わざわざ歌詞に託したのは、カルトにはまった両親に見られて気づかれないよう、二人だけにわかる方法を採りたかったからだ。

目論見《もくろみ》通り、宇宙からの生配信は話題にはなった。三〇万以上の同時接続数があったし、今もまだ、再生数は伸びている。

誹謗《ひぼう》中傷が溢れる中、新しいコメントを表示させる。

『こいつ京都の奴《やつ》だろ？　京都人て、本当ムカツクよな』

相変わらず、程度の低いものばかりだ。それでもコメント欄を閉じないのは、いつ瞳子からの連絡があるか、わからないからだ。

『京都人の中華思想、いつみても草生える』

『わかる。京都は好きだけど京都人は嫌い』

『関西人とは一生相容《あいい》れないと思う。あいつらうるさいし』

『神戸《こうべ》人のワイ、京都や大阪と一緒にされて悲しみにむせび泣く』

こんなのはまだ序の口だ。当初は、女性蔑視や性犯罪に抵触する内容など、それはもう、下劣な内容が多かった。それでも、うっかりや間違いで瞳子からのコメントを削除してしまわないよう、放置している。

コメント欄を、管理者のみが見られる非公開にしていないのも似た理由で、書き込んでも意味が無いと思われないよう、こうして公開状態にしていた。

あからさますぎるものは、さすがに運営サイト側が削除した。すると今度は、こんな風に京都を揶揄《やゆ》するコメントが増えだした。運営母体が海外企業だからか、地域性の高いコメントは、見落とされやすいようだ。

『待ってください、京都人です。こんな京都人ばかりじゃありません。信じてください。なんでもしますから（なんでもはしない）』

『見栄《みえ》っ張《ば》り京都人の言うことは信じられない。笑顔が信用できない』

イラッとしながら、画面を手のひらで打ちすえる。

人間を、ただ京都に生まれ育ったという共通項だけで、よくぞここまで画一的に断じることができるものだ。

そもそもよそさんの言う京都人も、リアルには存在しないことが多い。最たる風評が、イケズで、喜怒哀楽の全部が笑顔で、腹黒くて、本音を言わない、そのくせプライドだけは高くて見栄っ張りなドケチ人間といったものだろう。こんなものは、レイシストの頭にだけ存在する、イマジナリー京都人に過ぎない。

きっとよそさんの腹には、臓物ではなく悪意が詰まっているに違いない。自分は生まれてこの方《かた》、一度もイケズなんて言ったことがないのに。

『謝罪会見しないの？』

『観光地無かったらとっくに破綻してる限界都市の癖にえらそう』

『というか、あれだけ観光地が大量にあっても儲《もう》けられないてよっぽどじゃん』

『それな。観光地なかったら本当に京都はゴミ』

『宗教に課税できれば、おっと誰か来たようだ』

『観光地とか宗教とか全部無くなれば、京都人も謙虚になるのでは？』

京都のことを語るよそさんに限って京都に詳しくないのは、どうしてなのだろうか。

観光産業が京都の重要な収入源であることは否定しないが、それだけで成り立っている訳ではない。任天堂、京セラ、島津製作所、ロームと、日本を代表する企業をいくつでも挙げられる。両親が働く会社だって、全国的に有名な下着メーカーだ。

『まずは金閣寺を燃やす』

画面をスワイプすると、今し方書き込まれたコメントが表示された。

鼻で笑って、周はスマホをクッションに投げ捨てた。

「何が金閣寺燃やすやねん。三島由紀夫《みしまゆきお》か」

わかっていたが、コメントを眺めても、いらいらするだけだった。

このまま一人で家にいても、ろくなことを考えない気がする。時計を見れば、そろそろ一六時になろうかという時間だった。

周は着替えるのも後回しにし、家を出て自転車に跨《また》がった。普通のママチャリだ。普段はジーンズが多いから、スカートだと心許《こころもと》ない。考えてみたら、制服で自転車に乗るのは初めてかもしれない。

五分もかからず北野天満宮《きたのてんまんぐう》にやってきて、賽銭《さいせん》箱に五円玉を投げ込んだ。祀《まつ》られている天神さんは学問の神様だが、勉学について願掛けをしたことは一度も無い。そっちは自力でなんとかしてきた。

それよりも、日本三大怨霊の一柱であることに期待して、ムカツク奴らの頭に雷を落としてくれと、いつも願っている。今回は、特に、念入りに、時間をかけておいた。

お詣りを終えて、さらに自転車で道路を上っていく。京都では、北へ向かうことを『上《あが》る』、南へは『下《さが》る』という。

道なりにひたすらペダルを漕《こ》いでいると、疲労が増える代わりに雑念が薄らいだ。

この時になって初めて、緑の色が変わり始めていることに気づく。紅葉と呼ぶには気が早いが、夏真っ盛りに比べて濃くなっている気がした。緑と濃緑のまだら模様が風に揺れている。まだ秋の気配は無いが、季節はしっかりと巡り始めているらしい。

北野天満宮はどうだっただろうか？　境内をきちんと眺めておけばよかった。

近所の景色など、普段はろくに見ていない。ただ、もみじ苑《えん》だけは、紅葉シーズン中、気が向けば歩くようにしている。うっかり忘れることもあるが、どうせ来年も見られると思うと、がっかりはしなかった。

心に余裕が戻ってくるのを感じながら、周はさらに強くペダルを漕ぎ続けた。

細い道を北へ北へと上って、大きな通りに出た。

北大路《きたおおじ》通だ。ハンドルを左に切って道なりに進むと、西大路《にしおおじ》通に合流する。さらに鞍馬口《くらまぐち》通りに入ると、すぐに鹿苑寺《ろくおんじ》が見えた。おかげでコメントのことを思い出し、イラッとしそうになる。同時に、随分とお参りしていないことにも気づいた。

参拝料が必要だし、いつでも行ける距離だし、いつ行っても観光客だらけだから、どうしても足が遠のく。確か、保育園か小学校の遠足で行ったのが最後だ。記憶にある金閣寺こと鹿苑寺の姿も、実際に自分の目で見たものなのか、テレビや雑誌によって上書きされたものなのか、曖昧だ。

なんとなく——本当になんとなく気が向いて、自転車を駐輪場へ突っ込む。完全な気まぐれだった。

黒門《くろもん》と呼ばれる入口を通り抜け、砂利道を歩く。あと三〇分ほどで閉門なのに、かなり混雑している。さすがは京都でも有数の観光地だ。観光客ばかりで、あちこちから様々な国の言葉が聞こえて来る。

中国語、韓国語、英語、スペイン語、フランス語。どこの国かもわからない言葉に振り返れば、ヒジャブを巻いた女性が歩いていた。その隣にはインド系らしき男性もいる。

これだけ多種多様な人種が存在する空間も、珍しいのではないだろうか。

参拝料を払うと、お札がもらえた。映画『ボヘミアン・ラプソディ』でも映った有名なお札だ。折り曲げたりしないよう注意が必要で、自宅に鞄を置いてきたことを後悔した。

庫裏《くり》を通り抜け、いざ中に入ると、すぐに鏡湖池《きょうこち》が出迎えてくれた。視線を上げれば、テレビや雑誌、ネットなどで散々見た光景がある。

なのに、実物には圧倒されるようなたたずまいがあった。

神々しいとは、軽々しく口にしたくない。仏教系の学校に通っているくせに、周は宗教的な事柄に慎重だ。

それでも、緑が視界の大半を占める中、夕陽《ゆうひ》を乱反射している金閣寺の姿には、心が揺さぶられるような美しさがあった。

有名な逆さ金閣寺もばっちり映っていて、ほとんどの参拝客がスマホやカメラで景色を切りとっていた。もちろん周も、スマホを構えて写真を撮る。買ってもらったばかりの最新機種で、圧倒的な画質で景色が保存できたが、実物の荘厳さには遠く及ばない。

水面《みなも》が揺れ、数瞬遅れて風が凪《な》いだ。妙な風だった。湿気を含みながらも、ひりつくような感触が肌にまとわりつく。さっきまで涼しかったし、陽も落ちかけているのに、急に暖かくなった気がした。

逢魔《おうま》が時《とき》と呼ばれる、空に藍と茜《あかね》の混じり合う時間だ。だからすぐに気づかなかったが、金閣寺の後ろがわずかに明るい。

ぞわっと、産毛《うぶげ》が逆立つような感覚があって、それから焦げた匂いに気づいた。

「火事や！」

誰かが叫んだ。ほぼ同時に煙が昇る。

声も無く、周はその光景を見つめていた。

金閣寺が、燃えている。

「……三島由紀夫か」

思わずこぼれたツッコミが、黄金色に輝く炎と、騒然となった周囲の声にかき消される。

外国人が悲鳴を上げるように叫び、前方から人が押し戻されてきた。

「下がってください！　危ないですから下がって！」

警備員が数人駆けてきて、ロープが張られる。火に近づかないようにとの対応だろう。そこに、状況をわかっていない参拝客が後ろからやって来て、ぎゅうぎゅうに挟まれる。

「ちょっと！　まだ入ってすぐなんですけど！　今戻って、返金されるの⁉」

そんな声まで聞こえて来て、こんなときにと、唖然《あぜん》とする。状況がわかっていないのか、深刻に捉えていないのか、どちらだろうか。

火の勢いはかなり強い。不気味な熱風と、パチパチと木の爆《は》ぜる音が、ここまで届いている。他に延焼する建物が無いのがせめてもの救いだ。

不謹慎かもしれないが、炎に包まれた金閣寺は、ぞっとするほど美しかった。藍色に変色した空に映えていて、妖艶な一枚絵のようだ。同じように感じたのか、悲鳴と感嘆を混ぜたようなため息が、あちこちでこぼれている。

三島由紀夫の『金閣寺』は未読だが、きっとこの美しさを讃《たた》えた内容に違いない。なんの根拠も無く確信した。それほどまでに魅入られる妖しさがあって、何枚も何枚も、燃える姿を写真に収めていた。

でも、どうして火が？

まさか、菅原道真《すがわらのみちざね》に祈ったから雷が落ちた、なんてことは無いはずだ。もしそうなら、とっくに嫌いな奴の頭上に落ちている。

金閣寺は、京都というより日本を代表する文化財だ。世界文化遺産にも登録されている。防火対策は、そのへんの建築物より厳重なはずだ。一度放火の被害に遭っているのだから、なおさらだろう。なのに、燃えるなんて……

不意に、視線が金閣寺を見上げる群衆に引き寄せられる。分断された反対側の参拝客に、意識が集中した。

最初は、それがどうしてなのかわからなかった。ただ、本能に近い感覚が、大勢の中から一人の姿を浮き上がらせる。

女の子だ。炎に照らされて、立ち姿がゆらゆらと揺れているようにも見える。

つば付きニット帽を被《かぶ》り、ベージュ色のマスクをしているため表情はわからないが、その目に見覚えがあった。

くりっとした丸形は幼く見えがちなのに、二重によって中性的な華がある。瞳はどこまでも澄んでいて、こちらの心が見透かされるような心地よささえあった。

いや、この距離で二重や瞳の様子なんてわかるはずがない。記憶が勝手に脳内の映像を補完していた。

——私な、生まれた時から目がなんか特徴的やってんて。ほんでこんな名前付けられてん。

過去の会話が蘇《よみがえ》る。

心まで射貫かれるような真《ま》っ直《す》ぐな視線は、見間違いじゃない。

——瞳子⁉

叫んだつもりだったが、想定外の光景に声の出し方を忘れる。

どうしてここに失踪した友達が？　自失の時間が一瞬ながら駆け抜けた。

特徴的な目が、燃え上がる金閣寺を見つめている。火災に狼狽《うろた》えている様子はなく、むしろ淡々と受け止めていた。

「瞳子！」

ようやく、声帯が機能を取り戻す。同時に、地震のような重い音が足元を揺らした。

金閣寺が崩れ、言語の異なる様々な悲鳴が折り重なる。池に波紋が浮かび、湿気を含んだ熱が、数秒遅れて顔を撫《な》でた。

周の声はかき消える。少女は背を向けて歩き出した。

「瞳子！　瞳子！」

瞳子がいる。ずっとずっと会いたかった友達が、あんな近くに！

まさか、こんなところ、こんな状況で見つけるなんて。

追いかけようと走り出すも、警備員に阻まれた。

「君！　危ないから下がって！」

「放してください！　瞳子が……友達が！」

暴れるも、警備員を振りほどけるほどの力など無い。その間も、一瞬たりとも目を離さずにいたのに、瞳子の姿は人混みに紛れ、見失ってしまった。

力が抜けて、解放される。前に進むことも、後ろへ戻ることもできず、周は千載一遇のチャンスを逃した無力感に打ちひしがれた。

その間も金閣寺は燃え続け、やがて自重に耐えかねたように、すべてが崩れ落ちる。

火の粉がふわりと飛び散った。季節外れの蛍が一斉に飛び立つようだ。

周囲から、感嘆のため息がこぼれる。

金閣寺は、その姿が消える瞬間まで、美しかった。

二

金閣寺炎上は、すぐさま全国ニュースとなった。

スマホを見れば、ネットのニュースサイトが、慌ただしく更新を繰り返している。

金閣寺が焼け崩れる瞬間も、誰かが録画した映像が、いろんなサイトで繰り返し流されていた。

おそらくは、テレビでも緊急速報が流れているだろう。目の前で、取るものも取りあえず駆けつけたらしき記者が、息を切らせながら、マイクを摑んでまくし立てている。

　京都でも特に象徴的な建造物だ。関心度は高く、海外でも既に報じられているようだ。

　現場はそれ以上に騒然となっていて、多言語がサラウンドで聞こえる中、敷地《しきち》内から出るのに、三〇分以上もかかった。出たら出たで野次馬だらけで、自転車を押しながらということもあり、ろくに歩けもしない。車道にまで人が溢れている。

　数メートルの距離を歩くのにも数分かかる有様《ありさま》で、ようやく大通りに出られたかと思ったら、警察による交通規制でまた動きが制限される。無視して、多くの人達が好き勝手に動いているのは、外国人観光客が多く、警察の指示自体がわからないせいだろう。

「押さないで、ゆっくり歩いてください！　ゆっくり歩いてください！　ウォーク、スローリィ！　スローリィ、ウォーク！　違う！　信号は守って！」

　たまらず怒鳴った警察官に、イタリア語らしき言葉が反論してくる。何を言っているかはわからないが、口調からして怒りが籠もっているようだ。

　ギスギスとした空気の中、家族連れが怯えて逃げる。人混みにぶつかって、さらに緊張感が高まった。それでも暴動にならないのは、地元民、観光客、共に大多数の人がじっと耐え続けたからだ。

　帰宅できたのは、一時間も後のことだった。いつもなら二〇分の距離なのに。

　幸い、両親が帰ってくる前に戻れたので、必要以上に心配されることは無かった。両親が利用するバスも、交通規制の煽《あお》りをくらい、時間通りに運行できなかったようだ。

　現場にいたことは話したが、失踪した友人を見かけたことは黙っておく。十中八九、あれは瞳子だと思うが、見間違いや思い込みである可能性もあって、下手に騒ぎ立てたくなかった。

警察に連絡するかどうかは、明日になってから考えることにしよう。今はきっと、警察もそれどころでは無いはずだ。そんなところへ連絡を入れても、どう扱われるかは予想が付く。

晩ごはんの後も、その後も、ニュースではずっと金閣寺炎上ばかり報じられた。


翌日、学校側からの要請で、周は担任教師の運転するＥＶ車で登校した。早朝に自宅へ電話があって、説明を聞き終えたときには、福島先生が家の前にいた。

宇宙からの生配信動画が炎上し、迷惑系動画配信者が周と学校に突撃してきて、動画に金閣寺を燃やすとコメントが付き、実際に燃えた。

おそらくそのことに関連して、迷惑系動画配信者らしき人物が、既に校門の周りに待機していると通報があったらしい。学校側も、今回ばかりは何かしらの対策が必要だと思ったのだろう。真田家は自家用車を所有していないので、ありがたい提案でもあった。

「京都は道が覚えやすいから、運転しやすくていいですね」

福島先生の運転は、速度制限をしっかりと守った走りだった。ＥＶ車だから走行音も静かで、ガソリンエンジン特有の揺れもない。おかげで周は、後ろの座席でのんびりと過ごせていた。ただしそれも、八条通《はっちょうどおり》に入るまでだ。

校門前には、複数の怪しい人影がたむろしていた。昨日見た、青い頭の迷惑系動画配信者もいる。そのさらに周囲から、地元の人達が胡散臭《うさんくさ》げな目で眺めていた。

面倒ごとを避けるため、外から見えないよう、身体をかがめる。

屈辱だった。何故《なぜ》自分が、卑屈にも、逃げるような真似《まね》をせねばならないのか。馬鹿馬鹿しいが、福島先生のため、耐えることにした。

動画配信者も、さすがに車の前に飛び出して来る勇気は無いらしく、中に周が乗っていることも気づかず、スムーズに登校ができた。

駐車場から職員会議室まで、最短距離で移動する。

既に二人の先生が待ち構えていた。昨日も助けてくれた坂本先生と、校長先生だ。その校長は、今日は法衣《ほうえ》を着ている。こういうのを見る度に、仏教系の学校だなと思い出す。実はそうと知らずに受験したのは、今も学校側には秘密にしていた。

校長先生が、話を切り出した。

「真田さんの今後について、相談させてください」

「今後てなんですか？」

不穏な単語に、身構える。

神妙な態度で、校長先生が身を乗り出した。

「我々教職員一同は、今回の事件を重く受け止めています」

教師陣が強く頷《うなず》く。

特に担任の福島先生は、決意か使命感を燃やすように、胸の前で手を握りしめていた。

周の脳裏に浮かんだのは、小学校時代の苦い思い出だった。

担任教師がいじめ問題を放置したため、いじめられていた児童が転校を余儀なくされたことがあった。そのことが納得できず、抗議したことで不興を買い、クラス内で吊《つる》し上《あ》げにされ、孤立したのだ。

あれ以来、周は学校や教師に不信感を募らせている。中学受験をしたのも、従姉妹に「進学校やったら教師の質はマシな確率高いで。それに勉強さえしといたら、ごちゃごちゃゆわれへんし」とアドバイスされたからだ。

実際にその通りで、今の学校に入学してから、学校や教師との間にトラブルは起きていない。もちろん性格のあわない教師もいたが、お互いに適度な距離感を保ち、うまく立ち回れている。

それがいよいよ壊れるのかと、自然と手に力が入った。

「まず、全クラスで緊急ホームルームを実施し、今何が起こっているのか、再度説明します。そこで、本件について真田さんに責任が無いことを、全校生徒に周知します」

むしろ訝《いぶか》しんで、周は校長の顔を覗き返した。

「確かに、誰かが亡くなられた直後に映像配信なんて、不謹慎なのかもしれません。私自身も、その時でなくてもよかったのではと思います。ですが、だからって学校を特定されて、不審人物に絡まれ、怖い思いをさせられる理由にはなりません」

教師陣が頷き、続いて具体的な対策例が告げられた。

動画配信者等から迷惑行為を受けた際は、一人で対処せず、学校に逃げ込むか近隣の家や店舗に助けを求めること。

本件については既に警察に通報済みであること。

他の報道が追随し、メディアスクラムが起こるようなことがあれば、これも警察に通報すること。

その警察が、登下校時間に巡回してくれることになったこと。

なんでも、警察庁に勤める卒業生が多数いて、その伝手《つて》を最大限に利用することができたらしい。

また、保護者や地域住民からもボランティアを募り、教師らとともに駅までの通学路を見守ってくれることも、計画中だとか。

福島先生が、こちらの顔を覗き込むように尋ねてきた。

「毎日車で送迎されるよりも、普通の生徒として、普通に登下校できた方がいいと思うんです。そのためには、最初から毅然とした対応が必要だと思うんですけど……真田さんは、どう思いますか？」

手厚すぎる対応に驚いて、周の長い睫毛《まつげ》が瞬く。

「ええんですか、そんなことしてもろて？　うち、てっきり……」

「てっきり、なあに？」

「……いえ、何でも無いです」

てっきり、一方的に悪者にされて、反省を促され、なんなら自主退学でも勧められるのかと思っていたが、実際は考え得る限り最良のものだった。

小学校時代の経験が、偏見を育てていたらしい。申し訳なさと羞恥心に、顔の内側が熱くなる。

「それともうひとつ」

校長先生が、人差し指を立てた。

「こういった事例に対する専門家を見つけてありますので、今日の放課後に来てもらうことになっています」

「専門家？」

「青少年への補導や保護など、あらゆる支援活動を行う社団法人があるんです。そこでは、加害者や、その家族への支援も行っていて、真田さんには講習を受けてもらいますので、そのつもりで」

補導や加害者という言葉に、もやっとしたものがあった。もちろん、保護がメインなのだろうけど。

今日早速というのも驚きだ。動画配信者の件は後手に回っておきながら、補導に関しては対応が早いのも気になる。

「あの、そこまでしてもろて、ありがたい思てます。そやけど、気い悪うせんといてもらいたいんですけど、講習受けるとか、ちょっと大げさちゅうか……」

控えめに拒絶してみせるが、福島先生が沈痛な表情でタブレットを取り出した。

「これを見てくれる？」

画面に複数の動画が表示され、『話題の××学校に凸ってみた』『出てこい迷惑ＪＫ！』『承認欲求モンスター現る！』などなど、過激なサムネイルが並ぶ。

再生こそされなかったものの、大量の迷惑動画に、胸を掻《か》きむしりそうになった。

「これはね、いざという時のために保存しておいた動画なの。真田さんは知らなかったかもしれないけど、生配信してた動画が炎上してすぐの頃に、こういうのがたくさんあったの。今は、削除申請でかなり減ったけどね」

　言われてみれば、動画サイトを開いたのではなく、タブレット内のファイルを表示しているだけだ。

　こんなことになっていたなんて……

　元々ネットに入り浸りでもなく、バズった動画を見る趣味も無い。宇宙から帰還してすぐの頃は、警察の事情聴取や保険の申請などで忙しく、ネットを見る暇も無かった。

　唯一チェックしていたのは、炎上した自分の動画へのコメントだけだ。

　先生達はおくびにも出さなかったが、夏休み中にもいろいろあったことは想像できた。

　校長先生が真剣な顔で見つめて来る。法衣姿には、威厳があった。

「真田さん。これはもちろん真田さんを守るためでもありますが、全校生徒のためでもあるんです。我々は、一生徒を全力で守ることが、学校全体を守ることに繋《つな》がると、考えています」

　不覚にも、胸が詰まりそうになる。

　小学校でのいじめ問題の時に、教師の口から聞きたかった言葉だったからだ。

　気がつけば周は、静かに頭を下げていた。

「ありがとうございます。よろしくお願いします」

　心からの言葉だった。だから自然と言えて、誰よりも周自身が、驚いていた。

　告げられたとおり緊急ホームルームが行われ、全校生徒に学校の見解が知らされる。

おかげで周は、不必要なヘイトや不満を買わずに済んだ。元々友達はいないが、下手に弄《いじ》ってくるクラスメイトもおらず、むしろ同情されて、普段よりも声を掛けられる数が増えたほどだ。

不審人物には反応せず、何かあれば一一〇番もためらわないよう、何度も注意が繰り返される。進学校らしく、受験の追い込みは既に始まっているとも、発破を掛けられた。

周の所属する特進コースは、難関国立大学を目指す生徒ばかりだ。半数以上が東大か京大を志望している。クラスメイトの表情には、多少の差はあれど緊張感があったし、周も同じ立場だ。

注意事項に続いて、すぐに授業が始まる。新学期二日目にして、六限目までフルに授業が詰まっていた。

むしろそれがありがたい。勉強さえしていれば、余計なことは考えずに済む。

おかげであっという間に放課後になった。思い思いにクラスメイトが帰宅していく中、周だけは教室に残って、校長先生の言う専門家を待った。

その間に、福島先生が近くのパン屋さんでパンと牛乳を買ってきてくれた。

「お腹《なか》すいてない？　遠慮しないで食べてね」

嫌いなレーズンパンで頬が引きつる。

「先生ね、ここのパンが好きなの。京都はいろんなパン屋さんがあって、楽しくていいですよね。休みの日はいつも、いろんなパン屋をまわってるんです」

純度一〇〇％の優しさでできた笑顔に、何も言い返せなかった。仕方なく、無理して牛乳でレーズンを流し込む。

嘔吐《えず》きそうなのを必死に堪えながら、なんとか処理し終えたとほぼ同時に、教室のドアが開いた。

「げっ、お母ちゃん」

「げってなんやの」

一喝されて、肩をすくめる。

現れたのは母親だった。こちらが何か言う前に、担任教師の姿を見つけて、何度も頭を下げだした。

この展開は予想していなかった。まさか母親同伴で講習を受けるだなんて。

「お父ちゃんは？」

「今日は残業やな」

「部下に仕事押しつけてきたんやな」

「上司の特権や」

「横暴の間違いとちゃうん」

「どっちにしろおんなじことやし問題あらへん」

そんなわけあるかいとツッコもうとした時、再度教室のドアが開いた。

続いて、スーツ姿の女性が入室してくる。胸元には、写真付きのＩＤカードがぶら下げられていた。

「初めまして、公益社団法人京都支援活動協会の、藤城《ふじしろ》都《みやこ》です。真田周さんの教室はこちらで間違いないでしょうか？」

長い髪は軽く波打っていて、やや浅黒い肌のせいか、たたずまいにエキゾチックな魅力がある女性だった。

年齢は、パッと見ただけではわからない。三〇代だとは思うが、落ち着きがあって、確信はもてない。きりっとした目元と黒いマスクが凛々《りり》しく、相対しただけで妙な緊張感があった。

「お待ちしてました。どうぞこちらに」

福島先生が、立ち上がって出迎える。藤城は、会釈を返しただけで、こちらに向かって微笑みかけてきた。

「あなたが真田周さんですね」

既に動画でこちらの顔を知っているのか、あるいは制服を着ているのが自分一人だからか、ずばり当てられる。

「藤城都です。よろしくお願いします」

マスクが外され、微笑んだ口元が見えた。それでもまだ、表情にどこか硬さを感じる。

「こっちこそ、よろしゅうお願いします」

頭を下げると、母親が質問を始めた。

「真田周の母です。今日はなんや、講習をしてもらえるて聞いて来たんですけど、どんなことしゃはるんでしょうか？」

「大丈夫ですよ、お母さん。身構えてもらう必要はありませんから。今まであった事例をご紹介するだけです。それと、今後について不安なことがあれば相談にも乗りますので、気になることがあったら、遠慮無くなんでも聞いてください」

要するにカウンセラーみたいなもんやなと、周は藤城の仕事を簡単に決めつけた。

「それに、本件については、現状理想的な形で対処が進んでます。突撃動画のような迷惑行為は、既に学校側が警察と弁護士に訴えてくれてます。通学路の安全確保についても、こちらの提案を聞き入れてくれたはるみたいですから」

あれは藤城の助言だったらしい。どうやら、そのなんちゃら協会とコンタクトを取ったのは、昨日今日というわけではなさそうだ。

「まず、我々の目的を最初に明らかにさしてください。真田周さんご本人はもちろんですが、周囲の方々の為《ため》にも、我々は動いてるんです。ご家族やご親類、それに学校やお友達のために。私達支援活動協会は、加害者家族支援やDVシェルターの運用もやってますんで、その辺りにも敏感なんです」

「加害者ゆわれんのは納得できませんけど、まあ、世間様からしたらそうなんでしょうね」

ぱすこん！　と頭を叩かれた。確認せずとも母親の仕業だ。痛くはなかったが、思わず叫んだ。

「いった！　なにすんねんな！」

「口の利き方！　あと背筋！」

真っ先に福島先生が背を伸ばす。

ぶすっとした気分で、周は頭を下げた。

「……すんません」

「いいんですよ。気にしないでください。続けますね」

困ったように微笑みながら、藤城が協会のパンフレットを取り出す。

活動内容が記載されていて、大きな文字を拾うだけでも、『夜の声かけ運動』『学校、警察、地域自治体、ボランティアとの連携』『孤立させないためのネットワーク形成』『加害者と加害者家族保護の必要性』などがあった。

「真田さんは――」

藤城の言葉に、周と母親が揃《そろ》って身を乗り出す。動きがあまりにもシンクロし、二人同時に顔を見合わせ、さらに恥ずかしくなった。

微苦笑して藤城が言い直した。

「周さんは今、とても危うい立場にやはります。動画が炎上したからとゆうよりは、被害者なんか加害者なんか、どっちつかずやからです」

「被害者とか加害者て、どうゆうことですか？」

周の言葉に棘《とげ》が籠もる。

「不謹慎動画をアップした常識知らずの痛い承認欲求女か、事件に巻き込まれたかわいそうな悲劇の女子高生ヒロインか、世間が決めかねてるゆうことです」

対する藤城の言葉も容赦がなかった。

「ごめんね。でも、周さんはハッキリ言った方がわかりやすいタイプかなて思て」

「はい。ゆうてもらえて、むしろ清々《すがすが》しい気分です。要するに世間様は、未成年の、可憐《かれん》で、か弱い美少女女子高生相手に、叩くか憐《あわ》れむか、まだ決めかねてるゆうことですね。ご立派な考えの人が多うて、日本の未来は明るいですね」

周の受け止め方を痛快に感じたのか、藤城は声を立てて笑った。母親だけが、ぶすっと黙り続けている。けれども、唇の端をわずかに吊り上げ、冷笑を堪えているのを、周は見逃さなかった。

「周さんは、被害者か加害者、どっちになりたいですか？」

「どっちて……」

どっちにもなりたくない。

言い淀んでいると、質問した本人が申し訳なさそうに首を傾《かし》げた。

「難しい質問かもしれへんね。どっちにしても、今のこの状況やったら、対策は容易《たやす》いです。その対応も、既に学校側と協議済みです。それよりも問題はこっちの方なんです」

藤城はパンフレットのとある場所を指さした。

周が口に出して読み上げる。

「『加害者と加害者家族保護の必要性』、ですか」

自然と眉間に皺《しわ》が寄った。言いたいことはいろいろあったが、取《と》り敢《あ》えず先に話を聞こうと黙ることにする。

「過去のいろんな事件を御覧になってお気づきかもしれませんけど、日本では加害者本人よりも、加害者家族やその周囲の方が、バッシングを受けやすいんです。我々としては、そちらに被害が及ぶかもしれないことを、危惧しています」

母親が身体を硬くするのが、そちらを見なくてもわかった。むしろ、罪悪感があって視線を向けることさえできなくなる。

確かに、とっくに気づいていた。いろんな事件をテレビで見る度に、メディアが犯人の自宅に押しかけ、親や兄弟にマイクとフラッシュを向けている。校長先生が言っていたメディアスクラムと呼ばれる代物だ。今のところ、そういったことはない。迷惑系動画配信者が学校に押しかけて来たぐらいだ。

それでも恐怖は感じた。山のような報道陣に囲まれればどうなるか、想像もできない。

「そうなると、今までの生活が保てなくなります。世界がひっくり返ったように、人生そのものが一変しますので、心を壊してしまわれる方も多いんです」

「どういったことがあるんでしょうか？」

尋ねた母親の声は硬い。

「例えば、その加害者家族の多くが、就職や進学、結婚などを諦めてます」

「それは、なんでなんですか？」

ぴんと来ず、周が尋ねる。

「結婚やと、一番多いのは、相手のご両親が反対するとかですね。犯罪者の身内やなんて、怖くてうちの子とは結婚させられへんとか。学校も……先生の前でこんなことをゆうのはなんですが、学校側が転校を促すこともあります」

「その点に関しては安心してください。私達は、絶対に生徒を見捨てたりしませんから」

大きく頷く福島先生だが、周は空恐ろしさを感じていた。

「いろんな嫌がらせを受けて、引っ越しを余儀なくされる人も多いんです。家に落書きされたり、ネットで住所をさらされて、周囲の目に耐えられへんようになったり。もし裁判になったら、弁護士費用もかかります。うちの協会が出したざっくりとした数字ですけど、平均で六〇〇万円は必要ですね」

「六〇〇……」

　母親の声は、震えていた。

「もし兄弟がいた場合は、その子がイジメにおうたり。そこまでいかなくても、周囲の態度が急によそよそしくなったりして、ぎくしゃくすることは、ほぼ必ずと言っていいほどあります。もちろん、ネットリンチで心を病んだり、ひきこもることも」

　藤城の声と目元に、深い悲しみが浮かぶ。あまりにも実感がこもっていて、不躾《ぶしつけ》と承知しながらも、見つめ返した。

　視線に気づいたのか、疲れたような微笑みが返って来る。

「私も、加害者家族なんです。そやから、辛《つら》さはわかるんです」

「どんなことがあったんですか？」

「周！」

　たしなめられて、周は踏み込みすぎたことを自覚して頭を下げた。

「ええんですよ。そやからこそ、この仕事してるゆう部分もありますんで。今ゆうたことは一通り経験しましたから、余計に他の人らには、おんなじ思いして欲しないんです」

　力強い声と視線に、藤城の決意の強さが見て取れる。

　嫌な光景が思い浮かんだ。両親や祖父母、仲の良《い》い従姉妹がバッシングを受ける光景だ。決して気持ちの良いものではない。

「それと、もうひとつ気いつけてもうたほうがええことが」

まだあるのかと、うんざりした気分になる。

「何かしらの事件が起こると、変な宗教団体や霊感商法が必ず近寄ってきます。そうゆうのに騙《だま》されんようにしてください」

「それに関しては大丈夫です」

鼻で笑って、周は自分の髪に手を突っ込んだ。

「うち、小学生の時、担任教師にカルトに入れられそうになって、そっから宗教とか徹底的に嫌《きろ》てますんで」

仏教系の学校に通っていながらの発言に、福島先生がなんとも言えない顔をする。

思い出したくもないことだった。例のイジメ問題があった後、周はしつこく担任教師に反抗を続けた。すると、この子は素行に問題があるから、大自然の中で指導してもらった方がいいと、わざわざカルト団体の幹部を連れて、自宅にまで押しかけてきたのだ。

団体は、児童労働や脱税が問題になったカルト村を運営していたが、担任教師はそのシンパだった。

冷笑していると、藤城が、至極真面目にこちらを見つめた。

「そうゆう人が一番危ないんです。特に、本人やのうて、その周りの人らが」

たしなめられて鼻白む。

「たくさんの取材や嫌がらせが続いて、心が弱ってるところに、そうゆう態度やからおたくの娘さんは事件起こしたんですてゆわれたら、どう思うやろ？」

　自分では答えず、母親の横顔を見つめる。

　小さな吐息が漏れて、こくりと頷かれた。

「なんかにすがりつきたなる時は、確かにあります」

　小さくない衝撃が周を襲う。母親がそんな風に思っていたなんて、考えもしないことだった。具体的になにか言われた記憶は無いが、自分のこの性格が、重荷になっているのかもしれない。

　うすうす気づいていたが、今のやりとりで確信した。これはカウンセリングなんて生やさしいものではない。藤城が告げたのは、圧倒的な現実だ。たとえ周が、実際に犯罪を犯した加害者では無いとしても、こうなる可能性があると釘《くぎ》を刺しに来ているのだ。校長が講習と言った理由も納得だ。

　両親は今、同じ職場で働いている。そこそこ有名な会社で、上場もしている。京都駅の近くにも自社ビルが建っているし、全国へ出張に行くことも多い。そんな大きな会社なら、醜聞は嫌がるだろう。クビにされなくても、閑職に回される可能性はある。

　仲の良い従姉妹はまだ大学一回生だが、将来に影響が出たら顔もあわせられない。

　いろんなことが頭をめぐり、今になって周は心臓が冷えるような感覚に震えた。

　逆に母親が毅然と前を向く。

「けど、これで覚悟できました。前もって教えてもらえてよかったです。いきなりそうゆうのに来られてたら、大変なことになってた思いますから」

「まだ周さんは大丈夫です。炎上したゆうても、これからの対応次第で、鎮火するのを早められると思います。もっと大変なことになってから、うちの協会に駆け込んでくる人がほとんどなんです。こんな風に初期段階で相談してもらえて、こっちとしてもありがたいくらいです。手遅れになってからやと、それはもう、地獄ですからね」

ことさら脅すような口調ではなかった。事実を淡々と告げているだけだった。

動画配信者に囲まれた恐怖を思い出し、周は膝の上で手のひらを握りしめていた。

「そうならんように、一緒に頑張りましょう」

深く、静かに、母親が頭を下げた。

「どうか、よろしゅうお願いします」

「お願いします」

遅れて周も倣う。その頭上に、思い出したような声が投げかけられる。

「そうや。ちょっと周さんに聞きたいんですけど」

「なんですか?」

「あの動画、削除する気はないんですか?　炎上して、一ヵ月ほど経《た》ってますけど」

「……そうした方がええんですか?」

「強制はできませんけど、まあ、そうした方が無難ゆうたら無難ですね」

「先生も、そう思います。今からでも遅くないから、チャンネルごと消しちゃうのはどうですか?」

「ほな、考えときます」

困ったように、福島先生と藤城が微笑む。強制できないと言いながらも、どうやって説き伏せようか考えている顔だ。

ここまでしてくれている人に隠し事をするのも気が引けて、仕方なく、周は生配信した理由を話すことにした。

「あれは、失踪した友達へのメッセージなんです」

「失踪？　どうゆうことですか？」

「真田さん。その話は、ちょっと……」

福島先生が止めに入る。

「個人のプライバシーにも関わることだから、勝手に話すのは……わかるでしょう？」

「大丈夫です。うちに関係することだけしか話しませんから」

「聞かしてください。サポートの手助けになるかもしれませんから。もちろん、口外はしないとお約束します」

藤城に促されて、福島先生もそれ以上は反対しなかった。ただ、不安そうに視線を彷徨《さまよ》わせている。

一度深く息を吸って、周は話を続けた。

「詳しい話は省きますけど、うち、小学校の卒業式の時、ピアノ係にされてしもたんです。そやけど、嫌いな教師に命令されたんが嫌で嫌で、本番当日、校歌やのうてクイーンの『ボヘミアン・ラプソディ』弾いたんです。そしたら、結構痛い奴や思われたみたいで、中等部入ってからも全然友達でけへんかって。別にそれでかまへんわ思てたんですけど、高等部に上がったとき、外部から来た子が、この話笑《わろ》てくれて……」

その外部生、木之下瞳子は、クラスで孤立していた。

イジメがあったわけではない。一貫校ではよくある話だが、入学当初から友達グループができあがっており、その輪の中に上手《うま》く入れなかったのだ。

瞳子のような生徒は、どこのクラスにも一人か二人はいた。外部生同士で仲良くなるか、時間が解決することもあるが、瞳子にそういうことは起きなかった。

そこに、痛い奴だと思われ孤立していた周が、体育の授業でペアを組まされる。要するに余り者コンビだ。そこから二人の関係は始まった。

それでも周は、過去の経験から友情を育むことに消極的だった。小学校時代に担任教師を告発した際、味方になってくれたクラスメイトは一人もいなかった。むしろ教師の味方をする子ばかりで、友達だと思っていた相手にまで攻撃された。

瞳子も積極的な性格ではなく、話しかければ返事する程度の薄い関係がしばらく続いた。

ゆっくり、少しずつ適切な距離感を探って、二人が放課後教室に残って話し合う仲になるのに、二ヵ月以上の時間が必要だった。今から思うとそれがよかったのかもしれない。お互いの踏み込んで欲しくない部分など、理解し合えた上での交流が始まった。

決定的だったのは、とある放課後の一幕だった。今でも鮮明に覚えている。

水泳部での練習を終えると、教室は全てが茜色に染まっていた。そこで周は、どうして皆から避けられているのかを瞳子に尋ねられ、卒業式のことを打ち明けた。

とたんに瞳子は、腹を抱え、机に突っ伏し、涙を流しながら、けたけたと笑いだした。

周にとって初めての反応だった。どん引かれるのが常だった。

そこから二人は、くだらない話を繰り返しするようになる。特にたいそうな話はしていない。映画の感想や、好きなファッションなど、そのひとつひとつに、怒り、泣き、笑い、一緒に過ごす時間と密度を増やしていった。

その瞳子が、いきなり失踪した。去年の三月だから、もう一年半になる。

新学年が始まったら失踪していた。ほんの数日前に、学校近くのネパール料理屋で、ココナッツナンを一緒に食べたばかりだったのに。以来、瞳子とは一切連絡が取れていない。

瞳子との普段の連絡は、主に学校の専用サイトで行っていた。電話番号やメールアドレスも知らない。お互い、手探りで距離を縮めたせいで、交換するタイミングを逃していた。

さらに後になって、瞳子の両親は、あのカルト村の信奉者であることが判明する。だから瞳子は、卒業式の話を笑ってくれたのだ。気づいた時には、絶望した。憎きカルトに友達が苦しめられていたなんて。なにより、そのことに気づけなかったなんてと。

入学当初、クラスに馴染《なじ》めていなかったのは、外部生だったからではなく、クラスメイトがカルトのことを知っていたからだ。入学早々の保護者会で、瞳子の父親が、カルト村の作る農作物などを売りつけようとしたらしい。そこからヤバい奴だと噂《うわさ》が立ち、孤立していたのだ。

当時の周は他人に興味が無く、噂話をするような友達もいなかったため、知らずにいた。

カルトの支配から逃げるために、二度と戻らないという書き置きを残して、瞳子は家を出たのだった。

「その子に、卒業式、ほんまは『ドント・ストップ・ミー・ナウ』弾きたかってんけど、知名度で『ボヘミアン・ラプソディ』にしたて話したんです。そやからあの曲演奏したら、どっかで気いついてもらえる思て」

　赤い髪が似合いそうだと言われたのもその時だ。夕陽が射していたからそんな風に思ったのかもしれない。黒髪を気に入っていると断ると、インナーだけでも入れたらどうかと勧められた。宇宙旅行の際、インナーを赤く染めていたのは、それが理由だ。

「わかりました。そうゆう事情やったら、私の方からこれ以上なんも言いません」

「すみません。ご協力いただいてるのに、わがままを言ってしまって」

　謝ったのは、福島先生だった。

「いえ、人それぞれ譲れない部分は違いますから。では明日からよろしくお願いします」

　早速、学校と支援活動協会は動いてくれた。事前の打ち合わせ通り、教師と、保護者、地域住民から募ったボランティア、それと警察官数名が、最寄り駅から学校までの間を、登下校の時間に巡回してくれる。その右腕には、不審者と一目で区別できるよう、支援活動協会の腕章が巻かれてあった。

「おはよう」

「おはようございま〜す」

　積極的な声かけと、生徒達の明るい返答もあって、警察の姿があるのに物々しさは感じられない。むしろ、小学生向けの見守り巡回のようにも見えた。

　おかげで、スマホやアクションカメラを手にした怪しい人物が、声をかけづらそうにしている。例の青い髪をした動画配信者もいて、周はざまあみろと心の中で舌を出していた。

「どうも〜！　おっはよ〜ございま〜す！」

一際大きな声が聞こえて、下がりかけていた視線が上を向く。

ちょうど梅小路公園を出たところで、身長の高い男性が声かけを行っていた。一七〇センチ近くある周より、さらに高い。

癖の強い髪で、アフロとまではいかないが、随分ともじゃもじゃだ。鼻が高く二枚目と言ってもいい顔立ちなのに、愛嬌《あいきょう》のある笑い方が今どきの喜劇役者を思わせる。保護者にしては少し若いと訝しんだところで、腕章が目に入り、ほっとした。恐縮して頭を下げると、にこりと微笑み返された。

さりげなく後ろを歩いていた藤城が、校門が見えたあたりで隣に並んだ。昨日とは違い、フレアパンツにブラウスという格好で、同じなのは黒いマスクだけだ。

何かあった時に対応してもらうことになっていたが、ここまで来ればもう大丈夫だと判断したのだろう。感慨深げに周囲を眺めていた。

「地域との繋がりが強い学校なんですね。私立校でここまでしてくれるのは、珍しいんですよ」

言わんとしていることは分かる。特に京都南高等学校は進学校だから、簡単に入学はできない。大阪や奈良から通う生徒もいて、地域性は公立高校より低くなりがちだ。

学校側が主張する組織の源流は、空海《くうかい》のいた時代にまで遡る。現代的な教育機関の設立を起点にしても、明治中期だ。歴史は古く、場所もずっと変わっていない。

もちろん、たったそれだけで地域に愛されるはずがない。いけ好かない相手というのは、人でも組織でも、距離が近ければ近いだけ疎まれる。それに、昭和五〇年頃までは不良校として有名で、いろんな意味で社会の受け皿になっていた。

　だから学校は、昔から近隣地域と親密な関係を築くことに腐心していた。

「確か、図書館とかグラウンドとか、地域の人に開放してたと思います。町内の運動会があるから、この日は部活休みやみたいなこと、ゆわれたことありますし。あと、近くのお寺で、弘《こう》法《ぼう》さんゆうて、月に一回縁日みたいなんがあるんですけど、家庭科部の子らがなんか出してたんと違《ちご》たかな？」

　疑問形になったのは、その縁日に一度も足を運んだことがないからだ。

　口にしてみると、自分の興味の薄さに気づかされ、胸がちくりとした。地域の人たちのことなど何も知らないのに、こうして動いてくれる人がいるなんて。今さらだが、もう少し学校や地域の活動に興味を持ってもよかったかもしれない。

　たくさんの人の助けがあって、初日は動画配信者に絡まれることはなかった。二日目もだ。

　だが三日目になると、焦《じ》れたのか、一人の動画配信者が飛び出してきた。以前も突撃してきた、サクピーだ。

　そのサクピーが声をあげる直前に、ボランティアの女性が気づいてくれた。

「あんた、なにしてんねん！」

「なにって、これから取材を――」

　サクピーが言い終える前に、ずらりと五人の男が取り囲む。

「おうこるるるるあ！　お前か、うちの学校に迷惑かけてんのは」

スーツ姿の、どこにでもいそうなサラリーマン風の男が、ナチュラルに巻き舌を使う。そのギャップに、サクピーが身体を震わせた。

「未成年相手に恥ずかしないんか！　顔だけやのうて根性まできしょいねん！」

「女子高生につきまとうとか、ストーカーごときがいちびんなよボケ！」

「だ、誰がストーカーだ！　こっちは国民の知る権利を守ってるんだ！　金閣寺が燃えたことについて、取材を――」

「なんやお前、まさか本気でこの子が金閣寺燃やしたとでも思てるんか？　あほちゃうかこのボケが」

「暴言はやめてくださいよ～！　ここはヤクザの巣窟ですか～？」

「あほかこらボケカス、あほのなにが悪いねん。こんなもん日常会話やんけ。なあ？」

「そうや。関西人の使うあほは挨拶と同じじゃ。こんにちはゆうてるだけや」

「話にならない。勝手に取材をさせてもらうから、そこをどいてくれ！」

「おまわりさん！　おまわりさーん！　こっち！　来て！　逮捕して！　現行犯逮捕！　今このストーカーが、嫌がってる子相手に盗撮した！」

「違う！　盗撮じゃない！　俺は正々堂々と――」

「君、前に女子高生に迷惑行為を働いた子やな？　盗撮したてほんまか？」

サクピーの言葉を、制服姿の警察官が遮った。すかさず、男達が距離を詰める。

「おうこら誰に断って勝手に撮影してんねん」

「ギャラ出せや。ただで撮ってええ思てんのかこら」

「わしらのこと撮影するんやったら、写真は一枚一万円で、動画は一分から一〇〇万円やぞ。お前払えるんやろな？　びた一文まからんぞ。お前のそのスマホが証拠や。証拠保全のためにそれ預かるから、こっちよこさんかい」

　周から見ても、完全ないちゃもんだった。もちろんだが、彼らは筋者でも役者でもない。それでも、これぐらいのことは打ち合わせ無しで言えた。

「あ、悪徳商売だ！　警察は、こっちを逮捕するべきでしょう！」

「ほな話聞くために、全員交番来てもらおか？　もちろん君もやで、サクピーくん。ゆうとくけど、わたしもここ数日、君の顔見てるからなあ。ストーカーやゆわれても、あながち間違《まちご》うてへん思えるんやけど、それでもええんやな？」

　警官にぎろりと睨《にら》まれ、サクピーの顔が引きつる。それを見ていた他の動画配信者らしき集団が、スタスタと逃げ出した。

「ほら、自分が捕まるとこ生配信せえや！　顔こっち向けんかい！　手錠かかったとこ映せや！」

「おう、どんな気分や？　未成年をストーカーして盗撮で捕まるて、どんな気分や、このド変態が。生配信で今の気持ちゆうてみい！　ついでに家族に、女子高生盗撮して捕まったて、今ここで電話せえ！」

「なんでせえへんねん。迷惑系動画配信者やったら、動画の為に人生棒に振るぐらい身体張らんかい！　おもんないぞ！　そんなんで再生数稼げる思てんのか！　仕事舐《な》めんな！　ぼろくそになるまで人生捨てて、クラファンで生活費募集しろ！」

「なあにい〜！　お前、嫁はんと子供がおるやと？　絶対電話せえ！　今すぐ電話して、盗撮で捕まったゆえ！　お前がせえへんにゃったら、わしがしたる！　スマホよこさんかい！」

最後には、突撃した側がネタにされて、サクピーは半泣きになっていた。

藤城と顔を見合わせ、堪えきれず、吹き出す。

「むちゃくちゃ言いよんな、あのおっさんら」

これは、端で見ていた別の女性保護者の呟《つぶや》きだ。声には、笑いが混じっていた。

周は、騒動が落ち着くのを待ってから、ぺこりと頭を下げた。

視線を上げると、保護者達が親指を立てている。同じように立て返すと、照れくさげな笑みが返ってきた。

こうして、四日目には怪しい人物はいなくなった。既存のメディアが押し寄せてくることもなく、周も他の生徒も、無事に普通の学校生活を送ることができた。

懸念していたように、両親や身内に累が及ぶこともなかった。メールで注意喚起しておいた仲の良い従姉妹も、今のところは実害は無いという。

「初動がよかったんです」

放課後の教室で、藤城が満足げに頷く。マスク越しでも、嬉しそうなのがよく分かった。

「地域や警察が動いてるところを見て、迷惑系動画配信者達も、強気に出られんようになったんやと思います」

「むしろ拍子抜けしたぐらいです。今からしたら、ちょっと大げさだったかもしれませんね」

福島先生はそう胸を撫で下ろすが、藤城はきつく頭を振った。

「いえ、それは無事に終わったからそう思えるだけです。怪しい人物もうろついてました。大げさやったゆうことは、決してありません」

「すみません……」

強めに諭されて、面白いくらいに福島先生が肩を縮める。

「とはいえ、私の経験的にも、ここから再炎上する可能性は低い思います。ああゆう連中は、消えかけた火に油を注ぐ努力するより、今燃えてるもんに群がりますから」

まるで火取り虫やな、と皮肉が口から飛び出しそうになる。

「念のためにもう一週間だけ、巡回は続けましょう。ただし、人数減らして、腕章も外した状態で」

「腕章着けてるから突撃してこうへんのか、それともほんまに動画配信者がおらへんようになったんか、確認するためですね？」

「話が早い。さすがええとこの学校の生徒は違いますね」

周は薄く微笑んで黙った。そのセリフは言われ慣れている。褒められている気がしないのも毎度のことだし、いちいち謙遜するのも面倒だ。

とにかく今は、炎上事件を無事に片付けることに集中しよう。

そんな意気込みが通じたのか、次の一週間は、実に平穏に過ぎた。

最終日などは、藤城と会話を交わす余裕さえあったぐらいだ。

「前から思てたんですけど、周さん、背え高いですね。モデルみたい」

「……そうですか」

つい素っ気ない反応になってしまい、慌てて微笑んでごまかす。

気づいているのかいないのか、藤城が軽くこっちを見上げてくる。

「一七五センチぐらいあるんですか？」

「一六九センチです」

「本当に？　ああそっか。細身なんと靴のせいで、ちょっと高《たこ》う見えるんかも」

「宇宙に行ったせいで今は少し高いんです。無重力やと、椎間板《ついかんばん》の隙間が伸びるらしいですから。うちの身長は、間違いなく一六九センチです。……正確にゆうたら、一六九・七センチですけど」

他愛の無いものだったが、おかげで登下校があっという間だった。ここしばらく、本屋や和菓子屋に寄れない小さなストレスが溜《た》まっていたが、それもいつの間にか消えている。元々、学校から禁止されていたことではあるが。

動画配信者が再突撃してくることもなかった。怪しい人物を見かけることも無く、どうやら無事に、周の炎上事件は鎮火したようだ。

支援活動協会のサポートが正式に終了する。

忘れた頃に動画配信者が現れるかもしれないので、引き続き油断しないようにとの言葉を残して、藤城との登下校の日々は終わりを告げた。

元の生活にようやく戻れる。そう安堵《あんど》していたが、意外なところに影響が出た。

月末に行われた実力テストで、散々な結果になってしまったのだ。周のクラスは、難関国立大学を目指す特進コースだから、平均して一〇点もの下落はかなり痛い。

毎日の生活に変な緊張感があって、頭がうまく働いていない感覚はあった。机に向かう時間も減っていたし、通学途中に英会話番組を聞くのもやめていた。

今からなら十分に取り返せるだろう。現実を突きつけられれば、否《いや》が応《おう》でも気は引き締まる。

そう思った矢先のことだった。

三

実力テストでの失態を取り戻すべく、周はその日、遅くまで学校に残って問題集を開いていた。

気がついた時には午後五時手前で、舌打ちしたくなる。この時間だと、電車は混んでいるはずだ。普通の混雑ではない。嵐山《あらしやま》へ向かう観光客と帰宅ラッシュが重なって、間違いなく、地獄絵図のようになっている。乗ってしまえば数分だが、すし詰めになった電車は痴漢が怖い。仕方なく、今日はバスで帰ることにした。

実はバス通学の方が体力的には楽だったりする。最寄りのバス停は、学校からは徒歩一〇分、自宅からは五分の距離にある。どちらも駅より近い。

電車を利用しているのは、京都市内の車移動は、時間が読みにくいからだ。

観光客で混雑するため、あちこちで渋滞が起こっているし、満員でバスに乗れないこともある。いわゆるオーバーツーリズム状態で、京都では昔から問題になっていた。市は、分散型観光と称し、観光客の押し寄せる時間をずらそうとしているようだが、今のところ効果は出ていない。逆に全ての時間帯で混雑が発生しただけだった。

おまけに今日は五十日《ごとび》だ。会社や自営業者が、集金であちこち飛び回る日だ。京都は自営業者が多いので、この時間でも自家用車が溢れかえっていることもある。実際、一度バス通学で派手に遅刻したことがあり、それ以来、特に朝は電車を使うようにしていた。

とはいえ、JRもダイヤが乱れることはしょっちゅうだ。余裕を持って登校してはいるが、遅れるときは、どうやっても遅れる。

今からバスに乗れば、帰宅時間がまったく読めなくなる。それでも痴漢に遭うよりはずっといい。京都水族館近くのバス停まで歩き、千本今出川《せんぼんいまでがわ》か北野白梅町《きたのはくばいちょう》のどちらかへ向かうバスに乗る。今日は二〇六番のバスが早く来た。千本今出川へ向かうバスだ。

吊革につかまって、スマホを取り出す。バスでは酔うので本は読めない。代わりにネットニュースを眺めていると、そこに見知った会社名を見つけて、反射的にリンクをタップした。

何かの謝罪会見が動画で始まる。リアルタイムで配信しているらしい。画面の中央で、深々と頭を下げていた男性が顔を上げ、あっと声が出そうになる。

宇宙旅行で、副機長兼添乗員を務めていた土師《はせ》だ。

「今日は貴重なお時間を頂戴して申し訳ございません。ただ今から、弊社ユニバーサルクルーズ社による、一連の事件に関するご報告、並びに会見を行いたいと思います。本来ならば、もっと早く、皆様の前に出て、お話ししなければならなかったのですが、事実関係が少しでも明らかになってからと思い、このような時期になってしまいました。この度は、ご迷惑をおかけして、大変申し訳ございません。改めて、社員一同、関係者の皆様と、何よりも被害に遭われましたお客様とそのご遺族に、心からのお詫《わ》びを申し上げます」

　頭が下げられる度に、フラッシュが画面を埋め尽くす。

　土師の顔は、満身創痍《そうい》だった脱出時よりもげっそりしている。けれども瞳は真っ直ぐにカメラを向いており、責任感と使命感の強さが窺えた。おそらくそれが、今の土師の原動力なのだろう。立派だとは思うが、過労で倒れないか心配だ。

　周にとって土師は、珍しく尊敬できる大人だった。

　女子高生をやっていると、こちらを舐めて絡んでくる連中の多いこと多いこと、多いこと。

　土師は、他の乗客達だけでなく自分も、ちゃんと一人前の人間として扱ってくれたので、好感を持っていた。

　恋愛的な意味ではない。父親と同世代の相手だ、そういう感情は一切無い。ただあの人柄に好感を持っている、それだけだ。

　考えれば当たり前の話だ。あの宇宙旅行は、モニターツアーだった。悪い評判など、一ミリだって立てるわけにはいかない。アルバイト経験の無い周でも、その程度のことは想像できた。今思い返しても、あの人からセクハラめいた言動をされた覚えはない。

　だが、そんな当たり前のことができない連中がどれほど多いか。時々一人で暗澹《あんたん》となる。

　親子ほど歳《とし》の離れた自分に、いくら客だからと言って、終始敬語を使い、それでいて不必要にへりくだることなく、紳士的な対応をしてくれたことは、生まれて初めての経験だった。こういう大人もいるのかと感心したものだ。

今も土師は、取材陣からの容赦ない質問に、真正面から答えている。ノーコメントや、記憶に無いといった言葉には、一度も逃げていない。

立派だとは思うし、改めて尊敬の念を強くするが……同時に、世の理不尽さに、歯がみするような悔しさもあった。

土師の所属するユニバーサルクルーズ社は、宇宙旅客機の開発と運転、モニターツアーにおける添乗員の派遣を担当していた。宇宙ホテルの建設と運営は、完全に別会社の仕事だ。

確かに宇宙ツアーの中核を担っていたが、事件に関しては巻き込まれた側でもある。

被害者か加害者でいうなら、被害者だろう。なのに、謝罪会見を開かなくてはいけないなんて、納得がいかない。一体どういうビジネス的な力学が働いたのか、周には想像することもできなかった。

被害者と加害者なんて、ちょっとの差でひっくり返るのかもしれない。少し前の周自身がそうだった。宇宙で事件に巻き込まれた時までは被害者だったが、脱出ポッドでの演奏配信は、人によっては迷惑行為を働いた加害者に見えていた。だからこそ、動画が炎上し、動画配信者を呼び寄せ、周は学校や地域、支援活動協会に保護された。つまり、また被害者となったわけだ。

この二ヵ月で、二つの立場を行ったり来たりしている。

事件の裏にどんな事情があるのか、世間は考えようともしない。表層的なことだけで、被害者と加害者を決めつけたがる。一般人が宇宙へ旅行に行ける時代なのに、人間というのはなかなか成長しない生き物らしい。

記者会見の話題が技術的な部分に及んだところで、画面がスタジオに切り替わった。その瞬間、周は信じられないものを見て、息を呑《の》んだ。

「それではここで、実際にツアーに参加されていた方にお話をお伺いしたいと思います」

見知った人物が、画面に映っている。

「いやあ、あの旅行はマジで大変だったんだよね」

深刻な表情の割に、人を食ったような声で天を仰ぎ見たのは、宇宙旅行で一緒だった乗客の一人、政《まさ》木《き》敬《けい》吾《ご》だった。

良い印象は残っていない。事件に巻き込まれ共闘もしたが、土師とは違って厄介だった記憶しかない。付き合いやすい相手とは言いがたく、嫌な予感すらして、胸にじりっとした焦りが広がった。

「宇宙ってことはさ、外は真空なわけじゃない？　いや、そりゃイオンとかなんだとか小難しいのがあるのは知ってるけど、酸素がない訳だから、何かあったらって恐怖はマジで半端なかったね。おまけに身体がずっとふわふわしてて、地に足が着かない感覚ってのが不思議でさあ」

謝罪会見とは打って変わって、緊張感の無い雰囲気がスマホの画面からも伝わってくる。むしろちゃらい。

「いやあ、宇宙から眺めた地球、めっちゃ綺麗だったよ。丸くてさ、意外と可愛《かわい》いんだよね。知ってる？　地球ってさ、球って言うぐらいで、本当に丸いんだぜ。あれが見られただけでも宇宙に行ってよかったよ。だから、今回のことだけで宇宙旅行が中止とかになっちゃうと、俺としては残念だよね」

政木の言葉におかしいところは無いが、見た目も口調も軽薄すぎて、頭に入ってこない。

このまま無事に終われ。そう念じ続けて、ようやく司会の男性が締めの言葉に入った。

ほっとしたが、それを遮って政木が声を上げる。

「最後に、これだけは言っておきたいってことがあるんだ。今さ、この旅行で一緒だった女の子が、大変な目に遭ってるんだ」

絶望が周を襲ったが、諦めずに、余計なことは言うなと念じ続ける。

「あの子が配信した動画に粘着してる奴らがいてさ、見たらもう、ひどいのよ。暴言とか誹謗中傷で溢れててさ」

――うそやろ。あかん。あかんて。

「こういう奴らって、性根が腐ってるんだよね。それか、人の心がないんだよ。辛い思いをしたことがあったら、会ったことも無い人に対して、死ねなんて言葉投げかけないし、学校を特定して突撃したりなんかしないでしょ」

――あかんあかんあかん！

「お前らがやってるのは、ただの弱い者イジメだからな！　二度と馬鹿なコメント付けたり、本人や学校に突撃したりするんじゃない！　恥を知れよクソ動画配信者のネトウヨ共！　いつか絶対にバチが――」

「あのおっさん！　ええかげんにせえよ！」

最後まで聞かずに叫んで、周囲の客が何事かとこちらを振り向く。バスに乗っていたことを忘れていた。

恥ずかしくなって、周は慌てて次のバス停で降りた。降りる予定よりも五つも前だった。

この政木の出演を切っ掛けに、動画は二度目の炎上を迎えた。放送直後から動画にはおびただしい数の罵声コメントが増え、なんなら周が政木をけしかけたんだと邪推するものもあった。

腹が立つが、下手に反応すれば火に油を注ぐことになりかねない。イライラを呑み込んで、その日はスマホの電源を切り、早めにベッドに潜り込んだ。

翌朝。注意しながら登校すると、案の定怪しい人物が学校の近くで待ち構えていた。それも一人や二人ではなく、ざっと確認できただけで五人はいる。ただし、サクピーの姿は無かった。

こうなったら、無視して駆け抜けるしかない。わかってはいるが……プライドが邪魔をする。

——なんでなんも悪いことしてへんのに、こそこそせなあかんねん。

周は怒っていた。

もちろん、こんなところで意地を張っても、一円の得にもならない。それぐらいわかっている。

——変なプライドは捨てて、今はとにかく、これ以上騒ぎが大きくならんようにすんのを第一に考えんと。逃げんのは負けやのうて、戦略の一種や。反撃できる状況になったら思いっきり殴り返したったらええねん。

　心の中で自分を説得するが、もやもやとした感情を抑え込むのは簡単ではなかった。

「あの、真田さん、やんね？」

　突然後ろから声をかけられた。恐る恐る振り返れば、前に巡回してくれていた女性が、心配そうな顔をしていた。

「大丈夫？　おばちゃん、いっしょに校門まで行ったあげよか？」

　状況は既に知られているらしい。善意からの言葉に頭を下げながらも、人から心配されることと、厚意に甘えることに慣れていなくて、素直になれなかった。

「ありがとうございます。そやけど、大丈夫です。これぐらい自分でなんとかでけんと」

「そう？　そやけど、危ない思たら大声で叫んでや？　すぐに警察呼ぶさかい」

　再度頭を下げて、周は早足で校門へ向かうという、中途半端な選択を取ってしまった。

　おかげですぐに見つかり、動画配信者らしき人物達が、わらわらと近づいて来た。

「真田さ～ん、コメントくださ～い！　動画が再炎上した気分はどうですか～？」

　ニヤついた顔と甲高い声にイラつくも、無視して校門を目指した。これは逃げじゃない。そう自分を納得させながら無言で歩き続ける。

「大人を利用して口封じしようとした、なんて評判もありますよ？」

　無視だ。

「金閣寺が燃えたことについても一言くださいよ～。ネットの炎上とリアル炎上、大変ですよね」

「あれって自作自演ですか？　再生数稼ぐために、火を付けたなんてことないですよね？」

ここで悲鳴でもあげれば、まだ可愛げがある。それがわかるくらいには、自分は冷静だ。

「逃げたってすぐバレますよ。そんなに身長高いと、目立ちますからね～」

「…………」

何か言いかけて、ギリギリ呑み込んだ。

センシティブな話題だとバレたのか、動画配信者が下卑た笑みを浮かべる。

「それにしても、背が高いよね～。一七五センチぐらいあるんじゃないの？　でかいって言われない？」

思わず足が止まるも、理性は辛《かろ》うじて残っていて、周は懸命に微笑んだ。

だが、駄目だった。

「うちの背が高いんと違《ちご》て、そっちが小《ちっ》ちゃいんちゃいます？　人間としての器が」

動画配信者の表情がかたくなる。煽っておいて、言い返されたらムカついているらしい。蹴り飛ばしたくなる顔だ。小学校時代、イジメをやっていた連中とまったく同じ反応だった。

政木のやったことは許せないが、言葉は正しかった。こいつらがやっているのは、間違いなくイジメだ。

「そうだ、その京都弁、可愛いってコメントたくさんありますよ。京都ってだけで特別扱いされて、よかったですね－！」

「京都弁？」

鼻で笑いながら、反論か皮肉を言ったつもりになっている動画配信者を見下ろす。怒りが増せば増すほど、周の冷笑は鋭さを増していた。

「なんちゃら弁ゆうのは、なんとか地方の言葉ゆう意味です。京都は一回も地方になったことあらへんので、ゆうんやったら京言葉ゆうてくださいね」

きょとんと、動画配信者の目が瞬く。暗に馬鹿にされたことに気づかなかったらしい。だが悪意は伝わったのか、鼻の穴が数秒遅れて膨らむ。周が言葉をたたみかけた。

「いやあ、これがその辺の一般人やったら、なにゆうてもかまへんのですけど、報道気取ったはるんでしょ？　言葉使う仕事なんでしょ？　そやったら、人一倍、自分の口からでるもんには敏感やないとあかんのとちゃいます？　おまけに京都の名前借りんと皮肉のひとつもゆわれへんとか、えらい簡単に仕事しゃはるんですね。そらまあ、苦労なんか買《こ》うてまでするもんちゃいますもんね。ピンハネするんが、一番楽に儲かりますもんね」

周の言葉を標準語に翻訳すれば「黙れ田舎もん。自分の力で仕事できるようになってから出直せ」となる。意味は通じずとも、嘲笑されたことはわかるのか、動画配信者達の顔が真っ赤に染まった。

「おい、人の仕事に嫌味を言うなんて、どういうつもりだ！」

「嫌味に聞こえたゆわはるんやったら、そうかもしれませんねえ。なんかすんませんでした。クリティカルなとこ突いてしもたみたいで」

「こ、こっちは、これで飯をちゃんと食ってるんだ！　一八年だぞ！　動画配信者になる前から、こうやって、報道のプロをやってるんだ！」

「いやあ、二〇年近《ちこ》う経っても、子犬みたいにきゃんきゃん吼《ほ》えてられるやなんて、優しい業界なんですね。お似合いですわ。普通やったら、ちゃんとした飼い主が躾けてくれるもんなんですけど」

棒で突かれたように、動画配信者が仰《の》け反《ぞ》る。

「誰のせいで、こんなことになってると思ってるんだ！　お前の動画が炎上してるからだぞ！」

「そやから謝ってるやないですか。キレ散らかしたら、こっちがびびって泣き叫ぶとでも思たはるんですか？　さすが、ネットで活躍したはる人のやり方はひと味ちゃいますねえ。そちらさんの仕事、うまいこといくように祈《いの》てますわ。スパチャとか欲しい物リストにある商品もろて、承認欲求満たせるとええですね。ほな」

かくして、二度目の炎上に周本人の手でガソリンが注がれたのだった。

やらかした……職員会議室で自習させられ、周は一人落ち込んでいた。

先ほどのやりとりは生配信されており、登校してすぐ、学校の知るところとなっていた。話によると、抗議や嫌がらせの電話が、ひっきりなしにかかってきているらしい。

周は授業中にもかかわらず職員室に呼び出され、事情聴取を受けるなどして、今は一般生徒から隔離されていた。

もう少し我慢できていれば、穏便に済んでいただろう。アドバイス通りに大声を上げて、警察を呼んでもらえば、結果は違ったはずだ。

なのに、それができなかった。プライドのせいなのか、性格のせいなのか、うまく立ち回れなかったことに落ち込む。

職員会議室には、担任の福島先生が付き添っていてくれた。お互い押し黙って、空気が重い。それは昼休み中も続いて、まともに話しかけられたのは、放課後になってからだった。

「あのね、真田さん。ちょっと、相談があるんだけど」

——そうゆうたら、福島先生てどこ出身なんやろ？

場違いにそんなことを考えた。言葉遣いに関西訛《なま》りは無いし、京都にパン屋が多いことも珍しがっていた。

「真田さんさえよければ、その、明日以降の授業をリモートで受けてもかまわないと、そういう結論が職員会議で出たんです。幸い、カリキュラムは全部終わってますし、残りの授業は、受験対策だけですから。機材も、コロナ禍《か》の時に揃えたのがあって、だから、あの……どうでしょうか」

「いや、ちゃんと来ますよ」

いつもは隙あらばサボってやりたいと思っているが、こんな状況で休むのは、負けた気がして悔しい。それに、犯罪を犯した訳ではないのだから、堂々としていたい気持ちもあった。

「無理しなくていいんですよ。真田さんも、怖い思いなんてしたくないでしょうし」

学校の態度が硬化している。福島先生の態度からして、壁が感じられた。視線も、向かい合っているのに全く合わない。

「それに、安全面も考えると、やっぱり今まで通りというのは難しい気がするんです。だからその、これは真田さんのためにもなる話ですから。受験も近いですし、他の生徒のことも、ありますし……」

――切り捨てられたな。

悟って、周は間を持たすように、ペットボトルのお茶に口をつけた。

怒りは湧かない。今回の件については、周も完全な無罪とは言いがたいからだ。一度鎮火しかけた炎上事件が、政木のせいで再炎上したところまでは、まだ同情の余地はあっただろう。でも、今朝の一件は失敗だった。あれだけ下手な反応はしないよう念を押されていたのに。

「本当は、先生、反対したの。学校って、勉強だけじゃなくて、学校に来ること自体に意味があるって思ってるから。でも、その方が安全だって言われて……」

「……そうですか」

無念と諦めと納得と皮肉が胸に満ちてくる。こんなことになるなら、我慢せずに言いたいこと全部、動画配信者にぶちまけてやればよかった。下手に遠慮して半分も言えていない。それだけが唯一の心残りだ。

いろんな感情を飲み下すために、にこりと微笑む。びくりと、福島先生が肩を震わせた。昔からどうしてか、微笑みかけると怯えられることが多い。

学校の言い分もわかる。京都南高等学校は進学校だ。九割の学生が難関大学を受験するし、学校生活の多くは受験対策に捧《ささ》げられている。受験の邪魔になるようなことは、歓迎されない。

まだ学校が今の名前に改名される前、ボンクラ校として名高かった昭和四〇年代頃、学校は改革を断行するため、退学処分を含めて不良生徒を大量に取り締まった。その結果定員割れを起こし、経営危機に陥るも、当時学校が所有していた美術品すべてを売却するまでして、生まれ変わろうとした。

進学率は、学校のアイデンティティだ。自分一人の為に落とすことはできない。

「ほな、しゃあないですね」

本当にしゃあないのかどうか、周にはわからなかった。ここで我を通すことも、おそらくできる気がする。必死に訴えれば、福島先生なら上に掛け合ってくれるような気もした。

でも、気持ちが萎えたのも確かだ。それは、福島先生の安堵する様子を見て余計に強まった。

「わかってくれるのね。ありがとう」

「文化祭の準備だけ、代わりの人見つけてくださいね」

「あっ……」

今になって気づいたのか、福島先生の顔がまた暗くなる。

周のクラスは、自作のプラネタリウムを展示することになっていた。星が好きなクラスメイトがいて、その子が音頭を取り、放課後や休憩時間を利用して進めているところだ。星座を再現するのに苦労しているのは知っている。周が宇宙で撮った写真も使われる予定だし、BGMには周のピアノを録音することにもなっていた。クラスの全員がナレーションで参加することも決まっていて、文芸部のクラスメイトが、天文学部のクラスメイトと協力して、楽しそうに脚本を執筆していた。

勉強漬けの毎日だからこそ、多くの生徒はイベントに積極的だ。学校側も、思いっきり遊んで思いっきり勉強しろと、常日頃から言っている。

だから、彼ら彼女らの頑張りや楽しみを奪いたくもない。

「ごめんなさい。先生、そこまで考えがまわらなくて……最後の文化祭だもんね。あの、その、どうしよう」

「先生らの好きにしゃはったらええですよ」

本心からの言葉だが、福島先生は傷ついたようにうつむく。

「あの、真田さん。やっぱり私、もう一回他の先生方に相談を――」

「ほな」

一言だけ残して、席を立つ。福島先生とは、最後まで視線が合わなかった。

「なにが、一生徒を全力で守ることが学校全体を守ることに繋がるやねん」

職員会議室を出て、廊下を蹴りたくなって呻《うめ》いた。腹を立てていることすら悔しくて、数秒睨んでから、本当に蹴りつける。

とはいえ、教師や学校への怒りは本当に無い。失望感も、ゼロと言えばうそになるが、大きく周を傷つけはしなかった。むしろ、やっぱりかという感覚すらある。学校なんてこんなもんだ。カルト教師がいた小学校時代よりはよかった。それだけで満足しないと。

それに、今回こうなった原因は、動画配信者だ。いくら学校に偏見があっても、そこを間違えるようなことはしなかった。

それでも今は、学校から一秒でも早く遠ざかりたくて、廊下を走る。校門を駆け抜け、梅小路公園を横切ろうとして……慌てて向きを変え、七条《ひちじょう》にある和菓子屋に向かった。

龍谷《りゅうこく》大学の南側にあるお店で、六個入りの豆餅を二パック買い、今度こそ駅へと向かって走り出す。

階段を駆け上り、電車に飛び乗る。

ぜぇはぁ言いながら吊革に摑まっていると、京都タワーが遠ざかっていくのが見えた。

呼吸が整ったのは、自宅の最寄り駅で降りた頃だった。

汗を拭いながら、スマホを取り出す。ブックマークから自分の動画チャンネルへ飛ぶと、次のようなコメントが増えていた。

『突撃動画から来ました。京都人の本性、相変わらずえぐい』

『このブス、自分が世界一偉いとでも思ってるんじゃね？』

『自分が言われて嫌な言葉は他人にも言っちゃ駄目。ばーか』

『こういう勘違いしたＪＫを調教して大人しくさせたい』

気持ち悪い内容に、腕にさむいんぼが出る。さすがに削除してやろうと思ったが、次に目に入ったコメントに、指が止まった。

『次は銀閣寺が燃える』

一瞬遅れてから、意識して鼻で笑った。

「金閣寺の次やから銀閣寺て……」

芸があらへん。そう続けたかったのに、口をつぐんだ。

あほらしいと吐き捨てたいが、まさかという思いもある。金閣寺を燃やすとコメントが付いたときも、本気にはしていなかった。今でも、偶然の一致だろうとたかをくくっている。念のために確かめれば、金閣寺を燃やすとコメントしたのと同じアカウントだった。

急速に、肺腑《はいふ》が冷えてくる。

京都に住んでいるからと言って、京都の地理に詳しいわけではない。それでも、主要な観光地はなんとなく覚えている。銀閣寺こと慈照寺《じしょうじ》は、今出川《いまでがわ》通の東のどんつきだったはずだ。御所の北側にある、東西の通りのことだ。

息が止まる思いで、公式サイトを確かめる。参拝できる時間は、午後五時まで。ちょうど近くのバス停から、四〇分くらいで着くようだ。今から行っても、閉門に間に合うかどうか。

悩んでいると、特別拝観が開催されているのに気づいた。ドローンやらプロジェクションマッピングやらを使ったライトアップが、今日まで行われているらしい。建物だけでなく庭園を含む慈照寺全体の空間を再構成し、変化させることで、今までに無いインスタレーション芸術を作り上げると、うたわれている。

意味はよくわからないが、とにかくそのイベントが、夜の七時から始まるらしい。完全予約制だが、チケットはまだ買えた。

もし本当に燃えたらという不安と、何も起こらないはずだという楽観、それに、もしまた瞳子が現れたらという希望が、周の胸で絡みあう。

悩んだのは一瞬だった。タイミング的にも巡り合わせのようなものを感じて、衝動的にバスに乗った。一度家に帰るべきとも考えたが、イベントが始まる前に、事件が起こる可能性もある。

両親に向けて、どうしても銀閣のプロジェクションマッピングを見たいので、帰りは遅くなるとメールした。仕事中だろうから、返事はすぐに来ない。終業時間の午後六時頃には、敷地内だ。

バスに揺られている間、焦っているのか、恐怖しているのか、期待しているのか、それすらもわからなくて、そわそわしたまま窓の外を眺めた。ちょうど烏《からす》丸《ま》通にさしかかったところだ。さすがにここからでは、京都タワーは見えなかった。


程なくして、銀閣《ぎんかく》寺《じ》道《みち》というバス停に到着する。

有名な哲学《てつがく》の道《みち》を素通りして、狭く、緩い上り坂を、どんつきまで歩いた。

待ち構えていたように、真正面に総門が現れる。

奥まった場所にあるのに、人の数は多い。早くもいろんな言語が聞こえて来る。

総門をくぐり、竹垣に囲まれた参道を歩く。距離にして五〇メートルほどの細長い空間で、綺麗に両側の木々が刈り込まれていた。少しずつ俗世から切り離されていくような静けさがあって、参拝客の多さにもかかわらず、凛《りん》とした空気がある。どんつきを直角に折れ曲がると、外界と遮断されたような気分さえあった。

時間を確認すると、午後五時ちょうどだった。イベント開始まで、二時間ほどある。

中門《ちゅうもん》をくぐって、せっかく参拝料を払ったのに、ろくに建物や庭を見ず、周囲を探る。参拝客の顔ばかりを見つめ、不審人物や瞳子がいないか探すが、数が多すぎてろくに確認もできなかった。

代わりに、別のことに気づく。警備員の数が多い。金閣寺が燃えた直後に、あんなコメントがついたからだろうか、厳重になっている。警察も数人確認できるし、私服なのに、鋭く参拝客を観察する人もいて、物々しさと緊迫感が漂っていた。

境内を一周して、入口に戻ってくる。人の数はさらに増えていた。イベントが近いからだろう。ここまで混雑すると、全員の顔を確認するなんて不可能だ。

半ば諦めそうになったとき、慈照寺の象徴とも言うべき観音殿、いわゆる銀閣が今になって目に入った。

銀色ではない。奥ゆかしく周囲と調和しながらも、他の色には染まらない墨色だった。周囲を東山《ひがしやま》の大自然が覆っていて、水墨画が現実に飛び出してきたような錯覚に陥る。

静かなたたずまいが、昔習った華道を思い出させる。背筋が自然と伸びた。

そこでようやく、気が急《せ》いていることに気づいた。

一度落ち着こうと深呼吸し、改めて周囲の景色を眺める。

足利義政《あしかがよしまさ》の遺構といわれる庭園銀沙灘《ぎんしゃだん》は、文字通り銀色にも見える砂が敷き詰められ、規則正しい砂模様が広がっていた。枯山水の一種だろう。穏やかな波紋か、風に揺られる草原を表現しているように見える。

そこに、富士山《ふじさん》を模したというオブジェ、向月台《こうげつだい》がある。こちらも銀色の砂でかためられており、周の身長より高く、迫力があった。

諸説あるが、この庭園は月を観賞するため、あるいは月光を反射させ、間接照明の役割を果たすため作られたという。柔らかな光が反射する姿は、さぞかし神秘的だろう。

その向こうに、銀閣がひっそりとたたずんでいる。

金閣ほどの派手さや神々しさはない。想像していたよりも大きいし、庭園の向こうに存在する姿に迫力も感じるが、禅寺らしい意匠が取り入れられていて、ささくれていた心に染みるような、落ち着いた趣がある。庭園にさして興味も無かったのに、安堵に似た感覚が胸を満たした。

パンフレットによると、本尊は釈迦如来《しゃかにょらい》らしい。どうりでと納得する。細かな意匠に馴染みがあった。

銀色だった砂の庭を、いつの間にか茜色が侵蝕《しんしょく》していた。

時間を確認しようとスマホを取り出すと、メールが届いていた。人混みのせいで着信音に気づかなかったようだ。

母親からだ。『あんたほんま鉄砲玉やな。終わったらすぐ電話して、八時半までには絶対帰っといでや』とある。

指示された帰宅時間を見るに、母親は既に、このイベントについて検索済みのようだ。

イベントの開始時間は七時で、時間は約三〇分。バスの時間を検索すれば、一時間で帰宅するのはぎりぎりだ。寄り道は絶対に許さないという鋼の意思が感じられる。

なにはともあれ、許可してくれてほっとした。今すぐ帰ってこいとメールが来ていたら、渋々従っていただろう。

了解と返事して、境内をうろつく。ただでさえ多かった参拝客が、イベントに向けて、さらに密度を増していた。瞳子どころか、怪しい動きをしている人も見当たらない。

時間が来て、周囲のライトが消えた。さらに人の顔など見えなくなる。

庭園に、数字が浮かび上がった。六〇からカウントダウンが始まり、残り一〇から、唱和するように声があがる。ゼロになると同時に、水面に水滴が落ちたように、光の波紋が広がった。

雅《みやび》なＢＧＭが聞こえ、カラフルな花が咲き乱れる。葉っぱ模様がひらひらと舞い、着物を意識したような模様が川のように流れていく。くるくると変わる景色に、小さな子供が飛び跳ねて喜んでいた。微笑ましくて眺めていたら、後ろから身体が押された。

指定席などはなく、プロジェクションマッピングの中を自由に歩き回れる趣向だ。立ち止まったせいで、つっかえたのだろう。お互い頭を下げながら、順路に従って歩を進める。足元には、点々とライトが灯《とも》っていた。

ＢＧＭが、荒々しい三味線の音に変わった。荒波のようなＣＧが銀閣に覆《おお》い被《かぶ》さり、潮が引くと、銀閣が本当に銀色に輝いていた。

歓笑と失笑が折り重なる。

名前の通り銀色に輝く姿に感動する声と、本当に銀色にしてしまったことへの情緒の無さが、二種類の笑いを生んだのだろう。

周は、どちらかといえば後者の立場だった。水墨画のようなたたずまいが印象に残っているせいで、銀色のライトアップがケバケバしく思えたのだ。とはいえ、失笑するほどのものでもない。しょせんは個人の好みだ。

突如、周囲がオレンジ色に変わった。銀閣も紅葉したような色に染まり、建物が燃えたように見える。気のせいだとわかっていても、一瞬息が止まった。

「ねえ、今のって、金閣寺が燃えたばっかりなのに、不謹慎じゃない？」

「気にしすぎでしょ？」

後ろから聞こえたどちらの意見にも、同意したくなる。あのコメントを本気にはしていないが、不吉さを煽られた気がして、胸に隙間風が吹き込んだ。

こんなに暗くては、警備も難しいのではないだろうか。プロのやることだから、対策はしてあるのだろうが。

ぶぅん、と蜂が飛ぶような音が聞こえた。ドローンだ。

ざっと、一〇体ぐらいはあるだろうか。編隊を組み、カラフルな色で発光しながら、宙を舞っている。

さあっと、風が肌を撫でた。まだまだ暑い日が続くが、さすがにこの時間だと、秋が近づいているのがわかる。

一瞬遅れて、残った夏を集めてかためたような熱を感じた。

金閣寺の時にも感じた熱だ。なにが起こったのか、本能が先に察知して、さむいんぼがうなじに浮かぶ。

瞬間、赤く染まっていた銀閣が燃えた。

プロジェクションマッピングにしては、リアルすぎる。

ドローンは、何事も無いように編隊を組んだままだ。

「燃えてる！　本当に燃えてるぞ！」

前方で悲鳴があがった。遅れて白煙が上り、熱の圧力が顔を叩く。

ざわっと、周囲が震えた。誰もが狐《きつね》につままれたような表情で、呆然《ぼうぜん》としている。周も、咄《とっ》嗟《さ》に動けず、煙を見上げていた。

銀閣から炎が出た。光彩陸離の模様が重なり、現実味のない光景が熱を放つ。

「うそやん……」

つぶやくと同時にプロジェクションマッピングが消えた。ライトが境内を煌々《こうこう》と照らす。

警報が鳴り、ようやく催眠術がとけたように、周囲から悲鳴があがった。

「参拝中の皆様にご連絡します。ただいま境内において火災が発生。どうか慌てず、係員の指示に従い、避難してください。繰り返します――」

アナウンスが流れるも、誰も聞いていなかった。ほとんどが外国人観光客で、日本語が通じないからだ。パンフレットに他国の言語を併記できても、多言語での緊急アナウンスまでは、寺の僧侶にはできないようだった。

逃げるどころか、燃える銀閣を撮影している人までいる。

周囲が騒然となる中、周は音が消えていくような衝撃を感じて足を止めた。

炎を挟む形で、遠くに見覚えのある格好が視界に飛び込んでくる。

つば付きニット帽を深めに被り、ベージュのマスクを着けた女の子だ。なんの動揺もなく、たたずんでいる。

瞳子だ。瞳子らしき女の子がいる。

ぐちゃぐちゃな感情がせり上がってきて、どうすべきなのかわからなくなる。

瞳子を見つけた嬉しさは、もちろんある。それ以上に、放火予告のあった場所に、二度もいたことが恐怖でもあった。

まさか瞳子が放火したのでは？

いや、そんなわけがない。こんな大それた真似、瞳子にできるはずがない。

そもそも、放火なのか、ただの事故か、それもわからない。

自然発火だとも、思えないが……

思考が行ったり来たりを繰り返し、冷静にも感情的にもなれなかった。

じりじりと焼けるような熱さに、汗が浮かぶ。つうっと背中を流れていく感触に、周はようやく自失から解放された。

「瞳子！」

これも、金閣寺の時と同じく、瞳子らしき女の子は、こちらの声に気づかない。

まるで銀閣が燃えたことを確認するように、じっと炎を見つめ、やがて背を向けて歩き出した。

今度こそ逃がさないと、人混みをすり抜けて追いかける。しかし、外国人観光客が右往左往して、行く手を阻まれた。

呆れたことに、生配信でもしているのか、スマホを構えて大声をあげる人もいる。

「視聴者のみなさん、御覧ください！　あの銀閣が……金閣に続いて、銀閣までもが、リアル炎上しています！」

周囲から顰蹙《ひんしゅく》を買っていることに気づかず、声はどんどん大きくなっていく。

その隣を通り抜けようとした時、声に覚えがあるような気がして、振り向いた。顔では無く、青い髪が目に飛び込んできて、次に目が合った。

「「あ！」」

二人同時に声をあげる。迷惑系動画配信者のサクピーだ。

「真田さん、こんなところでなにしてるんですか～？」

面倒なのに見つかった。どうしてこいつがこんなところに？

「あの動画についたコメントが気になって、銀閣を張ってたんです。まさか本当にリアル炎上したあげく、動画のうぷ主まで現れるなんて……こりゃあ怪しいんじゃないですか～？」

ニタニタとした笑顔から、思わず顔を背ける。構っている暇は無い。こんな奴よりも、瞳子を追うのが先だ。

「逃げるんですか～？　やましいことがあるから逃げるんですよね～？」

背中に届いた声を無視して走り出す。がらんと木が崩れる音がして、足元が揺れた。その場にいた全員が一斉に振り向く。

水墨画のようだった景色が、無惨にも瓦解していた。

続いて、火が銀閣だった建造物を包み込む。

金閣が焼け崩れたときには、ある種の美しさがあった。銀閣には、乾いた哀愁しかない。禅寺だからだろうか。枯山水の向こうから焦げた匂いが強く漂って来た。風下だ、煙《けむ》に巻き込まれて、目に染みた。

声も出せず、再び自失する。

二度も、京都の象徴が崩れるところを見るなんて……

振り向くと、既に瞳子らしき女の子の姿を見失っていた。

ならば出入り口で待ち伏せようと、急いで外へ向かう。既にそこには、野次馬が大量に集まっていた。慈照寺から市内へ続く道はとても狭く、いもあらい状態になっている。

サイレンもけたたましく聞こえるが、消防車が入れるような道幅は無い。消防士が駆けてきて、道を譲るように大声を上げる。

この中からたった一人を探し出すのは、ほぼ無理だ。警察に訴えたところで同じだろうし、相手にしてもらえるようにも思えない。

そもそも警察が積極的に人を捜索してくれるのは、特異行方不明者と呼ばれる、事件性や明確な命の危険がある場合だけだ。瞳子が失踪した当時、嫌というほど思い知らされたことだ。

消火活動の邪魔にならない場所まで出て振り返ると、暗くなりかけた空が、薄くオレンジ色を反射していた。

さすがにここまで熱は届かない。火事の状況も見えないが、間接的に勢いが感じられて、改めてぞっとした。

悔しさに、奥歯を噛みしめる。あと少しだったのに。あともう少しで、瞳子を捕らえられたかもしれないのに。

「瞳子……」

つぶやいた声は、懐かしさにではなく、恐怖で震えていた。

金閣寺、銀閣寺が燃えるとコメントがあった直後、本当に燃えた。そこに、探していた友人の姿を見つけたのだ。何かしら関わりがあると考えるのが普通だろう。

それに、火事に驚いてる様子もなかった。

再び浮かんだ嫌な考えを、頭を振って追い出す。

瞳子は、自分と同じただの高校生だ。文化財を燃やすような理由があるとは思えない。

もちろん、世の中には驚くような動機で驚くようなことをしでかす人はいる。宇宙旅行でも、とんでもない理由で、とんでもない事件に巻き込まれた。追い詰められたり、これしかないと思い込んだりすると、人はとんでもないことをしでかす生き物だ。

これ以上ここで考えても、答えは出ない。周は銀閣寺から離れた。

哲学の道あたりまで戻って、スマホを取り出す。

時間を確かめようとすると、大量の着信履歴が残っているのに気づいた。両親からだ。メールも山のように届いていて、見なかったことにしたくなる。

そうこうしているうちにまた母親から電話がかかってきた。着信音は、クイーンの『愛にすべてを』だ。賛美歌のようなコーラスを従えながら、フレディ・マーキュリーが切実な歌声で、愛を求め続ける。今はその愛が重い。周はためらいながら、応答アイコンをタップした。

「あんた今どこにいんの！」

繋がった瞬間、風圧を感じるほどの怒声が鼓膜をつんざく。

「無事なんか？　今何時や思てんの！　八時やで！　夜の八時！　ライトアップ見終わったらすぐ電話しいてメールしたやろ！　なにしてんねんな！」

「ごめんて。いろいろあって……」

ボリュームを一番小さくしても、母親の声は頭に響くぐらい大きかった。周囲に会話が漏れないよう、また周囲のざわめきで母親の声が聞こえなくなるのを防ぐため、ノイズキャンセリングイヤホンを装着して、話しかける。

「銀閣寺の前。うんそう、やっぱテレビでもやってんにゃ。めっちゃ燃えてた。まだ消防車いっぱいいてる。ちゃうわ！　なんでうちが火いつけなあかんねんな！　金閣と銀閣、両方燃えた時にその場にいてた奴が犯人て、えらい名推理やな。警察いらんのとちゃうか」

　母親も同じ事を考えたらしい。冗談とわかっていても、瞳子のために過剰に反論した。

「とにかく、それで人がいっぱいで、周りもやかましいて、電話でけへんかったし、着信にも気いつかへんかってん。うん、今から帰るさかい。そやから……はい、ごめんなさい」

「はよ帰って来んと、ＧＰＳ付きの紛失防止トラッカー持たして、明日から二四時間どこにいるか監視するからな」

　おっとりとした声なのに身を切られるような鋭さがある。親がＩＴに詳しいとこんなに恐ろしいのかと、周は顔をしかめながら通話を切った。

　バス停まで歩いて、改めて銀閣寺を振り返る。

　テレビ中継なのか、リポーターらしき人が複数いて、薄明るい空を背後に中継していた。

　その一人からマイクを向けられそうになって、周は慌てて人混みに紛れた。テレビに映りでもしたら、またどんな風に炎上するかわからない……と考えるのは、過敏になりすぎているだろうか？

　金閣寺が燃えた時もそうだったが、周囲は宵山《よいやま》の四条《しじょう》通かと思うほどに人が集まって、車道にまで溢れていた。警察が交通整理をしているが、これも同じく、うまく群衆を捌《さば》けているとは言いがたい。道が狭い分、苦戦しているようだ。

こんな状況で、バスがちゃんとやって来るのかも不安だ。バス停の案内板を見ると、案の定遅延しているようだった。

ぐったりとした気分で、椅子に腰掛ける。

すると、目の前を何かがひらひらと横切った。

視線を上げれば、見知らぬ男女が、こちらの顔を覗き込んでいた。男が、アフロとまでは行かないが、癖の強い髪を揺らしている。何か言っているが、イヤホンのせいで聞こえなかったようだ。

「ごめんねー、ちょっといいかな？」

外すと、特徴のある声が聞こえた。美声ではない。男性らしい低さがあるのに、軽妙な印象を受ける。男は害意が無いことを示すように笑っていたが、周は警戒して、椅子から立ち上がりながら数歩後ずさった。

「あらら、そんなにびっくりせんといて。おじさん、怪しいもんとちゃうから。まあ、そういう奴が一番怪しいゆうのが定番なんやけど」

「私ら、こういうもんなんです」

隣にいた女性が、パンフレットを自分の胸の辺りで掲げて、左腕に着けた腕章を指さした。

交互に見ると、そのどちらにも『ひまわりの会』と書かれてある。

「ひまわりの会？」

露骨に胡散臭い顔をしてしまった。

二つの苦笑が返って来る。答えたのは、男性の方だった。

「そう。いろんなボランティア活動してる団体なんやけど……あ、申し遅れましたけど、僕は高橋《たかはし》いいます。で、こっちが」

「芝崎《しばざき》です」

女の方が、勢いよく頭を下げる。

「はあ……」

周は、改めて二人の格好を見た。

高橋と名乗った男の方は、顔立ちはスッキリとしていて、まあ、ハンサムと言えなくもない。ジャケットを羽織っており、三〇代半ばだとは思うが、年齢不詳な若々しさもある。

なんとなく、見覚えがあった。

「あっ！」

急に記憶がフラッシュバックする。

「ひょっとして、朝の巡回してくれたはった人ですか？」

「あら、思い出してくれた？　そらまあ、こんなハンサムやと、記憶に焼き付くもんな」

冗談は丁重に無視して、周は礼儀を優先させた。

「あの時はありがとうございました」

「男が立ってた方が安心するて、藤城さんに頼まれてん。お役に立てたんやったらよかったわ。普段は今みたいに、夜の声かけ運動に参加してんねん」

　藤城の知り合いだとわかり、ほっとする。

「ちなみにひまわりの会ゆうんは、公益社団法人京都支援活動協会の愛称やねん。名前がいかつ過ぎると、子供らが近寄りにくうなるから。で、こっちはそのひまわりの会で、同じくボランティアしてくれてる芝崎さん。オッサンになると、未成年に声かけるだけで事案になるから、手伝《てつど》うてくれてんねん」

　せっかく高橋がボケてくれているのに、芝崎はもう一度、真面目くさって頭を下げた。

　周より少しだけ年上に見えるその女性は、神戸のお嬢さまという印象だった。清楚《せいそ》で、育ちがよく、関西訛りも薄くて、さりげなく質の高い服を身に纏《まと》っているが、芦屋《あしや》ほどわかりやすい金持ちではない。そんな雰囲気が、びしばしと溢れている。

「ほんで、そのなんちゃらの会が、何の用ですか?」

「あのね」

　警戒しているのは周なのに、芝崎の方が明らかに緊張していた。

「あの、私達、だからその、そういうボランティアで、特に今は、夜の声かけ運動ゆうのをやってて、そこで、一人で歩いてる高校生、つまりあなたのことが見えたから、声をかけたの」

　途切れ途切れながら一気に言って、思い出したように呼吸が再開される。

「つまりそういうことで、その、こんな時間に、なにしてるんかなあと思て。予備校の帰りとかだったらええんやけど、もし何か困ってたりしたら、相談にのるけど……」

　気がつけば周は、薄く微笑んでいた。

「要するに、この芝崎さんが声かけ運動の初心者やから、無害そうなうちで練習したはるゆうわけですね」

「あの、あう、あうう……」

一瞬で女性の顔が真っ赤になり、青ざめ、勢いが萎《しぼ》んでいく。図星だったらしい。別に悪意があって言ったわけではないが、面白いぐらいに狼狽《ろうばい》していた。

「ちょっとちょっと、そんないじめんといてえな」

高橋が、こちらは邪気のない子供のような笑顔でなだめてくる。反対に周の微笑みは、ますます鋭さを増していた。

「いやあ、その言い方は、うちが悪いみたいやないですか。突然声かけてきゃはったん、そっちですよ。普通やったら、通報案件ですよ」

「そやからほら、こうやってボランティアの腕章も着けてるやろ?」

「そんなもん、ホームセンターで買《こ》うて来て自分でボランティアて書いたらしまいやないですか」

「ホームセンターで売ってるてよう知ってるね。自分でそんなことして誰か騙したことあるとか?」

「いやあ、ほしたらそちらさんは、子供でも騙せへんようなこと、わざわざお金払《はろ》てまでしゃはるんですか?」

「騙せへんてわかってるんやったら、疑う必要もあらへんのとちゃう? それともこの程度の子供騙しで騙されたことあるとか?」

青くなっていた芝崎が、さらに青ざめて間に割って入ってきた。

「あの、あの！　私のせいでケンカしないでください！」

——なんのラブコメやねん。

まさかリアルでそんなセリフを口にする輩がいるとは。

高橋が、腹を抱えて笑った。

「大丈夫やで、芝崎さん。僕ら別にケンカしてるんと違《ちご》て、会話のキャッチボールがメジャーリーグレベルなだけやから」

きょとんと、芝崎が目を点にする。からかうのもあほらしくなって、周は改めて現状にむくれた。

声かけ運動に目を付けられたということは、補導の必要があると思われたのだろう。こんな時間に出歩いている自分も悪いが、そんな風に見られたのは不愉快だった。

二人が睦《むつ》まじく笑いあっている間に、そっと人混みに紛れようとする。しかし前方から、別の声がかけられた。

「高橋さん、芝崎さん。いちゃついてないで、真面目に仕事してください。その人、困ってるじゃないですか」

同じ腕章を着けた少女が、周の前に立つ。可愛いが童顔で、大きな眼鏡が余計に幼く見せていた。

「あの、芽衣《めい》ちゃん。私達別に、いちゃついてるとか、そんなことないよ？」

「そうそう。今かて、普通に声かけ運動してたんやから。なあ？」

最後の「なあ」は、こっちに向けられた言葉だ。

――知らんがな。

呆れたが、少女は見るからに周よりも年下だ。あからさまな態度は憚《はばか》られて、薄く微笑んで自分の感情を隠す。

少女が、怯えたように一歩後ずさった。

また怖がられた。自分は無用なトラブルを避けるために、いつも笑顔を心がけているのに。理不尽過ぎる。

それでも少女は、思い詰めたような様子で、声をかけてくる。

「あの、二人がすみませんでした。でも、こんな時間に、どうされたんですか？　何かトラブルがあったなら、お話聞きますけど」

「気にしてもろてありがとうな。そやけど、ほんまに今から帰るとこやねん」

「でも、思い詰めた顔してますよ。大丈夫ですか？」

「大丈夫やで、気にせんといて」

「じゃあ、平気ですか？」

「…………」

さりげなく尋ねられて、即答できなかった。

確かに、大丈夫ではあるが、平気ではない。学校や教師を恨んではいないが、傷ついている。それに、予告通り金閣寺と銀閣寺が燃え、放火には瞳子が絡んでいるかもしれなくて、動揺もしていた。

咄嗟に強がれず、平気なふりをしていたことに気づく。隠していた感情を見抜かれたように思えて、身体の内側が熱くなった。まさか年下の女の子に気を遣われるなんて。

見れば、高橋が笑顔の奥に、心配するような色を滲《にじ》ませていた。最初からこっちの事情を知っていて、声をかけてきたのだろう。ボランティアとは言え、さすが補導員だ。

それでも周は、強がって顔を背けた。

「心配してくれておおきに。そやけどほんまに平気やし。ほな、これで」

「待って待って。これだけでも、もろてもらえへんやろか？」

高橋が慌てて呼び止めてくる。芝崎に視線で促すと、わたわたと不慣れな手つきで、パンフレットが差し出された。

「いらんかったら、家で捨ててもろてかまへんから」

「……ほな、もろとくだけもろときます」

持って帰るのも邪魔に思ったが、適当に話を合わせることにして、頷いておく。

ホッとしたのは、芝崎だった。胸を撫で下ろしながら、掲載されている二次元コードを指さし、説明を加えた。

「何か話したいことがあったり、一人でいるのが辛くなったら、いつでも遊びに来てね。メッセンジャーアプリで登録したり、ＳＮＳのＤＭからでも連絡できるから」

「うち、どっちもやってないんで」

「え？　今どきそんな人いるの？」

「…………」

こういう反応には慣れているが、この状況でそんな言葉が出てくるとは、やはり世間知らずのお嬢さまらしい。高橋もさすがに苦笑して、少女と顔を見合わせている。

　そこそこいい家庭に育って、それなりの大学に進学したが、なんの趣味もなく、意識だけは高いので焦ってボランティアを始めた世間知らずの女子大生。周は芝崎を、まだ大学生かどうかもわからないのに、偏見と思い込みからそう断じた。おそらく、そう大きくは外れていないだろう。

「考えときます」

　適当に返事して、背を向ける。

「あの！」

　ついっと手が引かれた。振り向けば、後から現れた少女が、すがるような目でこちらを見上げていた。

　無言で言葉を待つ。ためらいながら、少女は周を——正確には、制服を指さした。

「その制服見て思ったんですけど……木之下瞳子ちゃんという生徒を知りませんか？」

「なんやて？」

　自分でも驚く程低い声が出た。それを威嚇と思ったのか、少女が怯えて後ずさる。慌てて微笑みかけるも、さらに距離を取られた。理不尽だ。

「ちゃうねん。怒ってへんで。ただ、びっくりしてしもただけで……びびらんといて。な？」

　自分より相手が年下だと、言葉遣いも気を遣う。年上が相手なら、失礼な態度を取られても皮肉を返せるが、年下に怯えられるとどうしていいのかわからない。

「瞳子のこと、知ってんの？　京都南高等学校の木之下瞳子で間違いない？」

「学校の名前まではちょっと。私、二年前に京都に引っ越してきたんです。でも、瞳子ちゃんと同じ制服に見えたから、もしかしてと思って」

「こんなクソださい制服、他と見間違えようないもんな」

周としては冗談を言ったつもりだったが、少女はにこりともしない。深刻そうに頷くだけだった。意外と図太い性格をしているのかもしれない。

「あの、瞳子ちゃんのことご存じなら、どこに行ったか知りませんか？」

再度尋ねられ、同時にバスが来る。ためらうことなく見送って、周は少女との会話を続けた。

「……それは、うちも知りたいくらいやねん」

先ほど見た光景を話すかどうか悩んで、様子を見ることにする。瞳子を見かけた日に、瞳子のことを知る女の子と知り合うなんて、またもや偶然にしてはできすぎていた。なにかしらの陰謀に巻き込まれているとまでは思わないが、素性も知らずに迂闊《うかつ》なことは言えない。

「じゃあ、伊瀬谷菜夏《いせたにななつ》って女の子を知りませんか？　私と同い年で、でも身長はずっと小さい子なんですけど。菜夏ちゃんのこと、きっと瞳子ちゃんが知ってるはずなんです」

「芽衣ちゃん、それ以上は個人情報やで」

知らない名前だった。尋ね返す前に、高橋がやんわりと芽衣を制する。どうやらこの子も、何かしら事情を抱えているらしい。唇を嚙みしめながら、諦めきれない様子で頷いている。

切実そうな様子が自分と被る。このまま無視して帰るのも気の毒に思えて、悩んだ末に尋ねた。

「あんた、瞳子とどんな関係なん？　どこ行ったて尋ねてくるくらいやから、失踪したんは知ってんにゃろ？」

小さな顔が、小さく頷く。

「こっちに引っ越してきたばっかりの頃、ひまわりの会でよく一緒だったんです」

「うちの協会、未成年の子に居場所を提供して、勉強とかご飯の面倒を見てるんよ。自習だけしに来る子とか、結構いるんやで。芽衣ちゃんも、そのクチやねん」

高橋が補足してくれる。

「私、そこで、伊瀬谷菜夏ちゃんていう同い年の子と仲良くなったんです。境遇が似てたから。両親も、菜夏ちゃんのこと気にかけてくれて、何度も家に遊びに来てくれたんです。一緒に旅行したこともあるんです」

高橋と芝崎の表情がわずかに強張る。先ほども気にしていたように、個人情報に属することなのだろう。

少女もわかっているらしく、具体的なことはそれ以上口にはしなかった。

「その菜夏ちゃんも、ある日突然、いなくなっちゃったんです。瞳子ちゃんがいなくなったのと、同じ日に。ひまわりの会に通ってた二人が、同時にですよ。何か関係あるに決まってるじゃないですか」

「根拠としては薄いけど、可能性はあるな」

「ですよね。ひまわりの会でも、そうかもしれないって話してて。だから、もし瞳子ちゃんのこと知ってるなら教えて欲しいと思って、声をかけたんです」

藁《わら》にもすがるとは、こんな感じなのだろう。制服が同じというだけで声をかけて来るぐらいだ、友人の安否を心から心配しているのがわかる。瞳子らしき人物がいたのを黙っていたことに、少しだけ罪悪感が湧いた。

眉間に皺が寄るのを自覚する。少なくともこの子は、ただの好奇心や興味本位で、瞳子のことを探しているわけでは無さそうだ。

強く唇を噛みながら言葉を探し、意を決して周は口を開いた。

「実は、さっき瞳子を見た……」

「本当ですか⁉」

少女だけでなく、高橋と芝崎も驚いた。

「……かもしれへん。ニット帽被ってて、マスクしてて、目ぇしか見えへんかったけど、瞳子にそっくりな女の子がいてた」

「どうしてすぐに教えてくれなかったんですか⁉」

「ほな逆に聞くけど、目ぇしか見えへんかった女の子を瞳子や思うゆわれて、素直に信用するんか？」

「そらそうや」

頷いたのは高橋だった。取り出していたスマホを手の中で遊ばせながら、なだめるように少女の顔を覗き込んでいる。

「なんにしても、取り敢えず今日はここまでにしとこ。話し込んだせいでだいぶ時間経ってしもたし、そろそろ帰らんと、家の人が心配するやろ？」

「でも、高橋さん。瞳子ちゃんのこと、どうするつもりなんですか？」

「取り敢えず、僕の方から知り合いの警察官に連絡しとくわ。ひょっとしたら君にも連絡行くかもしれんけど、正直に話してくれたらええから」

それが一番無難な気がして、周は頷いた。大人からの連絡を受けて捜索してくれるならよし。それでも警察が動かないなら、自分が通報したところで、どうにもならないだろう。

「そやから、よかったら連絡先教えてもらえる？　それとも、学校に連絡した方がええ？」

「……うち、学校出禁になったんで。メールやったらええですよ」

「おもろい言い方するね」

肩を揺らす高橋に、周はいくつか用意している捨てアドのひとつを教えた。出禁と聞いても、特に驚いた様子も無い。やはり事情を知っていて、声をかけてきたのがわかる。

――この人、案外油断できひん人かも。

心の中で唸《うな》っていると、何か言いたそうに、少女がこちらを見つめて来るのに気づいた。視線は、周と高橋のスマホ両方を捉えている。

どうしたいのか察して、周は自分から提案した。

「芽衣ちゃん……でええんかな？　瞳子のこと、なんかわかったら連絡するし、よかったら連絡先交換してくれへん？」

「えっ……」

怯えたように芽衣は顔を青くする。気を遣ったつもりがそんな反応をされて傷つくが、顔には出さないように、微笑んでごまかした。

「まあ、無理にとはゆわんけど」

「すみません。そうじゃなくて、知らない人に連絡先教えるのが怖くて。私、いろいろあったから」

胸元で握られた細い手が、小刻みに震えている。普段なら、そんなのを見てこれ以上誘うことはしなかっただろう。そもそも周自身も、捨てアドを用意しておくぐらい、他人と連絡先を交換するのは慎重になるタイプだ。特に今は動画が炎上中だから、誰が相手でも控えるべきだとも思う。

なのに、芽衣の視線は未練がましく周のスマホに注がれている。そんな反応を見せられて、放っておけなかった。

――そやから年下は苦手やねん。

心の中で独りごちながら、視線をあわせるように少し屈《かが》む。

「ほな、うちら友達になったらええねん。ほしたら知らん人やなくなるやろ」

ぱちくりと、芽衣が目を瞬かせる。

「なんか問題でもあるんか？　それとも、ひまわりの会では友達つくんの禁止されてるんか？」

「まさか。友達ができるんは、僕も大賛成やで」

「私も、いいことだと思います。友達の数が増えると、世界が広がることもあるし」

「でも、友達って、なろうって言ってなれるもんなんですか？　そんな友情、すぐに壊れちゃいそうですけど」

「かまへんかまへん。そもそも永遠に変わらんもんなんか存在せえへん」

身も蓋もない台詞《せりふ》に、唖然とした表情が返ってくる。だが、周は至って真面目だった。

「この世はしょせん、諸行無常、色即是空、空即是色や。その時その時でできること、やりたいことやるしかないねん。うちはそう解釈してる」

芽衣の全身から警戒心が溢れてくる。詐欺師に騙されまいと身構えているようでもある。構わず、自説を続けた。

「うちは芽衣ちゃんと友達になりたい思た。友達の友達やもん。別におかしいことやあらへんやろ？　もちろん、打算もある。瞳子のこと、なんかあったら教えて欲しいねん。そのかわりこっちもなんかわかったら教えるから。この打算は、芽衣ちゃんにとっても悪い話やないやろ？　その打算が消えた後も友達続けるかどうかは、後で考えたらええんちゃう？」

途中で口を挟まず、最後まで話を聞いて、芽衣はうつむく。まるで周の話を咀嚼《そしゃく》しているようだ。長い時間はかからず、小さな吐息が漏れた。

「なんだか詐欺師に丸め込まれた気分です」

「失礼なやっちゃな」

クスリと苦笑をこぼした芽衣に、周は薄く微笑み返しながらスマホを取り出した。丸め込まれたということは、とにかく今は納得したということだろう。思った通り、芽衣もスマホを取り出す。

「わかりました。何かわかったら連絡するので、連絡先を交換してください。ただ私、みんなが使ってる有名なメッセンジャーアプリは、インストールしてないんですよね」

「うちも身内以外にはそうゆうてるわ」

言われた本人である高橋が苦笑し、芝崎は困ったように微笑む。

「……そうじゃなくて、本当にやってないんです。代わりに、セキュリティの高いメッセンジャーアプリを使ってるので、それでよければ」

「ほなそれで」

教えてもらいながら、そのアプリをインストールする。ユーザー登録するところまではスムーズに行ったが、そこから先の手順で、周はまごついた。

「悪いけど教えてくれる？　これ、どうやったら友達追加できるん？」

くすっと、芽衣の頬が緩んだ。ここぞとばかりに、周はツッコんでいく。

「しゃあないやろ。今まで友達いいひんかってんから、こうゆうの使うん初めてやねん」

「別に、何も言ってないですけど」

「顔がゆうてるやん。なに笑《わろ》てんねんな」

「ゆうてませんし笑《わろ》てません」

「なに下手クソな物真似してんねん。普段は東京弁なんとちゃうんか」

「言葉、勝手に移っちゃうんです！」

二人のやり取りに、ついに高橋と芝崎が吹き出す。不満そうに芽衣が睨むと、慌てて手が振られた。

「ごめんごめん。でもその様子やったら、もう大丈夫そうやな。真田さんを見つけた時は、えらい深刻な顔してたから、本気で心配したんやで」

やっぱり最初から、わかって声をかけて来たらしい。

芝崎が安堵して芽衣の両肩に手を置く。

「私、芽衣ちゃんがそんな風に話してるの、初めて見たかも。ほっとしたわ」

「そんな風って、どんな風ですか？」

「遠慮が無いってゆうか、それが素の反応なんやろなって感じがする」

「そやな。菜夏ちゃんと喋《しゃべ》ってた時以来やな。ここんとこ塞ぎ込んでたから、そういう顔見れて安心したわ」

不満そうに、芽衣は唇を尖《とが》らせる。確かに、最初に見た時からは想像できない、感情を表に出した表情だった。

ぴろん、と音がしてフレンド登録が完了する。向こうのスマホにも同じように表示されたのだろう、画面を見ながら芽衣が首を傾げた。

「すみません、これ、なんて読むんですか？　さなだ……しゅう、さんです？」

「アマネや」

「アマネさん……」

「周りから愛されるようにて意味で周やねん。まあ、現実は上手いこといかへんけどな。そっちは……メイちゃんでええんやな」

「はい。よろしくお願いします」

奇妙な友情の成立ではあったが、芽衣は真剣な表情だった。

それから一時間ほどして――

「えらいお早いお帰りやな、周ちゃん」

自宅に戻った周を、うっすらと微笑んだ母親が出迎えた。優しい声に、血が冷えたような気さえする。

「ちゃうねん、お母ちゃん。話聞いて。あの後、ちょっといろいろあって……」

「さよか。ほなこれ」

問答無用で差し出されたのは、ＧＰＳ機能付きの紛失防止トラッカーだった。それも、三つも。

「スマホと財布と家の鍵に付けときや。一個でも外したら、あんたの身体、家の柱にくくりつけて、二度と外に出られんようにするからな」

第二章　ひまわりの会

一

翌朝、周はリビングでリモート授業を受けながら、テレビのニュース番組を流していた。マイクはミュートにしてある。学校側にはばれないはずだ。

いろんなチャンネルで、銀閣寺炎上は取り上げられていた。不幸なことに五人の焼死体も発見され、名前と簡単な情報がテロップ付きで紹介されていた。

・滋賀県、カタオカダイスケさん（四二）
・京都府、セガワトモミさん（三八）
・京都府、タナカユウキさん（五五）
・京都府、ハジリソウタさん（四四）
・大阪府、マジマタイチさん（七〇）

特に、タナカさん、ハジリさん、マジマさんの三人は、火だるまになっている人を見つけて助けようと駆け寄り、逆に火をもらってしまい焼死したとのことだった。面識が無くとも、やるせなくなる。

「夫は、ちょっと抜けてるところはありましたけど、正義感が強くて、困ってる人は放っておけなくて……だから、今回も、きっと……」

「父が最後に取った行動を誇りに思います。もちろん……心の底から悲しくて、辛いですけど」

「祖父は真面目で、人の痛みがわかる人でした。だから、悪い人に騙されたこともあります。でも、最後まで他人のために行動する、優しい人でした」

　それぞれの遺族が、泣き崩れながら故人の人となりを惜しむ。まるで、その善行をこの世に刻みつけるように。

　端で見ていても辛いのだから、本人達の悔しさは計り知れない。テレビのコメンテーターも勇気ある行動を称《たた》えていたし、賑やかしのタレントにいたっては、涙を隠そうともしなかった。

　火が出た理由も、判明している。足元を照らしていた灯《あか》りが白熱電球で、枯れ草や木くずに着火したのが主な原因だった。

　解説のためにか、一昔前にあった、似たような事件も紹介される。とある体験型美術展で、白熱電球の熱により木くずが発火し、ビル全体が焼け崩れた火災事故だ。

　この時は、不適切な安全管理による失火だったが、今回は違う。

　電球は、ＬＥＤから白熱電球に、何者かによってすり替えられていた。枯れ草も、銀閣寺に自生していた植物ではなく、持ち込まれたようだ。延焼して、銀閣寺に火が移ったと見られている。

誰かが意図的に火を付けようとしたと考えて間違いないだろう。

ただ、それにしては手口が回りくどすぎる。警備が厳重で、直接的に火を付けられなかったのだろうか？

警備の不備や欠点についても、専門家が指摘していた。混雑する観光地では、どうしても一人一人への注意が薄れ、不審な動きに気づきにくくなる。暗くなっていたり、閉門間近で気が緩むことは、他の業種でもあるのだとか。

防犯カメラについても、金閣寺と銀閣寺の両方とも、出火現場の記録が残っていないことが判明している。クラウド上にデータを保管するタイプだったのだが、火事の五時間ほど前から無線ＬＡＮが故障したため、アップロードができていなかったのだ。メモリーカードにも録画できるよう二重対策はされていたが、それも火事によって燃えてしまい、一切のデータが残っていないらしい。

どちらも同じ警備会社に頼っているため、同じ方法で無力化されたのだろうか。

金閣寺と銀閣寺は、どちらも相国寺《しょうこくじ》の塔頭《たっちゅう》寺院だ。簡単に言えば、寺院の敷地内にある小院のことで、まとめて同じ警備会社に依頼していたらしい。現在相国寺では、防犯と防災、両対策の見直しが図られているとのことだった。

以上のことから、警察は現場の写真や映像の提供を募っているらしい。ただ、現場にいたほとんどが外国人観光客で、状況は芳しくないようだ。

そういえば自分も、金閣寺の写真を撮っていた。スマホを取り出すと、紛失防止トラッカーが、かちゃかちゃと音を立てた。

期待はしていない。金閣寺を綺麗に撮ろうとする余り、周囲の人物が極力入らないようにしたのは自分だ。案の定、炎上中の金閣寺を撮影した写真はあるのに、観光客を写した写真は一枚も無い。銀閣寺に至っては、最初から瞳子を探すのに夢中で、一枚も撮っていなかった。

肩を落としかけた時、スマホが無音のまま震えた。ディスプレイに『芽衣さんからメッセージです』と表示される。

昨日インストールしたばかりのメッセンジャーアプリだ。セキュリティレベルが高いだけあって、内容はプレビュー表示されない。

指紋認証でロックを外し、アプリを立ち上げる。いかにもフリー素材な桃のイラストが、芽衣のアカウントのアイコンだった。

『近いうちに会えませんか？　瞳子ちゃんのこと教えてください』

何度か読み返し、スマホを机の上に放り出して思案する。

明らかにおかしな一文だった。昨日話したように打算だけの付き合いを続けてもよかったが、すがるような視線が思い出される。

仕方なく、様子を見るためにも簡単な返事を打ち込んだ。

『いつでもええで』

『私もいつでも大丈夫です。そちらの都合に合わせます』

すぐにメッセージが返ってくる。違和感が確信に変わって、ため息がこぼれた。

「そやから年下は苦手やねん」

独りごちながら再度メッセージを送って、周は相手の反応も待たずに家を出た。

報道によると、京都はここ一〇年ほど、観光客数を更新し続けているらしい。朝の駅の混み具合やバスの混雑具合を見れば、嫌でも実感できた。

それでも例外は存在する。御所を囲む京《きょう》都《と》御苑《ぎょえん》がそれだ。

なにしろ総面積が九二ヘクタールもあって、広すぎるのだ。これは東京ディズニーランドの二倍に相当する。一般向けに開放されている区画はもう少し狭いもののこれだけ広いと滅多に混雑することはない。テニスコートやゲートボール場もあって、地元住民の憩いの場としても機能していた。

季節もちょうどいい。暑くも寒くもなくて、行き交う人は思い思いの格好を楽しんでいる。周も、バスケットシューズ、濃紺のテーパードジーンズ、袖の広がった白いブラウスと、好きな格好をしていた。

京都は盆地だから、夏と冬はとにかく過ごしにくい。わずかな隙間に存在する春と秋も、気がつけば過ぎ去っていることがほとんどだ。ベンチでぼうっとしていられる期間は、想像以上に短い。

その御所――ちなみに京都人は、この御苑を含めて『御所』と呼んでいる――の北西にある、近衛《このえ》邸跡休憩所で、周は保育園の子供達に、手を振り返して時間を潰していた。お昼までで授業が終わったのか、黄、赤、青のリュックを背負った小学生もいる。

微笑ましい気分で眺めていると、その間に人影が立った。スニーカーからガウチョパンツ、薄いセーターと視線をあげていくと、最後に不満そうな表情が現れる。芽衣だった。

「いきなり地図だけ送ってきて、ここで昼ご飯を一緒になんて、非常識ですよ。そりゃ、いつでもいいって書いたのはこっちですけど、来なかったらどうするつもりだったんですか？」

「来たやんか」

「……家が近くだから、まあ、いいかなって思って」

「ええとこ住んでるんやな」

ここから少し下れば御池《おいけ》通で、そこから四条通までは、オフィスビルと商業施設が数多く並ぶ京都の商業的中心地だ。働いたり遊びに来るのはいいが、住みやすい場所ではない。逆に丸《まる》太町《たまち》まで上ってくれば、街並みとしても少し落ち着くし、地下鉄にもアクセスしやすい。北山《きたやま》や下鴨《しもがも》ほど高級住宅街というわけではないし、岩倉《いわくら》ほど閑静なわけではないが、確かにいい場所だ。

「真田さん、学校はいいんですか？　まだ授業終わってない時間ですよね？」

「いろいろあって、うちだけリモート授業やねん」

脇に置いていたタブレットを見せると、そこには授業中の風景が映っていた。ちょうど物理の問題が解説されている。

「じゃあ、ちゃんと授業受けなきゃ駄目じゃないですか」

「受けてるやん。ただ、どこで受けろとはゆわれてへんからな。自宅でも御所でも、どこでもかまへんやろ」

呆れたように、芽衣が天を仰ぎ見た。

「そうゆう芽衣ちゃんこそ、学校行ってへんやろ」

どうしてわかるのかと言いたげに、眉がひそめられる。

「芽衣ちゃんがメッセージ送ってきたんが、一二時ちょっと過ぎ。明らかに授業中の時間やろ？　セキュリティにうるさい人間が、教師の目え盗んでスマホいじらへんはず。取り上げられたら、どないなるかわからんもんな。ほんで、気いついてん」

「根拠としては弱くないですか？　メッセージだって、後で見てもらえばいいと思って、時間とか考えず送ったのかもしれませんよ。実際そのつもりでしたし」

「ひまわりの会の自習室利用してるんやろ？　学校か家庭のどっちかに問題があるんちゃう？　でも、家族仲はええみたいやったし、ほな問題は学校や。学校生活に問題があって、授業中の時間にメッセージが来る。こっちからの連絡にもすぐ返事が来たら、スリーアウトや。引きこもりか不登校なんは確実やけど、ボランティア手伝《てつど》うてるんやったら、不登校や。ほな、お昼ご飯誘たら来るかなて思てん」

唇に指を当てて、芽衣が苦笑を浮かべた。

「六〇点ですね。学校には、確かに登校してません。そういう意味では正解です」

持って回った言い回しに、今度は周が眉をひそめる。

「私、通信制なんです」

ゆっくりと足を組み替えながら、周は遠くを見つめた。

「……微妙に外れたな」

「微妙じゃなくて大ハズレです。一応、学校の制服だってあるんですよ。入学式でしか着たことありませんけど。可愛いから、いつかまた着たいんですよね」

学校の名前を尋ねると、ラグビーの強豪校だった。通信制があったなんて、初めて知った。

「家族仲がよくて、学校生活が上手くいってないのは当たってます。というか、まだ学校に通うのが怖くて、高校は通信制を選んだんです。それに、京都に引っ越して来た頃は、いつまでここにいるかも、わかりませんでしたから」

リモート授業が終わったようだ。時計を見れば、一二時二〇分。ばつが悪いのをごまかすように、タブレットを片づける。くすくすと笑う声が鼓膜をくすぐった。

「真田さん、優しいんですね」

「はあ？」

「だって、私のこと心配してくれたから、授業中なのにわざわざ誘い出してくれたんですよね？　ありがとうございます」

ぺこりと頭を下げられて、身体の内側で羞恥心が暴れた。

気を遣ったあげく空回りして、年下の女の子に見抜かれ、お礼まで言われて、言葉にならない声が喉からこぼれ落ちる。

「耳、真っ赤ですよ？」

「ほっといてんか。なに笑《わろ》てんねん」

「真田さんて、美人過ぎるから冷たい印象があったんですけど、意外と可愛い人なんですね。想像してた以上に優しい性格で、なんか嬉しいです」

「それ、もっと大声で、他に人が大勢いるときにゆうてくれる？　特に優しいとか美人とか優しいゆうところ」

「なんで優しいを二回言ったんですか。そこだけえらいコンプレックスなんですね。大丈夫ですよ。知り合い全員に、ちゃんと真田さんは優しいって伝えておきますから」

「なんやねん。素直か」

「素直の何が悪いんですか」

「なにがて、素直な子が目の前におったら、自分がどんなひねくれもんか嫌でも自覚してまうやんか。こんな残酷なことあらへんで」

「……真田さんて、時々めちゃくちゃ言いますよね」

「ええから、取り敢えずこれ食べ。話はそれからや」

　この話題を終わらせるため、袋に入ったパックを差し出す。

「なんです、これ？」

「ふたばの豆餅」

「これがあの」

「七条《ひちじょう》にある暖簾《のれん》分《わ》けした方やけどな。学校の帰りに、たまに買うねん」

　リモート授業を受けると決まって慌てて買い込んだぐらい、周のお気に入りだった。

「でも……」

「瞳子のこと、聞きたいんやろ？」

　芽衣は表情を引き締めるようにして頷いた。

「はい。私も、菜夏ちゃんのこと、お話しします。ひょっとしたら、二人の知ってることをあわせれば、何か手がかりが見つかるかもしれませんから」

「ほな、食べながら聞いたらええわ。うちもあんたの話、食べながら聞くから。お茶もあるで」

　リュックからペットボトルの紅茶を二本取り出し、片方を突きつける。

「あ、お金……」

「あんな、芽衣ちゃん」

　気恥ずかしさがまだ残っているせいで、周の声は若干硬いままだ。

「何がええて聞かれたら遠慮してもええけど、もう用意してあんの断んのは、アレルギーでもない限り、逆に失礼やで。こうゆうときは、美味《おい》しゅういただくんが、買《こ》うてくれた人にも作ってくれた人にも、一番ええんちゃう？　気い引けるんやったら、別の機会に自分がなんかしたあげ。してもろた相手でも、別の人にでも、どっちでもええから」

「そういうもんですか？」

「うちはお華の先生にそう教わったけどな」

　納得したのか、芽衣は豆餅とペットボトルの紅茶を受け取り隣に座った。

　薄い朧《おぼろ》のような白餅の内側で、黒豆がぽこぽこと存在を主張している。かじりついた芽衣の目が、驚きに見開かれた。そのまま何も言わずに、何度も噛みしめる。どうやら気に入ってくれたらしい。

「ここは、人がいてるようでいてへん場所やからな。おまけに、京都でもトップクラスに安全な場所やから、ナイショ話すんのにうってつけやねん」

周囲には、視界を遮る物がほとんど無い。電線やビルすら視界に入らないよう、計算されている。視界も開けているから、近づいて来る人がいればすぐにわかる。それでいて、車や自転車で移動する警備員がいて、人の目もゼロではない。不審な動きはできないはずだ。

それに、なんといっても御所だ。おそらくだが、防犯カメラが至る所に、さりげなく設置されているはず。

まだ無言のまま豆餅を味わっている様子が微笑ましくて、周は自分の分も差し出した。

いいんですか？　と視線が尋ねてくる。頷き返すと、芽衣は遠慮無く二つ目の豆餅にかじりついた。その様子を眺めながら、周は今までの経緯を語り出した。

宇宙から帰還する件《くだり》で豆餅を食べ終え、芽衣は目を丸くする。

「そんな理由で宇宙に行ったんですか？」

頷き返すと、どこか腑《ふ》に落ちていない様子で小首が傾げられた。

「話を聞く限りだと、どうして瞳子ちゃんのことそこまで気にするのか、よくわかんないです」

芽衣の疑問は、予想の範疇《はんちゅう》だった。自分達の関係をまとめると、ただのクラスメイトでしかない。それも、顔をあわせた期間は一年にも満たない。

なのに、宇宙にまで行ってメッセージを送るなんて、確かに馬鹿げている。

「うちはな、小学校の時から教師に楯突《たてつ》く、クソ生意気なガキや思われて過ごして来てん。特に自分より目上の人間が筋通さへんの、許せへんたちやったからな」

小学校時代に、いじめ問題があった。クラスメイトが乱暴されたり、無視をされたりして、その子は為《な》す術《すべ》も無く転校を余儀なくされた。担任教師はなんの対応もしなかった。そのことを批難すると、今度は担任教師から直接、いびられた。

話を聞いていた芽衣の顔が、まるで自分がいじめられたように歪《ゆが》んだ。

「あの頃は、ほんまにしんどかったわ。人前で貶《けな》されて、無理矢理にでも謝らされて、人が見てへんところで殴られて、かと思たらしょうもないことで大げさに褒められて……」

「それって、カルトの洗脳と同じやり方じゃないですか」

「よう知ってるやん。人間関係を破壊して、孤立させて、自己否定させて、受け入れて、褒める。洗脳とまではいかんかっても、かなり相手を疲弊させられる方法や」

実際担任教師はカルト村の信者だった。その手法を学んでいてもおかしくない。

「ひまわりの会でも、そういうの教わるんです。変な団体だけじゃなくて、親に洗脳されたりする子も多いらしいので」

親に洗脳されるという言葉に、寒気が走る。確かに、親だからって無条件に子供を慈しむとは限らない。毎日どこかで虐待は起こっている。

「いろんなところで使われてる手法なんやな。うちに洗脳しかけてくるくらいやから、他のクラスメイトは、しっかり手懐けられとったなあ。いちびってる子ほど、ああゆうのんにコロッといかれてしもて、えろう教師に懐いてたわ」

その状況から逃げるため、周は進んで孤立するようになった。

「……真田さんて、強いんですね」

「強いことあるかいな。強かったら、もうちょい人生楽に生きられたわ。正直に白状するけど、なんべんも心折れそうになってんで」

　自分を信じてはいたが、それでも孤独に押しつぶされそうになったことはある。意地を張る自分が馬鹿なのかと自問したこともあった。それでも頑張れたのは、両親と、仲の良い従姉妹が気にかけてくれたからだ。本当に孤独だったら、どうなっていたか。

　とはいえ、身内以外に味方がいないという状況も、それはそれで心に来るものがあった。高等部にあがった頃も、また三年間、同じ想いを抱えながら学校生活を送るのかと、うんざりしていたくらいだ。

「初めてやってん」

　ぐびっと紅茶をあおる。無糖の渋みに負けない、清涼感があった。

「うちのやったことで笑《わろ》てくれたん、瞳子が初めてやってん」

　机に突っ伏しながら、お腹を抱えて肩を震わせる姿が目に焼き付いている。ケタケタとした笑い声も、涙すら滲ませていた目も、全部全部覚えている。

　胸に突き刺さっていたナイフがぽろりと落ち、その時になって初めてナイフの存在に気づいたような感覚だった。自分の心は、自分の血で赤黒く汚れていた。

「間違《まちご》うてへんかったて、あの時、心の底から思えてん」

　小学校時代から、ままならない学校生活だった。特に教師との相性は悪かった。どれだけ学校や教師という存在を呪ったことか。

　それでも、あの一瞬、自分の馬鹿な話を屈託なく笑ってくれたあの教室は、夕陽の色に染まりながら、この上なく輝いていた。

再度、紅茶をあおる。ぐびぐびと音を立てて飲み干し、ペットボトルが空になっても、周はしばらく上を向き続けていた。やがて野球のような投球フォームで、ゴミ箱に向かってペットボトルを投げる。

軽い音を立てて、ペットボトルは地面を転がった。周はノーコンだった。動じずに捨て直し、何事も無かったように話を続ける。

「しんどいとき、誰かが一緒に笑《わろ》てくれるだけで、心がめっちゃ軽なんねん。そやから逆に、あの子がしんどなってたら、しょうもないことで一緒に笑いたい。これが、瞳子を気にする理由や。納得でけへんかもしれんけど、うちにとっては大事なことやねん。まあ、向こうにとっては余計なお世話で、ほんで連絡してこうへんのかもしれんけどな」

最後に自嘲めいた一言を付け加えるあたり、自分でも弱気になっていることがわかる。

宇宙からメッセージを送って、既に二ヵ月近く経っている。瞳子にならきっとあれで伝わると思っているが、未《ま》だ連絡らしい連絡は無い。おまけに動画の炎上と、リアル炎上事件で、ストレスが胃壁にこびりついていた。愚痴のひとつぐらい口にしないと、やっていられない。

「その気持ち、凄《すご》くわかります。私も、一緒ですから。だから、菜夏ちゃんの力になりたいんです……」

黙って聞いていた芽衣が、両手を太股《ふともも》の上で握って視線をあげた。

「私、中学二年生の終わり頃に、こっちに引っ越してきたんです。それまでは東京に住んでたんですけど、ちょっと向こうに居づらくなっちゃって」

ちびりと紅茶に口を付けて、意を決するように、話が続けられる。

「私の父は、貿易と不動産の会社を経営してて、自分で言うのもなんなんですけど、そこそこのお金持ちなんです」

なんとなくわかっていた。芽衣の喋り方には、年相応の幼さはあるが、丁寧語を崩さないところなど、育ちのよさも滲んでいた。

「でも、コロナ禍の時は貿易会社の売上げが落ちて、そっちは結構大変だったみたいです」

「そっちはゆうことは、不動産の方はそうでもなかったんや？」

「はい。ホテルとか民泊には手を出してなかったみたいで、むしろ好調だったらしいです。だから、貿易会社の社員が追い詰められてるのに気づけなかったって、父は後悔してました」

「何があったん？」

「コロナの給付金を不正受給した社員がいたんです。学生とか主婦を利用して、最終的には一〇〇〇万くらい横領してたらしいです」

あの当時、そういう話はたくさんあった。周が記憶しているだけでも、同志社《どうししゃ》大学の学生が似たような詐欺事件を起こしている。

ひとつ思い出すと、次々にいろんなことが脳裏に浮かんだ。

「そうゆうたら、不正受給がバレそうになって、暴力振るたゆう社長もおったな」

芽衣の顔から表情が消える。それだけで、自分の迂闊さに気づいた。

「うちの父のことかもしれません。そういう報道、確かにされましたから。『貿易会社社長、給付金不正受給、社員に殺人未遂。金を出せとの罵声も』って」

感情の消えた声は、おそらく自己防衛反応だ。心を殺すことで、当時の嫌な思いをシャットアウトしているのだろう。

「……ごめん」

「いいんです。どうせ、世間なんてそんな反応ですから」

既にマスク着用が義務でなくなって、それなりの年数が経っている。それでもまだ、コロナの影響があることに驚く。

居たたまれなくなるが、けれどもすぐに別のことに気づいた。

「そやけど、追い詰められてたんは社員なんやろ？　なんで社長が殺人未遂になんの？」

「報道がでたらめだからですよ。恣意的な切りとられ方をされたと、私は思ってます。特にウェブメディアに」

柔らかそうな頬が強張る。

「父は、不正受給していた社員に、お金を返還するよう迫ったんです。それで、お金を出せって叫んだんです」

「なるほどな。貿易会社社長『が』給付金不正受給『をした』社員に殺人未遂。『不正受給したお』金を『返還するから』出せとの罵声も、ちゅうことか。殺人未遂ゆうのもミスリードか？」

「給付金、とっくに使い込まれてて、出せないものは出せないって突っぱねられたみたいで、揉《も》み合《あ》いになって。父が社員さんを突き飛ばした形になったんです。相手の人、階段から落ちて、頭を怪我《けが》して、派手に血が出たみたいで、殺人未遂だって、ネットニュースで騒がれたんです」

悪意のある切り取りに苦々しくなる。同時に、こんな簡単に印象操作されていた自分が情けなかった。

「こんなこと言うと不謹慎かもしれませんけど、たくさんの報道陣が家の前にいて、まるで映画かドラマの世界に入り込んだみたいでした。家から出られなくて、夜中でもフラッシュ焚《た》かれて明るくて……カメラのレンズがたくさんの目に見えて、怖かったです」

「……わかるわ」

周が経験したあの程度のことでも、思い出すだけで恐怖が蘇る。首筋を冷たい手で撫でられたようにも感じて、思わず後ろを確認した。

「でも、芽衣ちゃんのゆうてることがほんまやったら、お父さん、冤罪《えんざい》ちゃうん？　なんで京都引っ越してこなあかんようになったん？」

「はい。弁護士さんもちゃんと動いてくれて、和解も成立したし、実刑無しの過失傷害ということで落ち着きました。反対に社員さんは、不正受給の返金見込みが無いってことで、実刑を受けました。むしろ、そこからがひどくて」

ぶるっと、芽衣の身体が震える。

「裁判の結果なんて、誰もちゃんと見てないんです。ネットの誹謗中傷は止《や》まなかったし、死ねとか言われるのは毎日だったし、家に石を投げられたりもしました。ガラスの破片でお手伝いさんも怪我しちゃうし、父の会社にも嫌がらせの電話が……あげくに、逮捕されないのは、中国政府が裏で動いてるからなんて言われて……」

意味がわからなくて、無言のまま訝しむ。

「他にも、中国人はうそつきだとか、強欲だとか、平気で裏切るとか。もっと直接的で、口にしたくも無いようなこともあったりして……そういうこと言う人、本当にいるんだって、びっくりしました」

感情を押し殺していた声が上擦る。ようやく、誰が中国人なのかに気づいた。

「ちょい待《まち》いな。そやけど芽衣ちゃん、めっちゃ普通の東京弁やん」

「東京生まれ東京育ちなんです。中国語も話せますけど、父が香港《ホンコン》出身なので、普通話って呼ばれるプートンホワは、ちょっと難しいですね。正式に教育を受けたわけではないので」

手に付いた豆餅の粉を叩《はた》きながら、芽衣は淡々と言葉を続ける。

「私の名前、本当はヤーイーて発音するんです。実際、家族はそう呼びます。フー・ヤーイーがフルネームです」

中国語はひとつも知らない周だが、芽衣の発音が本格的であることだけはわかった。どうやら、うそでも冗談でもないらしい。

同時に、なんとないシンパシーを覚える。

周も、京都人というだけで誹謗中傷を受けた。同じ理不尽を経験していた。

なのに、自分の時よりも怒りが大きい。年下の女の子を、寄ってたかって傷つけることに、憎悪に似た嫌悪を覚えた。

「日本の学校に通ってたこともあって、自分が中国人だなんて意識、そこまでありませんでした。だから自分が攻撃されて初めて、人種差別が本当にあるんだなって思ったぐらいです」

あまりのことに、何も言えなかった。

逆に芽衣は、沈黙を怖れるように、言葉を続ける。

「学校の友達も、ネットの記事にどんどん影響されて。クラスのグループチャットからもブロックされるし、私の連絡先、電話番号とかメールアドレスとか、メッセンジャーアプリのＩＤとか、全部流出しちゃうし。名前もです。おかげで知らない人から、毎日罵声とか嫌がらせが届きました。中国人は日本から出て行け、とか。携帯電話ごと解約したので、今はもう来ないですけど、あの時は怖くて怖くてしょうがなかったです」

「ほんで、セキュリティレベルの高いメッセンジャーアプリしか使《つこ》てへんのか」

「はい。菜夏ちゃんに教えてもらったんです。スクショは撮れないし、自動的にメッセージが消えたり、別のデバイスでは表示できなかったり、暗号のレベルも高くて盗み見できないようになってるらしいです」

　そこまで強固なセキュリティを求めるなんて、よほどトラウマになっているのだろう。

「ＳＮＳや学校の口コミサイトなんかに、お金持ちは逮捕されないとか、警察を買収したんだろうとか、私や弟の学費が不正受給金から出てるとか、書かれてました。そもそも不正受給したのも、お金を使い込んだのも、日本人なのに。ひどいのになると、身体を売ってお金を返せとか……弟が、クラスメイトに暴力を振るわれて、とうとう我慢できなくなって、こっちにある別荘に引っ越してきたんです」

　すん、と芽衣の鼻が鳴り、丸眼鏡が揺れる。表情と声には、消しきれなかった感情が滲んでいた。

「私達、そんなに悪いことしたんでしょうか？　中国人ていうだけで、どうしてこんな思いしなきゃならないんです？　さっきも言ったように、私、日本で生まれて日本で育って、日本の学校に通ってたんですよ。そりゃあ、春節《しゅんせつ》とか中秋節《ちゅうしゅうせつ》とか、中国独自のお祝い事はしてましたけど、なにが日本人と違って、こんなこと言われなきゃならないんですか？」

その横顔に、抱きしめて慰めたい衝動に駆られる。瞳子もそうだが、どうして自分の周りには、こうも悲しい過去を持つ人が集まるのか。中学生でしかなかった女の子が、人種差別と女性蔑視にさらされていい理由なんてないはずだ。

よく思い出せば、自分に向けられる誹謗中傷も、女性蔑視なものが混じっていた。

きっと、中国人を差別する奴が京都人を馬鹿にし、京都人を揶揄する奴が中国人を見下しているに違いない。こうして考えると、すべての差別が繋がっていることがわかる。どんな些細《ささい》な差別も見逃してはいけないのは、きっとそういうことなのだろう。

自分がいかに世間知らずかを思い知った気分だ。きっとこんな子は、ざらにいるのだろう。

かけるべき言葉が見つからず、周は別のことを口にした。

「芽衣ちゃん、うそついたやろ」

「なんのことです？」

「なにがそこそこやねんな。別荘あるとか、お手伝いさんいるとか、ほんまもんの金持ちやんか。メイドとか雇てんのちゃうか？　お帰りなさいませお嬢さまとかゆわしてるんやろ」

「とんでもないです。本物のお金持ちは、想像するのが馬鹿らしいぐらい、もっと凄いですから。それに、長谷川《はせがわ》さんは女性だけど、メイドじゃなくて執事なんです」

「執事！　女性の⁉　そっちの方がびっくりなんやけど」

「ちなみに長谷川さんは、イギリスの伝統ある執事学校をちゃんと卒業してるんですよ」

「執事学校てあるんか？　あかん、情報量多すぎるわ」

　大げさに天を仰いで半ば叫ぶ。自分でもやりすぎたかと思うぐらいだ。

　すると、鼓膜をくすぐるような笑い声が続いた。振り向けば、芽衣の表情から湿っぽさや暗さが、わずかではあるが和らいでいた。

「真田さんの気遣いって、わかりにくいですけど、わかりますよ。今のは空気が重くならないように、わざと大げさに騒いで、なんなら笑わそうとしてくれたんですよね」

　ズバリ言い当てられて、身体の内側が熱くなった。この子は本当に年下なのかと疑いたくなる。

「ありがとうございます。優しいの、わかってますから、そんなに照れないでください」

　身体中を掻きむしりたくなる。わかってるんやったら話あわしてえなと思うが、言い返す前に、芽衣がふっと遠くを見つめた。

「……菜夏ちゃんも、似たような所ありました。わざと大げさに騒いで、それで、落ち込んじゃう私を元気づけようとしてくれたんです。そっか、だから私、真田さんのこと、好きになりかけてるんだ」

「ちょいちょい！　本人前に、なに恥ずかしいことゆうてんねんな」

「いいじゃないですか。こういうことは、思った時に言わないと、言えなくなって後悔しちゃいますよ」

「なんやねん、ええ子か」

「はい。ええ子です」

やりづらい……調子が狂いそうになるのを堪えながらそっぽを向き、周はぶっきらぼうに話の続きを促した。

「菜夏ちゃんて、芽衣ちゃんが会いたいゆうてた子やな？」

こくんと頷かれ、話がいよいよ本題に入る。

「こっちに引っ越してきて、最初は普通の中学校に通ったんですけど、やっぱり上手く行かなくて。みんな私の父のこと、噂で知ってて。それで、学校に行きづらくなってサボってたところを、ひまわりの会の人たちに見つかったんです。今から思えば幸運でした。変な人に絡まれなくて。それに、そこで菜夏ちゃんとも出会えましたから」

「どんな子やったん？」

「初めて会ったときに、いきなり言われました。ネットで見た名前だって。殺人未遂犯の娘なんだろって。それで身構えてたら、うちの親は詐欺で刑務所入ってるって、あっけらかんと教えてくれたんです。癌《がん》が治るお茶やサプリを売って、あげくあちこち借金して、周りから凄く責められて地獄だったって。だから、気持ち凄くわかるって、笑ってくれたんです」

重い話を覚悟していたが、実際に聞くと想像以上に肺腑に来る。それでも芽衣の表情には、少し明るさが戻り始めていた。

「そうしたら、なんでだろ、急に心が軽くなったんです。同じ境遇の人が、それも同い年の女の子がいるってわかっただけで、ほっとしたんです。真田さんと同じですね。一緒に笑える人がいると救われるって気持ち、凄くわかります」

芽衣の泣き笑うような表情に、周は強く頷き返した。

「それから私、菜夏ちゃんと一緒にいたくて、ひまわりの会に通うようになったんです。ひまわりの会が、加害者家族支援を行ってるのが、よかったのかもしれません。家族全員で、今後の事を相談するために、よく通いましたから。特に母は、精神的にだいぶまいってたので。カウンセラーを紹介してもらえたり、今までの事例を教えてもらえたり……事前対策できたのは、本当にありがたかったです」

「うちも、藤城さんにアドバイス受けたわ。まあ、それでもやらかしてもたんやけど」

「私達二人に勉強を教えてくれてたのが、瞳子ちゃんなんです。二人共、ろくに学校行ってなかったから、成績がひどくて」

「それで瞳子と仲良うなったんやな」

言葉を探すように、芽衣の表情が渋くなる。

「……そこが、ちょっと違って。ひまわりの会に来てる他の人たちより、接点が多かったのは本当です。でも、特別仲が良かった訳じゃないんですよね。だって瞳子ちゃん、みんなに勉強教えてましたから。だから二人が同じ時期に失踪しても、最初は一緒に行動してるとは考えつかなくて。後からよく考えたら、そうかもしれないって思ったんです」

「本気で姿を消すて決めて失踪した人間を探すんは難しいけど、未成年が一人で生きてけるほど、世の中簡単やあらへんはずや。うちも、二人が一緒にいる確率は高いと思う」

未成年の家出で最初に躓《つまず》くのは、住居の確保だ。マンションやアパートを借りることはできない。ネットカフェで一晩過ごすのも、多くの自治体の条例で禁止されている。

ホテルの利用は可能だが、身分証明書の提示を求められたり、保護者に連絡を入れたうえでなければ泊めてくれないところも多い。チェックの甘いホテルを見つけたとしても、お金がどれだけ続くか。

ホームレスになれば、ひまわりの会や補導協会のような団体から声をかけられる。善意悪意を問わず近づく連中もいるだろう。逃げ続けるのは、かなり面倒なはずだ。

だが、それらを一気に解決できる方法もあった。

「ひょっとしたら二人だけやのうて、他にも大勢とつるんでるんちゃうか」

「そっか。同じ境遇の人同士、たくさんで助け合えばいいんですね」

「そうや。東京にもそんな集団あったやろ？　どっかのビルの横に、ネットで知《し》り合《お》うた未成年同士、一緒にたむろしてるて。こっちやと、大阪のグリコの看板下にもあるらしいで。京都にもそんな場所あるかもしれんな。知らんけど」

チェックの甘いホテルを見つけて大勢で宿泊すれば、一人当たりの金銭的な負担も減らせる。ホテル側も、客がゼロより室料が入る方がいいに決まっているから、見て見ぬふりくらいするだろう。

ただ、一年半以上もそれで過ごせるのかどうかは疑問だ。

それに、そういった集団は、犯罪に巻き込まれる可能性がとても高い。暴行事件は後を絶たないし、援助交際やパパ活の温床にもなっている。飲酒や喫煙だけでなく、薬のオーバードーズも流行《はや》っているという。

頭を振って、周は嫌な考えを追い出した。瞳子がそんなことをしているとは、想像もしたくない。

それに、もし集団で支え合っているなら、他に思いつくこともある。

「瞳子の両親がカルトにハマってたんは知ってるか？」

「はい。それが理由で、瞳子ちゃん、ひまわりの会に来てましたから」

「うちは最初、その被害者の人らが瞳子を匿《かくも》うてるんかなて思ててん」

一瞬考え込むような表情を見せてから、芽衣は大きく頷いた。

親の宗教や主義主張により、何もわからないまま教義をすり込まれる子供達がいる。全ての家庭が悲劇を迎える訳ではないが、多くの被害が報告されている。

そんな彼らが、自分達と同じ境遇の子供を助けようと動いているとしたら？

「被害者同士の互助会があるかもしれないってことですね」

「あくまで想像やけど、そやないと、こんだけ長いこと姿くらませるとか、でけへん思うねん」

「可能性はあると思います」

「ただな、これ、法律と紙一重やねん。瞳子も菜夏ちゃんも未成年やろ？　もし本当に誰かに匿われてるとしたら、未成年者略取になんねん」

瞳子の誕生日は一二月だ。まだ一八歳の誕生日は来ていない。

「誘拐、てことですよね？」

「厳密には違うけどな。力尽くで攫《さら》うんが略取で、うそなんかで騙して連れ去るんが誘拐やねん。ただ、未成年の場合は本人の同意があっても、保護者の許可があらへんかったら略取になんねん」

「それを覚悟の上で保護してるんだとしたら、簡単にバレるようなことはしませんよね」

「瞳子の方でも、迷惑かかるような迂闊なことはせえへんはずや」

「なのに昨日、周さんは瞳子ちゃんを見た……」

「そこや」

火の上がった金閣寺と銀閣寺を、瞳子は驚いた様子もなく見上げていた。

「もちろん、ずっと家ん中閉じ込めとくゆうわけにもいかへんやろうし、外に出るんはしゃあない。そやけど、そんな状況の人間が、参拝料まで払《はろ》て、わざわざ観光地行くか？」

「そもそも、本気で見つかりたくなければ、地元を離れるべきですしね」

芽衣の言うことは正しい。瞳子と菜夏は、既に一年半以上も行方をくらましている。ちょっと親をびびらせてやろうという程度の家出ではない。他府県へ逃げることもできたはずなのに、どうして地元の京都にいたのか。

「瞳子には、あの場所におらなあかんかった理由があるはずや」

「……火を付けたの、瞳子ちゃんだって疑ってるんですか？」

警察からの発表はまだ無いが、既にニュースで放火の可能性は報道されていた。

それに周の母親も、両方の現場にいた奴が怪しいと、周をからかっている。

失踪した少女が、理由があってあの場所にいたなら、そう考えても不思議ではない。

「……わからん。わからんことだらけや。仮に火い付けたんが瞳子やとして、その理由はなんや？　むしゃくしゃしてやったとか、そんな理由やあらへんやろ。いろいろ考え直さなあかんな」

謎は多い。瞳子と菜夏の行方や生活方法だけに限らず、失踪した理由も考え直さなくてはならないかもしれない。

「考え直すって、どうするんですか？」

「まずは、受け身なんをやめて、自分から瞳子の手がかり探そう思てる」

瞳子が失踪してから周が起こした行動は、連絡が欲しいとメッセージを送ったことだけだ。それも、カルトにハマった両親に気づかれないよう、歌詞に乗せるという、暗号めいたやり方で。

いくら宇宙からの壮大な計画だったといっても、これだけで手がかりが得られるなんて、考えが甘すぎた。もっと積極的に、自分から行動を起こすべきだ。

実際に、宇宙でトラブルに巻き込まれたときもそうだった。積極的な行動が、巨大な密室での事件を解決に導いた。受け手にまわるのは、行動してからでも遅くはない。

「さしあたって、いっぺん瞳子の家に行こか思てんねん。なんか新しい情報入ってるかもしれへんし」

いくら友人でも、赤の他人である周には、誰もなんの情報もくれない。自分から能動的に動かねば、欲しい物は得られなかった。

「今からですか？　午後からの授業、受けなくていいんですか？」

「どうせ出禁やしかまへん。向こうも、リモートの出欠なんか気にしてへんやろ。午前中の授業もそんな感じやったし。芽衣ちゃんはどうする？　学校行ってへんもん同士暇やろ？　まあ、無理にとはゆわんけど」

「いえ、行きます」

即答だった。

「周さんて、放っておいたら大変なことしそうですし。見張っておかないと」

「失礼なやっちゃな」

二

京都駅の南側、八条通《はっちょうどおり》を少し下ると、昔からある密集住宅街といった場所がある。そこに間借りするように、ホテルや居酒屋、焼肉屋などが、ぽつぽつと並んでいる。そんな場所に瞳子の家はあった。

学校からも近く、徒歩で二〇分ぐらいだろうか。こぢんまりとした木造住宅だ。築年数も一目で古いとわかる。玄関先は掃除がされていて、印象は悪くない。

一呼吸して、インターフォンを鳴らす。程なくして、こざっぱりとした印象の女性が現れた。瞳子の母親、木之下由美子《ゆみこ》だ。

「こんにちは。ご無沙汰してます」

「あら、真田さん。まあまあ、ひさしぶりやねえ」

頭を下げると、由美子は嬉しそうに表情を明るくした。

言葉遣いや物腰の柔らかい、品のいい女性という印象を受ける。一見しただけでは、カルトにハマっているとは思えなかった。

　でも、よく見れば化粧気は無く、着ているものも、あちこちほつれている。髪も白い部分が目立つし、ちりちりと傷んでいて、隠しきれないみすぼらしさがあった。過度な献金によって金欠に陥り、身だしなみにまで手が回っていない人の特徴だ。

「今日もプリントとか持って来てくれたん？　ほんま、悪いなあ」

「ちゃうんです。なんも用はないんですけど、ここしばらく来れてへんかったから、おばちゃん、どないしたはるかな思て。元気したはりましたか？」

　にっこりと微笑んでみせると、隣で芽衣が驚いたように目を丸くする。そんな顔もできたんですね、という心の声が丸聞こえだった。

「ひまわりの会で瞳子と一緒やった、芽衣ちゃんです」

「そうなん？　気い遣《つこ》てもろて悪いなあ。元気やで。あら、こっちの子は？」

「あの、初めまして」

　紹介すると、ぎこちなく芽衣は頭を下げた。

「ひまわりの会て、なに？」

　思わず、周と芽衣が視線を合わせる。

「……カルチャーセンターみたいなもんです。適当に集まって、わいわいゆうだけですけど。この子は、その後輩なんです」

　曖昧に説明すると、納得したのか頷いて、寂しげな微笑みが浮かんだ。

「ほな、瞳子のこと知ってるん？」

「はい。そやからえろう心配してて。今日うちが瞳子の家行くゆうたら、どうしても付いてきたいゆうてきかへんかったんです。すんません、勝手に連れて来てしもて」

　さらりと適当なことを言いながら、周はリュックから豆餅を取り出した。

「これ、お土産です」

「いやあ、そんなん気いつかわんでええのに」

「そやけどおばちゃん、また痩せてしもてるやないですか。これ食べて、ちょっとは太ってください。そやないと、瞳子が帰ってきたとき、心配されますよ」

　由美子は豆餅のパックを胸に抱きしめた。

「おおきにな。ほな一緒に食べよか。お茶でも淹《い》れるから、あがって」

「おばちゃんこそ気いつかわんといてください。それ二つしか入ってへんから、旦那さんと食べてくださいね」

「ええからええから。ほら、もう用意してしもたから、家寄ってってって。な？」

　近くに積んであった段ボール箱から、ペットボトルのお茶が取り出される。見たことの無いメーカーのペットボトルだ。

「そうですか？　ほな、ちょっとだけ」

　リビングに通されると、小さなテーブルに椅子が三つ並んでいた。周も初めて入る、瞳子の家だ。

　外観から想像できる通り狭いが、掃除は行き届いていて綺麗だ。それだけに、物があまり置かれていない様子は、どこか寂しさがある。電話が部屋の隅にあるだけだ。

由美子が入れ込んでいるカルトの特徴だ。自分の所有物を極力無くし、団体に寄付することで一緒に豊かになろうというのが、その主張だった。

一時期社会問題になったため、土地や住宅などの寄進は行われなくなったとは聞いている。そうでなければこの家も、手放されていたかもしれない。

憎しみと怒りが湧き上がって来るが、悟られないよう、微笑んで隠した。

ムカムカするのに、どこか心が落ち着く気がするのは、木の香りが強く漂っているからだろう。ヒノキだ。改めて見れば、柱も天井も全て木でできている。珍しいのか、芽衣が何度か鼻を鳴らしていた。

その芽衣が、由美子がキッチンへ消えたタイミングで、声をひそめながら尋ねてくる。

「どうしてカルチャーセンターの後輩なんてうそついたんですか?」

「瞳子がナイショにしてたもん、勝手にばらせへん思たんや」

表向きはそう説明しながらも、周は言葉にできない違和感を覚えていた。

失踪した娘の行方を捜す過程で、ひまわりの会のことぐらい、わかるはずだ。

それとも瞳子は、そんな痕跡も全て処分し、家を出たのだろうか?

だとしても、ひまわりの会から、連絡が取れなくなった子の親に、電話ぐらい行くだろう。

本人のプライバシー保護のため、そういったことは行われないのだろうか? この辺りは、藤城か高橋に尋ねた方がいいかもしれない。

「お待たせ。珈琲の方がよかったら、こっち飲んでな」

「すんません、いただきます」

差し出されたマグカップには、熱々の珈琲がそそがれていた。ミルクも別に用意されている。先ほどのペットボトルのお茶も、あるにはあったが、あれは自分達を引き留めるための誘い文句だったようだ。

欲しいかどうか聞く前に珈琲が用意されているのは、歓迎されている証拠だ。しかも、持って来た豆餅を二つとも、こちらに差し出してくれる。さすがにこれは遠慮した。

「うちら、もう食べてきたんです。それに、おばちゃんに食べて欲しいて買《こ》うてきたんですし、そっちで食べてください」

「そう？　ほんなら、遠慮無く」

そうは言いながらも手はつけず、由美子は落ち込んだようにうつむいた。

「いつも顔出してくれてありがとうな、真田さん。そやけど、ごめんな。あの子のこと、まだなんにもわからへんのよ」

肩を落とす姿に、申し訳なくなる。瞳子の行方や情報は気になるが、がっかりさせる度に、心苦しさはあった。

周は、瞳子が失踪したのは、両親がカルトにハマったことが原因だと考えていた。だから失踪直後に、怒鳴り込もうとしたこともあった。

だがこうして対面すればわかるように、瞳子の母親は決して話の通じない人ではない。娘の失踪に心を痛め泣いている、どこにでもいる母親だ。

親子の間にどんな確執があったのかはわからないが、一方的に責めたり、罪悪感を引き出すことはしたくなかった。

「うち、考えたんですけど……」

マグカップを手に取り、普段と変わりない口調のまま、周は探りをいれる。

「瞳子、一人やのうて、誰かといっしょにいるんとちゃいますか？　未成年が一年半以上も一人でいてるて、かなり無理あるし……誰かと助《たす》け合《お》うてたとしても、おかしない思いませんか？」

「どうやろ。でも、もしそうやったら、安心やわ。一人でいてるより、無事でいる確率も高いやろうし」

祈るように両手が重ねられる。思い当たる節は無さそうだ。何かを隠している素振りもない。

他にも雑談を交えながら、お互いの近況などを話す。合間合間でさりげなくいろんなことを尋ねるが、どうやら新しい情報は無さそうだ。

空振りかと残念に思うも、顔には出さず、席を立つタイミングを見計らう。

階段を降りてくる足音がした。乱暴な、どすどすとした響きに、隣の芽衣がびくりと身体を震わせた。

「うちの人や。起きてきたみたい」

由美子の語尾に被さるように、男が姿を現した。

「……なんや、客か思たら、子供やんけ」

会釈をするも、向こうはこちらを無視してキッチンへ向かった。その途中で、テーブルで手つかずだった豆餅をひっつかむ。

「あんた、行儀悪い」

「なんやねん。どうせお前、砂糖は身体に悪いゆうて食べへんにゃろ。癌になるとか、麻薬並みに依存性があるとか、普段からようゆうてるやんけ」

「ちょっと！」

それで手を付けなかったのか。慌てて由美子が頭を下げた。

「ごめんな、二人共。隠してたわけやないねんけど、せっかく持って来てくれたのに、いらんともゆわれへんで……」

「気にせんといてください。こっちこそ、好みとかわからんまま買《こ》うてきてすんません。そやのに珈琲ごちそうになってすんません。これ美味しいです。なあ、芽衣ちゃん」

「はい」

頷くだけで、それ以上芽衣は視線を上げようともしなかった。ただでさえ借りてきた猫状態だったのに、知らない男まで出てきて、言葉数が極端に少なくなっている。

周も、何度か瞳子の家に来ているが、父親に会うのは初めてだ。

顔は悪くない。どちらかと言えば整っている。瞳子は父親似のようだ。視線が妙に力強く、見つめられると心がざわつくような威圧感があるのも似ていた。

ただ、無精髭《ぶしょうひげ》やら目の下のクマやらが、全部をぶち壊しにしていた。全身から漂う煙草《たばこ》の臭いも強烈だ。オーバーサイズのスウェットパンツにロンTという格好も、だらしなく見えた。

「……初めまして。真田周です。こっちの子は、芽衣ちゃんです」

「胡《こ》芽衣です」

「こ、めい？　なんや、中国人みたいな名前やな」

声には、嘲笑するような響きが間違いなくあった。芽衣が表情を硬くする。

「あんた、その言い方やめときよし」

「中国人みたいな名前やゆうただけやろ。なにがあかんねん」

「何がて、言い方があかんにゃろ。前からなんべんもゆうてるやんか」

「俺もこうゆう話し方しかできひんて前からゆうてるやろが！」

恫喝して、瞳子の父親は豆餅にかじりついた。口をもごもごさせながら、睨むようにして尋ねてくる。

「ほんで、なんやねん、お前ら」

「なんやて、瞳子のお友達やんか」

「あんな不良娘に、ほんまに友達なんかおったんやな」

疑いようのない嘲笑に、周は反射的に微笑み返す。

心配してちらりと見れば、芽衣は顔を青くして、ますます身体を小さくしていた。こういう粗暴な男に慣れていないのは一目瞭然だった。

「不良娘て、自分の子供になんちゅうことゆうの！」

「うちにあった一〇〇〇万パクって逃げた穀潰しやんけ」

吐き捨てられたセリフに、周と芽衣は揃って目を剝《む》く。

「一〇〇〇万円を盗んで逃げた？　瞳子がですか？」

「そうや。誰にもばれんよう天井裏に隠してたんを、くそ！　思い出したら腹立ってきた。あんなんの友達とか、君らもろくでなしか？　はは！」

何が面白いのか、自分で言って自分で笑いながら、瞳子の父親はもうひとつの豆餅も、口の中に放り込んだ。

「ごめんなさいね。この人、今ちょっと仕事がうまいこといってへんで、イライラしてるみたいやねん。取引先の人と、連絡が取れへんみたいで」

「安心せえ。その一人とやっと連絡が取れて、これから会いに行くとこや。しょせん学生やな。親に追い込みかけたら、一発や。おい、着替え出してくれ」

「ごめんな、二人共、ちょっと席外すな」

横柄な命令に抵抗することなく、由美子が隣の部屋に移動する。瞳子の父親と三人で待たされて、周はこれをチャンスと思うことにした。

「お仕事て、なにしたはるんですか？」

「なんや。興味あるんか。これやこれ」

テーブルに置いてあったペットボトルのお茶が引っつかまれる。

「お茶、ですか」

「お茶ゆうか、自然食品とか健康食品やな。会員に商品卸して、会員は自分で値段を付けてまた別の人間に売ってるんや。売れたら紹介料としてバックマージンも入って来て、二重三重に儲かるシステムになってんねん」

かなりぼかしてはいるが、一聴してわかった。典型的なマルチ商法だ。ひょっとしたらネズミ講もやっているかもしれない。頬が引きつりそうになる。

「俺はこれであほほど儲けてきたんや。甘ちゃん共とは人生経験がちゃうねん」

苦労してきたと言いたいのだろう。確かにこんな性格では、まともな人間関係は築けそうにない。

「そやのに、あのあほのせいで全部パアや。やっとそこそこの金が貯《た》まったばっかりやったのに。くそっ！」

よほど鬱憤が溜まっているのか、怒りと一緒に唾が飛んだ。

「うち、商売のことはわかりませんけど、話聞いてたらおじさん才能有るみたいやし、大丈夫ですよ」

「ちゃうねん。売れるためにはな、才能とか努力やないねん」

ニヤリと、瞳子の父親は得意気に口元を歪めた。

「ほな、何が必要なんですか？」

「売れるゆう確信や。自信がみなぎってると、人が勝手に寄ってきよる。そいつらに売りつけたったらええねん」

「はぁ……なるほど」

わかるようなわからないようなセリフだったが、周は納得したふりをして、大きく頷いた。

同時に、ちょっとくすぐっただけで簡単に調子に乗るこの男が、本当に商才があって、大金を貯められたのだろうかと疑う。

「一〇〇〇万円も貯めるやなんて、ほんまに凄いですね。コツとかあるんですか?」

得意気だった顔から表情が消え、厳めしさが増した。

「君、瞳子の同級生やったら、こんなとこで油売っててええんか。そろそろ受験やろ」

踏み込みすぎただろうか。警戒されてしまったかもしれない。深追いせず、一旦ここで退いた方がいいだろうか。

「心配してもろてありがとうございます。ほな、アドバイス通り、勉強頑張るために帰りますね」

「まあ待ちいな」

腰を浮かせようとするも、引き留められた。顔が、にやにやと歪んでいる。虚栄心を隠しきれていない表情だった。

「どこの大学狙《ねろ》てんの。勉強教えたろか。その代わり高いで。こう見えて俺は、京大に通てた男やからな」

「ほんまですか?」

少なくない衝撃が走る。ただしそれは、高学歴に驚いたからではない。

高学歴でありながら、マルチに手を出すことが、周には信じられなかった。

「そうや。スゴイやろ?」

言葉を失ったのを感心されたと勘違いしたのか、瞳子の父は得意気に顎をそらす。

「ゆうても、世間は京大を持ち上げすぎやけどな。あんなもん全然大したことあらへんかったわ。教授も学生も、程度の低い連中ばっかりで、いやんなって二年しか通わへんかったし」

「中退しゃはったんですか？　もったいない」

「あんなショボい大学、行く価値もあらへん」

京大に通っていたのを自慢した数秒後に、京大を馬鹿にする。矛盾した言動に、果たして本人は気づいているんだろうか？

「そんなもんより、金や。俺はこいつを売って、あほほど儲けてるんや」

得意気な様子を、着替えを持って戻ってきた由美子がたしなめた。

「そやけどあんた。この商品、ほんまは会員以外にあげたらあかんてゆわれてるやろ。村のみんなが丹精込めて作ったもんやで。ほんまは共同所有するんが理想で……」

「お前があほみたいに献金できんのも、俺が稼いだってるからやないかい！」

恫喝する声にびくっと震え、由美子がうつむく。

なんてわかりやすいＤＶなのかと、唖然とする。

「そやかて、物はみんなで所有したら、貧富の差はなくなるし……」

「全員平等に貧乏なだけやろうが！」

教義めいたことも、一言で一蹴して、取り付く島も無い。

「誰がそんな生き方するか。俺はあんな負け犬共とは違《ちゃ》うんじゃ。ほんまは関わんのも嫌やのに、金になるからしゃあなしにつきおうたってるんやぞ。お前の献金かて、嫌々許したってんのも、損して得取れ思てるからや。そうやってコツコツ貯めた金を、あの不良娘……くそ！」

叩きつけるように、ペットボトルがテーブルに放り投げられる。派手な音がして、芽衣が身体をすくませた。瞳子の父親の口元は、へらへらと緩んでいた。

ふつふつと、煮えたぎるような感情が腹の奥底から込み上がってくる。

何かしらの情報が得られればと我慢して来たが、奥さんや自分より年下の子を脅すような真似をして笑うなど、腹に据えかねた。

それでも、ここでキレたら今後に差し障りがあると、珈琲を飲み込みながら心を落ち着ける。

悔しいことに味はよかった。苦味がちょうどいい塩梅《あんばい》で、鼻に抜けていく残り香が心地いい。

そういえば、マルチやネズミ講は、商品の質だけは無駄にいいと聞いたこともある。会員に、こんなに素晴らしい商品を売っているのだから自分のやっていることは悪いことじゃない、そう思い込ませる手段のひとつらしい。実際に品質がいいかどうかはともかく、そんな小細工を弄するところに、また腹が立った。

「君らも、学歴社会みたいなしょうもないもんに騙されたらあかんで。結局人間は、どう生きるかが大事なんやから」

気の利いたことでも言ったつもりになっているのか、得意気な笑みが目の前で揺れる。申し訳なさそうに、由美子が何度も頭を下げていた。

「最近は、中国人が京都の土地買いあさってるらしいからな。そのうち日本がまるごと乗っ取られるかもしれんで。そうなったとき、一人でも生きてけるように、しっかりため込んどかんとな。疑《うたご》うてんのか？　考えてみい。日本には、ただでさえスパイ防止法があらへんねんで。中国共産党のスパイとかのさばり放題や。中国人みたいな名前の君、ひょっとしたらそうなんちゃうか？　はははは！」

　芽衣が怯えているのは明らかなのに、瞳子の父親は笑うのをやめない。

　それどころか、無遠慮に芽衣の肩を叩き始めた。

「冗談や、冗談！　ちゅうか、この程度でびびってたらあかんで。社会に出る練習や思わな。世の中には、頭のおかしい奴が多いさかいな」

　罵声、恫喝、許可無く他人の身体に触れるセクハラ行為。

　……もう、駄目だった。

「いやあ、それにしても、ほんまびっくりです」

　抑えきれない感情が、周の口を開かせる。

「京大入れる頭があっても、マルチやネズミ講なんかにハマるんですね。成績と頭のよさて、リンクせえへんのですね」

「……どうゆう意味や」

　ぎろりと、血走った目が睨んでくる。だが、商売については否定しなかった。

「すんません。失言でした」

　あっさりと前言を撤回して、慇懃《いんぎん》に頭まで下げる。一呼吸して、周はすぅっと目を細めて微笑んだ。

「中退やからマルチ止まりなんですよね。卒業できる頭があったら、普通に働いて稼げますもんね」

　時間が止まったように空気が凍り付く。瞳子の父親から表情が消えた。次の瞬間、火薬が炸《さく》裂《れっ》したような声が響いた。

「なんやとクソガキ！」

怒鳴られたときには、周は芽衣の腕を引っ張り、走り出していた。

瞳子の家を飛び出し、烏丸通に出て、道なりに力の限り走り続ける。靴は手にある。履く暇なんて無かった。靴下のままだ。

「俺はな、あほな連中を使って、儲けてるんや！　ガキに何がわかる！」

背中に、裏返る寸前の怒声が叩きつけられた。だが、距離は遠い。どんどん足音も遠くなり、ちらりと振り向くと、瞳子の父はうずくまって嘔吐いていた。急に走って、身体がついてこなかったようだ。

そこでようやく靴を履いて、もう一度芽衣の腕を掴み直して走り、京都駅へ向かう。そのまま京都駅ビルの、空中径路と呼ばれる場所にやって来た。

高所にあるガラス張りの通路で、空中を歩いているような気持ちにさせる場所だ。一本道ではあるが、人がすれ違うには十分な幅があり、視界も開けているので、誰かが近づいて来れば、すぐわかるようになっている。

展望台のように、周囲を見渡せる場所も複数拵《こしら》えられていた。そこにしゃがみこみ、ぜぇぜぇと荒い呼吸を繰り返す。

酸素が足りなくて頭が痛い。今追いつかれたら、立ち上がることもできないまま、捕まるだろう。

息がようやく整って、それからどっと汗が噴き出してきたような気がした。目がチクチクして、慌てて服の袖で拭う。

見れば、芽衣も曇った丸眼鏡を同じように拭っていた。

「なんで、あんな煽るようなこと、言ったんですか！」

疲労の色の濃い声で、芽衣が抗議してくる。

「あかんねん。うち、年上とか力のある奴が偉そうにしてんの、いっちゃん嫌いやねん。我慢できひんかってん」

「気持ちはわかりますけど！　わかりますけど、殴られたりしたらどうするんですか！」

「やっぱ格闘技とか習《なろ》といた方がええんやろか？」

「ケンカするって前提で話をしないでください！　ケンカにならない方法を考えるべきです！」

「そやな。戦わずして勝つんが、孫子の教えやもんな」

「孫子⁉　私が中国人だから、そういう冗談でごまかそうとしてます？」

「んなわけあるかいな。ええか、芽衣ちゃん。孔子かて耳順《したが》うようになったんは六〇になってからやで？　ただの女子高生に、節度ある態度求める方が間違《まちご》うてるんちゃうか」

「そういうのを詭弁《きべん》て言うんです！」

「それにしても、今どきあんなわかりやすいクソ親父《おやじ》ているんやな」

「話を逸《そ》らさないでください！」

年下の女の子に怒られ、おかしくなって笑った。ゆっくりと立ち上がり、今になって、ずっと芽衣の腕を摑んだままだったことに気づく。

手を離そうとした瞬間、不意に抱きしめられた。身長差のせいで、胸に顔を埋められる格好になる。驚いて見下ろすと、不安そうな顔で、胸を叩かれた。

「混蛋《フンダン》」

「……中国語はわからんわ」

「馬鹿って言ったんです」

「まあ、ニュアンスでそんな気はしてたけど」

苦笑して頭を撫でると、くすぐったそうに芽衣は身体を震わせた。

「ごめんな、怖がらしてしもて。次から気いつけるな」

「違います」

「違うて、なにが？」

「手、震えてましたよ。走り出す前から」

舌打ちして、周は自分の髪に手を突っ込んだ。つまりこれは、怯えてすがられたのではなく、自分が慰められているらしい。どうりで抱きしめ方が優しいわけだ。

「私のために怒ってくれたのは、わかります。でも、それで周さんが怪我でもしたらどうするんですか。私なら、平気だったのに。あんなの、前の学校いたときに比べたら、全然――」

「あかんで、芽衣ちゃん」

途中で言葉を遮って、周は芽衣を強く抱きしめ返す。

「あんなんが平気になったら絶対あかん。うちみたいにケンカ買う必要はあらへんけど、うそでも平気やゆうたらあかん。怒るべき時はちゃんと怒らんと。そやないと、ほんまに怒らなあかんとき、怒れへんようになるで」

　叩かれたように、芽衣が目をぱちくりとさせる。

　それから静かに微笑んで、こくりと頷いた。

「……それにしても、あかんな。いざっちゅうとこでカッコつかへん。あんなんにびびってたん、バレてたやなんて」

「かっこつける必要なんかありませんから」

　抱きしめる力が強くなり、今度は周が身体を震わせた。抱きしめ返すと、お互いの体温が交換されるような暖かさがあって、ようやく恐怖が消えていく。

「ごめん。堪忍や。許して」

「反省してくれたなら、もういいです」

　年下の女の子にたしなめられて、周は身体中を駆け巡る羞恥心にやられていた。でも、どうしてだろうか。今回はそれが、嫌ではない。

　ひとしきり笑いあった後、柔らかかった芽衣の頬が真顔に戻る。

「菜夏ちゃんと瞳子ちゃん、やっぱり私達の知らなかった繋がりがあるんだと思います」

　確信しているのが表情から伝わった。

　周は立ち上がり、手すりにもたれ、真正面の京都タワーを見上げながら、芽衣の言葉に耳を傾けた。

「瞳子ちゃんの家、木の匂いがしてたじゃないですか。ヒノキのいい匂いが」

「木造住宅やからな」

「精油だと思います」

告げた芽衣の表情は、どこまでも真面目くさっていた。

「私の家、不動産会社もあるって言ったじゃないですか。小さい頃、父の仕事について、いろんな家をまわった経験があるんです。だからわかるんですけど、ああいう古い昭和住宅だと、木造って言っても、匂いなんて飛んじゃってることがほとんどなんです。あそこまで強く匂うのは珍しくて。そう思って部屋を見回したら、やっぱりありました。コンセントに直接差して使うアロマポットが」

「ゆわれてみたらそうかもしれん。柱とか天井とか木い使《つこ》てたけど、だいぶ古なってたもんな。そやけど、木の匂いが精油やから、どないしたん？」

「菜夏ちゃんのお母さん、癌で亡くなっちゃったんです。それも、自然療法というか、代替医療にはまって、ちゃんとした化学治療を受けないままに」

突然の重い話に驚くが、ひとまず最後まで聞くことにして、続きを促した。

「癌が進行して痛みが出た時、菜夏ちゃんのお母さん、気分を鎮めるためだってヒノキのアロマをよく焚いてたらしいんです。私、その精油とかサプリを処分するの手伝ったからわかるんですけど、瞳子ちゃんの家の匂い、そのときと同じでした」

それで鼻を鳴らしていたのかと納得する。

どうやら怯えて黙っていたのではなく、芽衣は芽衣で、必死に情報を集めていたようだ。

「なんの皮肉やろな。癌が治る詐欺商品売って捕まった人の奥さんが、癌で亡くなるて」

「逆です」

辛そうに、芽衣は唇を噛んでいた。

「菜夏ちゃんのお母さんが癌になったので、お父さんがそういう商品を買うようになったそうです。ただ、とても高い商品だったらしくて、すぐにお金が続かなくなってしまって。だから、その商品を特別に卸してもらって、他の人にも売って、癌治療のための自然食品を買う資金に充ててたらしいんです」

「ちょい待ち」

何かに気づいて、まじまじと芽衣の顔を見つめる。遠雷めいた不吉な感覚が胸に響いた。

「その詐欺商品を、菜夏ちゃんのお父さんに売ってたんが、瞳子の父親かもしれん……そうゆうことか？」

「本来なら、会員以外に譲り渡すのも駄目みたいなこと、言ってたじゃないですか。普通に流通してない商品のはずです。だから、その可能性は高いと思います」

簡単に頭の中で整理して、周は指折り確かめていく。

「瞳子の母親がカルトにハマってる。そのカルト村で作ってる自然食品を、瞳子の父親が横流ししてた。その相手の一人が菜夏ちゃんのお父さんで、けどお金が続かんようになって、今度は菜夏ちゃんのお父さんが商品を売る側にまわった。菜夏ちゃんのお母さんは、自然療法のせいで亡くなった……」

ひとつひとつに、芽衣は硬い表情で頷いた。

「これ、菜夏ちゃんのお父さんも、むしろ被害者ちゃうの？」

「菜夏ちゃんのお父さんに商品を売った人は、癌治療に効果があるなんて言わなかったって主張したそうです。確かに、そういう覚え書きも、効能を約束したチラシなんかも、見つからなかったそうです。逆に、菜夏ちゃんのお父さんが商品を売る際は、効能を明確にうたっていたらしくて、どうしようもなかったみたいです」

「騙された結果、他人を騙すことになってしもたんやな」

被害者から加害者へ変わってしまった……

救われない展開に、周は天を仰ぎ見た。騙す方と騙される方、もちろん騙す方が悪いに決まっているが、それでも、どうしてそんなものに騙されるのか。

「ちゃんと病院に行ってれば、治ったかもしれない癌だったらしいんです。会社の健康診断のおかげで、本当に初期の段階で見つかったそうですから。なのに……」

深いため息がこぼれる。

周も女だからわかる。健康診断で、それも初期でわかる癌となると、マンモグラフィーによる乳癌である可能性が高い。治療する過程で身体に、それも乳房にメスが入れられるかもしれない恐怖は、想像するだけで震えた。

そうでなかったとしても、投薬治療は苦しいと聞く。髪が抜けるなどの心配もあった。もちろん命の方が大事だが、簡単に割り切れるものではない。

身体を傷つけず、苦痛も無く治る薬があると言われたら、誘惑に耐えられない人がいても、おかしくないはずだ。

一度すがったが最後、人間は出資額に見合ったリターンを回収しようとする心理が働く。ギャンブルでよく見られる光景だ。負けた分を取り戻そうとさらにお金を突っ込んで、破綻するまで止まらなくなる。一度この状態に陥ると、抜け出すことは簡単ではない。

「菜夏ちゃん、言ってました。お母さんが亡くなったことも悲しかったけど、それよりもショックだったのは、自分達と生きることより、自然療法を選んだことだったって。見捨てられた気がしたって」

　死を覚悟した上での終末医療ならともかく、初期段階から代替医療を選択し、その結果亡くなったのだ。そう考えても仕方ないのかもしれない。

「亡くなった本人が一番無念やろうけど、残されたもんの気持ち考えたら、自分の命は自分の好きに使《つこ》たらええて、ようゆわれへんな」

　ふと考えた。自分の親が、同じ選択をして亡くなったらどう思うだろうかと。

　あほな親やと笑うのか、置いていかれたと恨むのか、やりたいようにやって生きたんだなと感心するのか、愚かさに唾でも吐くのか、恐怖から目をそらした行動に同情して憐れむのか。

　答えは出なかった。

「でも、一番辛かったのは、お父さんが捕まってからだったそうです。誹謗中傷が、菜夏ちゃんと妹ちゃんにも行ったみたいで。特に妹ちゃんは、顔に傷ができるような暴行を受けたのに、教師がいじめた方を庇ったらしくて、本当に腹を立ててました」

「顔に……」

　思わず自分の頬を撫でる。

「おまけに教師は、二人に、早く転校した方がいいですよなんて言って……ひどすぎますよね。いじめてた相手と、それを庇った教師だけは絶対に許さないって、菜夏ちゃん、泣いてました」

周が経験した小学校時代のイジメ事件と同じだ。教師や学校は、何故かいじめた側を庇いたがる。

「その妹さん、今どないしてんの？　菜夏ちゃん、失踪してしもたんやろ？」

「お父さんが捕まると同時に、母方の叔母さんに引き取られたって聞いてます。でもその後、今言ったようなことがあって、叔母さんにも嫌がらせがあったみたいなんです。だから、菜夏ちゃんが失踪するちょっと前に、引っ越しちゃったみたいで。新しい家の場所は私も知りません。誰にも教えないで欲しいって、叔母さんから直接、ひまわりの会に連絡があったそうです。だから、京都にいるのかどうかもわからないんです」

状況を考えれば、無理もない要望だ。

日本では、加害者本人よりも加害者家族の方がバッシングを受けやすい。

芽衣も菜夏も、同じ目に遭っていた。

「なんやねん。なんでどいつもこいつも、他人にいらんことすんねん。暇人か！」

「もうひとつ大事なことがあります」

「まだあんの」

「銀行の口座じゃなくて、自宅に一〇〇〇万円が置いてあったのも、おかしいです」

「大金やもんな。泥棒が入ったりしたら危ないし、そやからあのおっちゃんも、天井裏に隠してたゆうてたもんな」

「そういうことじゃなくて……多分ですけど、瞳子ちゃんのお父さん、脱税してるんだと思います」

働いた経験の無い周には、ぴんと来なかった。もちろん犯罪行為であることはわかるが、そやからなんやねんとさえ思う。

「脱税って、結構重い罪なんです。悪質だと刑務所にも入れられるみたいで、私の父は税理士を三人も雇って、不正が無いようにしてました」

叩けば叩くだけほこりが出てくる感覚だった。

改めて重罪であることを認識すると、気がつくことがある。

「おかしいと思いませんか？　私みたいな高校生が、ちょっと見ただけで、こんなにも怪しいところばかりなんですよ。なのに、警察が動いた気配がないじゃないですか」

「……瞳子の行方不明者届自体出てへんのかもしれんな。そんな大金、なんで自宅に置いといたんか警察に聞かれたら、まともに答えられへん」

「私もそう思います。一年半以上も失踪した未成年が見つからないのは、そのせいもあるかも。これって、偶然だと思いますか？」

「ここまで来たら、そんなわけないやろ」

決定的な証拠となるものは無いが、それにしては話が繋がりすぎている。

もともと警察は、明確な事件性が無ければ、行方不明者届を出した程度ではきちんと捜索してくれない。

瞳子は書き置きを残して失踪しているから、ただの家出として処理されている可能性も高かった。

そんな事情もあり、警察の捜索については最初から諦めていたが、そもそも行方不明者届が出されていないのであれば、話が違ってくる。

銀行口座を持っているなら、大金の管理だって簡単だ。逃亡資金が潤沢にあるなら、チェックの甘いホテルを梯子《はしご》すれば、数年はやり過ごせるだろう。成人した後、安いアパートでも買って職を見つければ、暮らしてもいける。

にもかかわらず、瞳子は地元を離れていない。

「親同士の繋がりを知って、二人の間にトラブルがあったのかも。例えば、逆上した菜夏ちゃんに襲われて、瞳子ちゃんが逃げたとか」

「それこそ、警察にゆうたらええだけの話やん」

「言えない事情があったのかも。例えば、脱税が見つかる可能性があるから、瞳子ちゃんのお父さんが警察への相談を許さなかったとか」

「失踪してから一年半以上経ってんにゃで。さすがにそれは、無理あると思うけどな」

二人は、被害者の娘と加害者の娘だ。芽衣の言う通り、菜夏が瞳子に恨みを持ち、なんらかの争いに発展した可能性はある。

だとしても、それが一年半以上の失踪に繋がるとは思えなかった。それも、片方だけでなく両方だなんて。

不吉な予感が浮かぶ。二人がいさかいの末、暴力に発展し、同時に致命傷を負う姿だ。そのまま川にでも落ちれば、見つからなくても不思議ではない。

「あかん。これ以上はわからん」

降参するように、周はその場にうずくまった。

芽衣の方も、手すりにもたれながら脱力している。ずれた眼鏡を直しながら、気分でも変えるように、努めて明るい様子で上を向いた。

「そういえば、京都タワーをこんな近くで見たの、初めてかも。へえ、ビルの上に建ってるんですね。周さんはあれ、のぼったことあるんですか？」

「そうゆうたら保育園の頃、一回だけあるような無いような……」

高いところにのぼった記憶は、朧気《おぼろげ》ながらある。ただ、あれが京都タワーだったのか他の建造物なのかは判然としない。

いつでも行けると思うからか、有料だからか、地元にある観光地にはなかなか足が向かない。行っても、拝観料の不要なエリアにしか足を運ばない。それに観光地は人が多く、混雑している。特に八坂《やさか》さんから清水寺《きよみずでら》方面の東大路《ひがしおおじ》通に至っては、歩道すら鮨詰《すしづ》めになる。近づきたくもないくらいだ。

金閣寺にしても、本当にたまたま拝観しただけだ。直前に『まずは金閣寺を燃やす』なんてコメントがなければ、見向きもしなかっただろう。

北野天満宮だけはよく足を運ぶが、あれは自宅から自転車で五分の場所にある氏神様だからだ。学校の近くにある東寺《とうじ》さんですら、校舎から眺めることはしても、わざわざ拝観料を払って、中に入ったりはしない。

「そやけど、たわわちゃんは好きで、グッズ買《こ》うたりしてるけどな」

家の鍵を取り出してみせる。京都タワーをモチーフにしたゆるキャラ、たわわちゃんのキーホルダーが付いていた。母親から渡されたGPS機能付き紛失防止トラッカーが、じゃらりと音を立てる。

「このあほの子みたいな顔が可愛いやろ？　口開けてぼーっとしてる顔見てると、癒やされんねん」

「はあ……」

明らかにピンときていない様子だった。

拗《す》ねて、周は京都タワーを背にするように、手すりにもたれた。スマホを取り出し、新しい書き込みがないか確かめようと、動画チャンネルを開く。

コメント欄は相変わらず荒れていて、周に対する口汚い罵りや、京都を揶揄する言葉、それと同じぐらいの擁護するコメントが溢れていた。

一方的に責められないだけまだましだが、本人を置いてけぼりにした他人のケンカなんて、困るだけだ。

それでも、瞳子からのメッセージを期待して、画面をスクロールしていく。

うんざりするような一文を見つけた。

『次は蠟燭《ろうそく》が燃える』

タイムスタンプは、一時間前だ。

盛大なため息をこぼすと、芽衣が画面を覗き込んできた。

「またですか？」

無言のまま、スマホの画面を見せる。

「蠟燭？」

「この蠟燭て、なんのことかわかるか？」

「……京都タワー」

「なんや、知ってたんや。そやねん。見た目が和蠟燭に似てるてゆわれてるんやけど――」

「違います」

話を遮られて、眉間に皺が寄る。芽衣の頬が青ざめていた。

「見てください、あれ！　周さん！　ほらあれ！」

腕を引っ張る手が震えていた。反対の手が、とある場所を指さして、やはり震えていた。

もたれていた手すりから身体を起こし、振り向く。

そこで周は、信じられないものを見た。

黒煙が、白い塔の先端から立ちのぼっている。かと思った瞬間、火の手があがった。

「うそやん……」

京都タワーが燃えていた。それこそ、本物の蠟燭のように。


近くに移動すれば、消防車とパトカーが駆けつけたばかりだった。消防士のほとんどがビルの中へ消えていくが、数人は地上に残って、無線のようなもので指示を送ったり、連絡を取り合ったりしていた。

既にテレビの中継らしきリポーターが何人もいて、カメラに向かって何か話している。新聞社の腕章を着けた人もだ。おそらくだが、コメントに気づいて待機していたのだろう。火が出てからでは、こんなに早く対応できないはずだ。

思わず、青い頭を警戒する。ざっと見回した限りでは見つからなかったが、状況が状況だ、胸を撫で下ろすのもためらわれて、無言で京都タワーを見上げた。

警察が交通規制を始めている。塩小路《しおこうじ》から七条《ひちじょう》まで、烏丸通が立入禁止になり、拡声器を使って京都タワービルに近づかないよう、訴える。規制された区画にはヨドバシカメラがあるが、そこも、人が出入りしないようシャッターが閉められた。

見上げるだけでは、火の勢いはわからない。

高く不気味な音が周囲に響いた。展望室のガラスが炎に焼かれて割れたようだ。キラキラとした破片が降り注ぎ、大粒の雹《ひょう》が地面を打つような音が響く。周囲のあちこちから悲鳴があがり、警察と消防職員が、繰り返し近づかないよう声を張り上げた。

「周さん、危ないからさがりましょう！　ガラスの破片、目に入ったら大変ですよ！」

芽衣の言葉に従おうとしたとき、中にいたであろう人たちが逃げ出してくる。つい気になってそちらを見ると、一般客はもちろん、修学旅行生なのか学生服の子達や、たわわちゃんもいた。半分焦げていて、人目も憚らず着ぐるみを脱ぎ、中から出てきた人がその場に倒れ込んだ。

少し遅れて、ストレッチャーで運び出される人がいた。

「周さん！　早く！」

急かされるも、どうしてか視線が外せなかった。

あれは……？

「うそやろ……瞳子のお父さんや」

「え？　やだ、どこですか？」

追いかけて来たのと勘違いして、芽衣は周囲を警戒する。

「ちゃう。あっちや」

救急車を指さしたときには、既に該当人物は車内に運び込まれていた。

「見間違いじゃないですか？　だってあれから二時間くらいしか経ってないですよ」

「うちな、視力両方共二・〇あって、見たないもんまでよう見えんねん。この距離やったら、見間違わへん。着てるもんこそさっきとちゃうけど、瞳子の父親や」

「そう言えばさっき出かけるって……それが京都タワーだったのかも」

瞳子の父親を乗せた救急車が走り出す。

多くの人が燃えた京都タワーを見上げているのに、その救急車を見つめている人物が一人だけいた。

見覚えのあるつば付きニット帽だ。瞳子らしき女の子が被っていた、あのニット帽だ。

マスクの色は違うが、間違いない。あの時の少女がいた。

「瞳子！」

「どこですか!?」

「あそこや！　ほら！　あそこ！」

芽衣が、眼鏡の奥で目を細める。見つけられないようで、視線があちこち彷徨っていた。

じれったくて、そちらに駆け出す。

「君！　危ないゆうてるやろ！　離れて離れて！」

消防士に阻まれ怒鳴りつけられる。手をかいくぐろうとしたが、ぐいっと肩が掴まれた。

――邪魔せんといて！

「危ないよ！　周さん！」

消防士ではない、それも女性の声に、振り払おうとした腕がすんでのところで止まる。

振り向くと、浅黒い肌をした女性がこちらをにらみつけていた。

マスクをしている顔に見覚えがある。きりっとした目元と、緩いウェーブのかかった髪が印象的なこの人は――

「藤城さん⁉」

「ガラスの破片、危ないから下向いて！　芽衣ちゃんも！」

強引に頭を掴まれ、力尽くで下を向かされる。頭のはるか上で、再び甲高い音が炸裂し、パラパラと小さな破片が地面を打つ音が続いた。

直後、周囲の人たちが目の痛みを訴えて悲鳴をあげる。芽衣の懸念していた通り、目にガラスの破片が入ったのかもしれない。

「大丈夫ですか？　怪我とかしてませんか？」

「私は平気です」

「うちも。それより藤城さん……なんでここに？」

「そちらこそ、学校はどないしゃはったんですか？」

尋ねられるも、瞳子が気になって振り向く。既に女の子は、いなくなっていた。

三

ひとまず避難しようと提案されて、周と芽衣は、とあるマンションに来ていた。聖護院八《しょうごいんや》ッ橋《はし》総本店の近くで、その三階に、公益社団法人京都支援活動協会の事務所はあった。廊下を挟んだ向かいも、同じく支援活動協会が所有する不動産だが、こちらは子供達に開放されている自習室になっていた。便宜上、周達が今いる方を事務所、もうひとつを自習室と呼んで区別しているらしい。

「……なるほど」

中年の男が、渋い顔を浮かべながら、ボールペンのお尻で後頭部を掻いている。事情を聞いた藤城が呼んでくれた警察だ。元は生活安全課に所属しており、そのため前からの顔見知りらしく、信頼できる刑事だと紹介された。部屋の隅で事の成り行きを見守っている高橋とも、懇意にしているらしい。

もう一人、若い刑事がいた。こちらはスマホでどこかと連絡を取りながら、話に加わらず、静観していた。

「失踪した女子高生が、放火のあった現場に、三回もなあ……」

「先輩」

若い方が、中年を小突く。

「おっと。放火はまだしゃべったらあかんにゃったか。そやけど、テレビであんだけゆうてたら、もうええやろ」

若い方がわざとらしく咳《せ》き込《こ》んで、話を変えた。

「調べたところ、伊瀬谷菜夏さんの行方不明者届は出てたんですけど、木之下瞳子さんの方は、未提出みたいですね。それと……その木之下瞳子さんのお父さんも、先ほど死亡が確認されたみたいです」

息を呑む音が聞こえた。芽衣が口元を押さえながら、目を剝いている。

周も、無意識に目を閉じて黙祷《もくとう》した。最初から最後まで悪い印象しかない人物だったが、友人の父親だ。こんな展開は望んでいない。

短い沈黙の後も、刑事は交互にいろんなことを質問して来た。

どうして現場にいたのか？　今日一日の足取りは？　学校はどうしたのか？　などなどだ。

周も芽衣も、全てに正直に答えた。

刑事は頷きながら、時には二つ三つ前の話題に戻ったり、思い出したように同じ内容の質問を繰り返して、確認を取るようにメモをした。おそらく、話に齟齬《そご》や矛盾が生じていないか、記憶違いが無いかを確かめているのだろう。言葉遣いこそ丁寧だが、追及はかなり厳しい。曖昧な発言は絶対に見逃されなかったし、記憶が不確かなことについては、納得のいく説明ができるまで、鋭い視線にさらされた。

特に、直前に瞳子の父親と顔をあわせたことについては、驚きながらも事細かに状況を聞き取られた。もしかしたら、犯人の可能性があると思われたかもしれない。

やがて気が済んだのか、二人が席を立つ。

「他にも思い出したことや何かあれば、こちらにご連絡を」

名刺を二枚、それぞれ周と芽衣に渡して去っていく。

どっと疲れて項垂《うなだ》れた。芽衣も、背もたれに身体を預けて、天井を仰ぎ見ている。放心しているようで、眼鏡がずれているのにそのままだ。

「おつかれさま。取り敢えず、珈琲でもどう？」

成り行きを見守っていた芝崎が、優しく微笑んで、マグカップを差し出してくる。

遠慮無く受け取って、香りでインスタントだとわかり、牛乳と砂糖をたっぷりと入れた。今日はやたらと走ることが多く、痛ましい事件も目の当たりにして、心身共に疲労が溜まっている。口を付けると、温かさと糖分が身体に染みていくような感覚があって、心がほぐれた。

湯気の向こうで、事務作業をこなす藤城が目に入る。

「芽衣ちゃんに聞いたんですけど、瞳子、ここに通てたてほんまですか？　藤城さん、瞳子と知り合いやったんですか？」

「黙っていてごめんなさい」

申し訳なさそうに、藤城が頭を下げる。

「でも、ゆえることとゆえへんことがあるんです。それにあの時は、周さんの炎上事件への対応で手一杯で」

批難したつもりはなかったし、以前助けてくれた人に頭を下げられ、こちらの方が恐縮した。

高橋が紙コップの珈琲を苦そうに啜《すす》る。

「でも、びっくりやわ。瞳子ちゃんと同じ学校なんは気いついてたけど、まさか友達やったなんて。瞳子ちゃん、学校のことは、全然話してくれへんかったから」

「高橋さんも、前に話した感じやと、瞳子のこと知ったはるんですよね」

「担当は藤城さんやったけど、僕かていろいろ話聞いたりしてたから。それにしても、火事現場で見かけるて、どうゆうことやろ」

芝崎が、歯がゆそうに肩を落とす。

「そもそもその子たち、どうして黙って消えてしもたんでしょうか。いきなり家出するんじゃなくて、大人を頼って欲しいなって思いますよね」

「そら無理ですね」

「そら無理やで」

「それは無理ですね」

「それは無理だと思います」

周だけでなく、高橋、藤城、芽衣の三人までが、同時に否定する。

四人に即答されて、芝崎が鼻白んだ。驚いてもいて、きょとんと目を瞬かせる。つい、冷笑が浮かんだ。

「いやあ、芝崎さんてほんま、恵まれたはるんですねえ」

服の裾を引っ張られた。ちらりと見れば、芽衣だった。不安そうに、首を左右に振っている。

「どういう意味？」

　芽衣に気遣って黙ろうかと思ったが、芝崎が尋ねてくる。こうなったらもう、止まらなかった。

「素敵なご両親に育てられはったん丸わかりですわ。育ちのよさゆうんですか、そうゆうのんが、言動から滲《にじ》み出《で》てますもん」

「確かに両親は尊敬してるけど、それのなにが問題なの？」

　あほの振りをしているのか、天然なのか、芝崎の反応からは判断できない。おかげでどうしても、直接的な言い回しになる。

「大人が信用でけへんから黙って失踪するんでしょ。そやのに相談して欲しいとか、無理に決まってますやん」

　周自身がそうだ。高等部一年からの担任である福島先生は、悪い教師ではなかった。少し頼りないところはあったが、明るく、優しく、どの生徒にも分け隔て無く接していたと思う。パンを奢《おご》ってもらったことは忘れていない。できれば好き嫌いを確かめてからにして欲しかったが、心から感謝している。カルト教師と比べることが失礼なぐらいに、いい先生だった。

　それでも、教師であるという一点だけで、信用ができない。どうしても距離を取ってしまう。切り捨てられたときは、納得が勝ったぐらいだ。

「芝崎さんも、いっぺんカルト教師に殴られたり、クラス中からシカトされたりしたらわかるんちゃいます。口でゆうてなんとかなるて思たはるとこ、箱入りのお嬢さまの考え方ですね」

「まあまあ。別に芝崎さんは、箱入りなわけやあらへんから」

なだめるように高橋が間に割って入ってくる。

芝崎は、それすら不満そうに唇を尖らせた。

「大丈夫です。そう言われるの、慣れてますから」

「なんか勘違いしたはるみたいですけど……」

自然と口角が吊り上がる。感情を押し隠すため、いつもの癖で微笑んでいた。

「箱入りなんが悪いんと違《ちご》て、箱の中にいいひん子らを相手にしてることに、気いついたあらへんのが悪いんですよ。そんな態度で接してきたら、子供らどない思うかわかりませんか？　苦労したこと無い奴が上から見下しやがって。お前なんかに憐れまれてもムカツクだけなんじゃボケて思われて終《しま》いでしょ」

「真田さん、もうそのへんで勘弁したあげて」

高橋にたしなめられるも、周は反省する様子すら見せなかった。言い足りないぐらいだとさえ思っている。

けれども、年上とはいえ女性に半泣きになられては、さすがに勢いを保てない。うつむいて、胸に書類を抱きしめる芝崎に、苦虫を噛みつぶしたような気分になる。

「そやけど真田さんのゆうたこと、間違《まちご》うてないよ」

やんわりと、高橋が微笑む。

「僕らが相手にしてるんは、そうゆう子供らやねんから。ここは、いろんな事情で家にいられへん子供らが、最後の逃げ場所にしてくれてる場所やねん。子供が親から逃げるて、それだけでも大変なことや思わへん？　そっからまだなんかを求めるんは、ちょっとしんどいんちゃうかな？」

「その通りです」

藤城が頷き、言葉を続ける。

「親に暴力を振るわれたり、教師に無視されたり、親戚中をたらい回しにされ、鬱陶しがられた子かていてますからね。大人に対する不信感は、多分私らには想像もできひんくらい、根深いでしょうね」

「ですけど、相談や連絡がないと、こっちも対応できないんじゃないですか？」

反論と言うよりは疑問を口にした様子で、芝崎は小首を傾げる。

「忘れてへん？　そもそも僕ら、赤の他人なんやで」

高橋の声は穏やかだった。それでも芝崎は、ハッとしたように表情を閃《ひらめ》かせていた。

「子供て、親にかて秘密があんねんから。他人にセンシティブな相談なんか、できるわけあらへんやん。それに、どんな虐待を受けてても、親を好きでいたいゆう子がほとんどやねん。僕らが児童相談所に訴えたら、逮捕されてまうような親もぎょうさんいてる。そやのに、相談したらええて簡単にゆうんは、ちょっとこの仕事に対する認識が甘いんちゃうかな。多分それが、真田さんのゆうとこの、上から見下しやがってゆうとこに繋がると思うわ」

周が大きく頷くと、芝崎は小さな身体を余計に縮こまらせた。

「報連相てあるやろ？　あれって、部下に報連相を強制してるんと違《ちご》て、報連相しやすい環境を上司が作らなあかんゆう意味やねん、ほんまは。僕らのやらなあかんことて、そうゆうことなんちゃうかな？」

言っていることは真面目だが、軽い口調と笑顔が、ぴりつきかけた空気を和らげてくれる。

「幸せなことが悪いんちゃうよ。みんな幸せになりたいに決まってるんやから。ただ、人間て自分と違う状況の人のこと、理解すんのがめちゃめちゃ難しい生きもんやねん。そやなかったら、哲学とか文学とか、発展するわけないやん？」

高橋の身体は芝崎に向いていたが、ちらりとこちらに視線が向いた。

それで気づいた。これは、自分にも向けられている言葉だと。

……言われてみれば、芝崎のことを理解せずに、話していた。

「でもまあ、わからんことわかろうとすんのが学問なんやし、芝崎さんも真田さんも学生なんやから、これから学んでったらええんちゃうかな。できれば、学校のフィールドワークだけで終わらせんと、真剣に考える材料にしてもらえたら嬉しいな」

確かに自分と芝崎の立場や状況は違う。幸せな人生を歩んできたことを糾弾されるいわれは、芝崎には無い。明らかに言い過ぎだった。

途端に羞恥心と後悔が大挙して押し寄せてくる。うずくまりたい気分だ。芽衣が止めてくれたときに、素直に従っておけばよかった。

「私、考えが足りませんでした。すみません」

「うちも、言い過ぎました。ごめんなさい」

芝崎に続いて頭をさげると、藤城がわざとらしく声を張った。

「そうゆうとこですよ、京都人。言葉で殴り合うのはコミュニケーションとちゃうんですから。次やったら、お仕置きに琵琶湖《びわこ》の水止めますからね」

一同がどっと笑う。芽衣だけがきょとんとしていた。

琵琶湖の水止めたろか。それは、昔からある滋賀県民の決まり文句だった。

琵琶湖は滋賀だけでなく、京都、大阪、兵庫にとっても大事な水資源だ。飲み水としてはもちろん、工業、農業用水として幅広く利用されている。

そのため滋賀県民は、この三府県民といさかいが起こると、「琵琶湖の水止めたろか」と脅すのがジョークの定番になっていた。

「藤城さんて、滋賀の人やったんですね。うち、てっきり地元の人や思てました」

「今は京都に住んでますけどね。高校からなので、一〇年以上になります」

「藤城さんは滋賀大の教育学部出身で、ひまわりの会でも一番優秀なスタッフやねん」

何故か高橋が自慢する。

「出てはいません。中退です」

素っ気なく応じて、藤城はテレビの電源を入れた。きっとこの話題に触れて欲しくないのだろう。

テレビでは、京都タワーの火事について報道していた。

どうやら職員が一人亡くなったようで、スタッフらしき人が涙を流している。

「白石《しらいし》くんは母子家庭で、そのお母さんの身体が昔から弱あて、介護を頑張ってたんです。高校中退して、うちで働き出したんも、病院代稼ぐためやゆうてました。弟と妹を苦労させるわけにはいかんて、そらもう必死に働いてくれてました。おかげで、一時期生活が荒れてたんですけど、その分人には優しいて。最初に火に気いついたんも白石くんやったんです。お客様を避難させてたんですが、服に燃え移ってあっという間に……無念です」

涙を堪える声が痛ましい。

あの場にいたからわかる。はるか上空での火事にもかかわらず、圧倒されるような熱を感じた。あんなのに巻かれたなんて、その苦しみは想像もできない。

「え？」

映像が切り替わり、藤城が声を上げた。どうしたのかと覗き込めば、見知った場所が映っていた。

清水寺だ。人混みが嫌いで滅多に近づかないが、あの特徴的な舞台はすぐにわかる。

緊急速報が、その清水寺から出た火を捉えていた。

勢いは激しく、本堂と舞台を飲み込んでいく。

すぐ側の長々と続くあの坂道、一念坂《いちねんざか》、二寧坂《にねいざか》、産寧坂《さんねいざか》を、慌てふためく観光客が押し合いへし合いしながら逃げまどっていた。あれだけ人が多いと、一人でも転べば大惨事になるだろう。

煙は一筋では無い。複数が、天に向かって伸びている。そのうちのひとつは、豊臣秀吉《とよとみひでよし》の妻、ねねの菩提寺《ぼだいじ》として有名な高台寺《こうだいじ》のあるあたりからだ。

周は急いで自分の動画チャンネルを確認した。

『次は清水寺』

気づくのが遅れたが、タイムスタンプを見れば、京都タワーを見上げていた頃に書き込みがあった。

しかも今回は、それだけでは無い。

『貴船神社《きふねじんじゃ》』『八坂神社』『法観寺《ほうかんじ》』『東本願寺《ひがしほんがんじ》』『西本願寺《にしほんがんじ》』『東寺』『松尾大社《まつのおたいしゃ》』『天龍寺《てんりゅうじ》』『錦天満宮《にしきてんまんぐう》』

ご丁寧に、北から時計回りに嵐山まで、順に有名な観光地が書き込まれ、最後にその中央である錦天満宮への放火が示唆されている。

書き込んだアカウント名は、全て同じだ。

「見てください、あれ」

芝崎がテレビを指さす。言われずとも、全員が固唾を呑んで見つめていた。

コメント通り、八坂神社、法観寺と、いろんな場所から火の手が上がっている。

すぐに新たな火災現場が伝えられる。

錦市場《にしきいちば》から新京極《しんきょうごく》へ向かい、そのどんつきにある錦天満宮が、周囲の一画と一緒に燃えていた。設計ミスのため、鳥居の両端がビルに埋め込まれている場所の、すぐ隣だ。

周の生まれ育った場所が、一斉に炎に包まれる。さすがにショックを受けて、言葉も出なかった。

最初に我に返ったのは藤城だった。

「取り敢えず、うちで面倒見てる人達全員にメッセージ送って、無事かどうか確認しましょう。芝崎さん、お願いします」

「はい！　グルチャにも、いつでもここに避難してきていいって書いておきます」

指示を受けて、芝崎がスマホを操作する。

高橋は電話のかかってきたスマホを取り出すと、既にドアを開けて飛び出そうとしていた。

「僕は、ヘルプがあった子らを車で拾ってくるわ」

「うちらも、なんか手伝えることありますか」

途端に慌ただしくなる様子に、黙っていられず尋ねる。

藤城が外の廊下を――おそらくは廊下を挟んだ向かいの自習室を指さした。

「じゃあ、今いる子供達を見ててくれますか？」

「わかりました」

職員とボランティアが駆けだしていく。見送ってから、周はもう一度自分の動画チャンネルをチェックした。

早速、コメント欄は荒れていた。火災が起こったことに興奮していたり、周の仕業か煽動《せんどう》していると決めつけているコメントもあった。

擁護する声もゼロではないが、他の勢いに飲み込まれ、あっという間に見えなくなった。むしろ余計に火が付いて、過激なコメントが増えているようだ。

うんざりしながら更新すると、新たな書き込みが現れた。

『次は、どこ？』

第三章　京都大火

一

火事は、翌朝まで続いた。

木造建築ばかりだから簡単に勢いが付き、なにより数が多く、消防車を揃えるだけでとんでもない苦労があったようだ。

現場に駆けつけることができても、京都の文化財は街中に溶け込んでいるものも多い。細い路地の奥にあって、大型車が入れないことも多く、消火活動は容易ではなかった。

それでも、延焼被害がほとんど無かったのは、普段からの防災訓練や、防火対策のたまものだ。思えば金閣寺と銀閣寺の時もそうだった。建物自体は焼け落ちたが、どちらも延焼は避けられている。

二〇一九年四月一五日、パリにあるノートルダム大聖堂が火事に見舞われ、大半が焼失した。その際、文化庁から改めて、管理状況の緊急調査や、防火対策、訓練の徹底が指導されている。きっとそれも、功を奏したのだろう。

とはいえ、被害が小さいわけではない。燃えたのは、なんと言っても文化財だ。国宝もある。なにより死傷者は、朝の段階で二五人も出ている。この数は、増えこそすれ、減ることはない。

泣き崩れる遺族がテレビで映される。痛ましい光景に、朝から暗澹とした。被害者の多くは地元京都の人間で、テレビの報道番組では、テロップで一覧が出た。年齢も性別もばらばらだ。未成年は見当たらないが、これを不幸中の幸いと言っていいのかわからない。

金閣寺、銀閣寺の時と同じく、亡くなった人の多くは、火に飲まれた人を助けようとして、逆に火に飲まれてしまったようだ。多くのテレビ番組で、勇敢な行為を称えると共に、遺族の無念さが紹介されていた。

新聞の一面はもちろんのこと、テレビも、外国メディアもこぞって本件を取り上げていた。ネットニュースはもちろん、ＢＳの海外番組でも、英語、フランス語、韓国語、中国語、ドイツ語、スペイン語と、様々な言語で紹介されていた。中には、灰燼《かいじん》に帰した文化財を見て、戦場のようだと感想を漏らす海外メディアもあった。

今でも京都人は、冗談混じりではあるものの、先の大戦というと応仁《おうにん》の乱を思い出す。それぐらい、京都が壊滅的なまでに破壊されたからだ。

応仁の乱は、正確には戦争ではなく内乱だ。権力闘争と言い換えてもいい。

京都が、いや世界中が、内乱や戦争ではなく、とある可能性に気づいていた。

「これ、ひょっとしたら、テロちゃうやろか」

リビングのテレビを前に、父親が重くつぶやく。周はあえて反応しなかった。厚切りトーストに、バターと苺《いちご》ジャムをたっぷり塗りながら、ニュース番組をにらみつける。そのニュース番組でも、同じようにテロが懸念されていた。

ここまで派手にあちこち燃やされたら、誰でも同じことを考えるはずだ。京都の文化財ばかりを狙うのも、なにか理由があるように思えた。海外では、ゴッホの絵画にトマトスープをかけたり、歴史ある建造物にスプレー塗料を吹きかけるという事件も起きている。どちらも環境団体によるもので、美術品テロと呼ばれていた。

昨日見た、京都中が燃える映像が、またテレビで流れる。センセーショナルに『京都大火！』とのテロップまで付けられていた。事情を知らずにこれだけ見たら、そういう映画だと思うだろう。

金閣寺と銀閣寺が燃えた時は、現場に居合わせたとはいえ、まだどこか他人事《ひとごと》だった。事ここに至っては、くすりともできない。

むしろ今になって恐怖が押し寄せて来る。一歩間違えれば、自分が燃えていたのかもしれないのだから。

「観光客も多いさかい、標的になりやすいんかもしれんなあ」

父親の声も、普段通りを装おうとして、失敗していた。

京都中の文化財が火に包まれ、大勢の人が負傷し、亡くなり、その哀《かな》しみと悔しさ、無念さを見せつけられて、京都中が粛然としている。

ここまで犯行予告が的中した以上、火事は偶然ではないだろう。誰かが何らかの意図を持って放火していることは、間違いない。

なのに、政治的な声明はどこからも出ていない。これがテロなら、放火の成功を声高らかに主張しているはずだ。

ということは、右往左往する京都を眺めて喜ぶ、愉快犯だろうか？　東京や日本全国ではなく京都を狙うのは、父親がぼやいたように、観光客の多さに目を付けてのことだろうか？　それとも、思いも寄らない、別の理由があるのだろうか？

底知れない不気味さが、音もなく京都を覆っていた。

わからないことは、まだある。

わざわざイチ女子高生の動画チャンネルで犯行予告を行う理由だ。バズった動画で人目に付きやすいからと、一応の説明はできるが、回りくどすぎる。今は、テロリストや過激派さえ、ＳＮＳのアカウントを所有している時代だ。

粛然とトーストにかじりつく。

もう三枚目だ。食べても食べても、満たされない感覚があった。

朝食を食べ終えるとほぼ同時に、インターフォンが鳴る。警察が来たようだ。今日はこれから、警察の聴取を受けることになっている。もちろん、動画チャンネルに書き込まれたコメントと、放火に関してだ。

両親が同席しても構わないとのことだったので、犯人と疑われている訳ではなさそうだ。映画やドラマで見たが、参考人か被疑者として事情聴取される場合、警察署に連れて行かれ、一人対複数で尋問が行われるらしい。もちろん一人なのは、被疑者側だ。

だったら、面倒がって変に疑われるより、協力してさっさと身の潔白を証明した方がいい。ただし、油断はしない。冤罪がゼロでないことは、わかっている。

昨日とは違う刑事が二人やって来る。こっそりとスマホの録音機能を起動させ、リビングで向かい合うように座った。左右を両親に挟まれ、周は求められるまま質問に答えた。

最初の炎上事件、迷惑系動画配信者の存在、学校の対応と再炎上、リモート授業に切り替えられた理由、そのリモート授業中にどこで何をしていたか、昨日と今日の行動、等々。

刑事は、昨日と同じく、時には二つ三つ前の話題に戻ったり、思い出したように脈絡のない質問をして、確認を取るようにメモをする。思った通り、これが警察流のやり方のようだ。矛盾が生じれば、そこを突いてくるつもりなのだろう。

「それで、本題なんやけど」

周から見て右側に座った刑事が、真っ直ぐにこちらを見て尋ねてくる。

「真田さんの動画チャンネルに、なんであんなコメントがつくか心当たりある？」

「まったくありません」

「『次は、どこ？』て書き込みで思い当たる場所は？」

「こっちが知りたいくらいです」

「ところで、火事があったとき、どこにいたかわかる？」

「金閣寺と銀閣寺が燃えたときは、その場にいました」

答えると、刑事は二人共同時に頷いた。驚いた様子も無い。こちらの動向はとっくに摑んでいるらしい。

「ほな、京都タワーの時は？」

「向かいの駅ビルにある、空中径路です。昨日会《お》うた刑事さんにも、全部話したありますけど」

「ああ、聞いてます聞いてます。そやけど、念のため確認さしてください。なんでまたそんなとこに？」

　繰り返し、周は何度でも質問に答える。さすがにうんざりしかけたところで、複数の写真がテーブルに並べられた。どれもポートレート写真のように、男女が一人ずつ、真正面を向いて写っている。

　全部で五枚。男性三人、女性二人で、年齢もばらばらなら、一見しただけでは共通点は見られない。

　訝しんでいると、右側の刑事が尋ねてきた。

「この中に、見覚えのある人はいる？」

「いませんけど」

　即答できるぐらい確かなことだった。

「じゃあ、普段遊びに行くときは、どんなところに？」

　写真が誰なのかわからないまま、質問が続く。

「学校帰りやったら京都駅の周辺とか、このへんやったら、天神さんとか図書館が多いですね」

　天神さんとは、天満宮のことだ。祀っている菅原道真を天神さんと呼ぶことから、地元ではそう呼んでいた。特に周が言っているのは、自宅に一番近い北野天満宮のことだった。

「天神さん、ようお詣りするん？」

「そうゆうわけやのうて、近所なんで、気分転換したいときとか、ふらっと散歩しに行くんです。涼しいときは、そこで本読んだりもしますね」

「渋い趣味やね。若い子やったら、河原町《かわらまち》とか、あのへん行きそうやけど」

「そっちは、こっからやと微妙にアクセス悪いんで。タダで自転車停《と》めれるとこも、あんま知りませんし。なんか目的がない限り、ワンシーズンに一、二回、ぶらっとするぐらいですね」

「他府県には？　友達と遊びに行ったりはするんかな？」

「うち、友達いいひんので」

「それは失礼」

芽衣のことはひとまずおいて、そう答える。苦笑しながらも、刑事は答えを待つように黙ってこちらを見つめてきた。

口元こそ笑っているが、目は鋭い。よく見ればわずかに血走っていて、まぶたは腫れぼったかった。寝不足と疲労が、間違いなく燻《くすぶ》っている。それでも、嘘《うそ》やごまかしを絶対に見逃すまいとする気迫があった。

のらりくらりとした言動だが、警察は間違いなく、本気で捜査していた。

「梅田《うめだ》の芸術劇場に、従姉妹のお姉ちゃんと一緒にいっぺんだけ。ゆうて、結構前の話ですけど」

正確な年月日と、なんの公演だったかまで答える。

疑いの視線が向けられた。

「一回行っただけやのに、よう覚えてるね」

「初めての宝塚《たからづか》やったんで。あれからチケットも取れへんし、このままやと一生に一度の思い出になってまいそうなんで」

キッと、母親がにらみつけてくる。

――そやかて聞かれてんのに答えへんわけにはいかへんやろ。

――余計なことゆわんでええゆうてんねん。一生に一度の思い出になるとかいらんねん。

視線だけで会話していると、刑事二人が眉間に皺を寄せた。周も母親も平然と居住まいを正す。心配そうに眺めていた父親が、一番びくびくしていた。

「そうですか。では、この人なんですけど……」

右側の刑事が、写真のうち一枚を手に取る。五〇歳前後に見える男性の写真だ。はげ上がった頭と縁の太い眼鏡、それと太った頬に浮かんだ黒ずみが特徴的で、目と唇が不満そうに歪んでいる。カメラを睨んでいるようでもあった。

「もう一度考えてください。見覚えはありませんか？」

「全く」

記憶をどうひっくり返しても見覚えは無い。きっぱり否定すると、ようやく正体を教えてくれた。

「……文化財を燃やすと書き込んだ男です」

驚きに、声も出せなかった。

「神戸の自称小説家で、自費出版の経験はあるみたいですね。名前は鈴木《すずき》篤史《あつし》。ペンネームは、阿南澄志《あなんきよし》。小説のタイトルは『親を選べない子供達』と『アンチタワマン文学。生まれながらの底辺』の二冊のみ。コメントを書き込んだ理由に、生意気な京都人をびびらせたかったと自供してます」

証言まで取っているということは、既に容疑者を捕らえているということだ。

警察の優秀さに驚くが、被害者でありながら蚊帳《かや》の外に置かれている感覚もある。勝手に事件が起こって、勝手に疑わしい人物が捕まって、なんだかすっきりしない。

細かい言い回しに気づいて、尋ねた。

「書き込んだ男ゆうことは、火いつけた犯人やないんですか？」

「鋭いね」

刑事が感心しながらも、痛いところを突かれたように頬を撫でる。

「ほんまは、こうゆうことゆうたらあかんにゃけど……被害者やもんな。気になるわな」

これからゆうことは黙っといてくれ。そう言いたげに、唇に人差し指が添えられる。声のトーンがわずかに落とされた。

「この男、金閣寺が燃えた時間には地元の……銭湯に通ってたと、確認が取れてるんです」

一瞬言い淀んだのと、両親がそろって眉をひそめるのを見て、銭湯が何かの隠語であることがわかる。なんとなく見当もつくが、確かめたくもない。

「ほな、放火犯やないんですね？」

「そうなんです。他の文化財が燃えたり、京都タワー以降のコメントが付いた時なんか、警察署で事情聴取してたぐらいで……」

ため息とともに、鉄壁過ぎるアリバイが告げられる。

周自身も、落胆に近い吐息をこぼした。これで解決とはいかないようだ。

「そやけど、コメント書き込んだアカウントは、全部いっしょでしたよ？」

「メールアドレスとパスワードさえあったら、どの端末からもログインできますからね」

つまり犯人は、単独犯では無く複数いるということだろうか？

「その二つが流出したんか、別の理由があるんか、その辺はまだなんとも。とにかく、いたずらゆう言葉では足りませんので、この男には、しっかりとお灸《きゅう》を据えときます」

強く頷いたところで、ようやく解放される。どっと疲れが押し寄せてきたが、時計を見れば、三〇分ほどしか経っていない。

気さくさを装っていた刑事達だが、あの鋭い眼光に見つめられ続けて、親子三人、思いの外消耗していた。

テーブルに突っ伏しながら、父親が呻く。

「びっくりしたわぁ。刑事さんて、ほんまに二人一組で行動してるんやな。ドラマといっしょやけど、ドラマより迫力あったわぁ」

同感だったが、頷く余裕もなくて、同じようにテーブルに身体を預ける。

母親が珈琲を淹れてくれた。香りとカフェインでなんとか気力を奮い立たせる。

同じく両親も、珈琲を啜って一息ついていた。

二人は今日、このために半休を取ってくれていた。この後出社する予定だが、それでもありがたい。普段は鬱陶しいと感じることもあるが、特に刑事と向かい合っているときは、親が隣にいると安心する。たとえ自分が、なんの犯罪も犯していなくてもだ。

「ほな、行ってくるな。戸締まりだけは気いつけや」

父親が心配しながら家を出る。本当なら一日休みを取りたかったそうだが、母親に首根っこを引っつかまれての出社だった。

一人家に残されて、無音が寂しくなり、テレビを付けた。

両親と警察がいたときは、まだ気丈に振る舞えた。誰もいないとこんなにも寂しくなるのかと驚く。

適当にチャンネルを回すが、どこも連続火災の話題で持ちきりだ。うんざりしながらも、つい見てしまう。

中でも、警察への批判が目に付いた。犯行予告がなされていながら阻止できなかったことに対して、苦情が殺到しているらしい。

当事者である周でも、それは気の毒に思えた。

「あんなん、本気にする方がどうかしてるやろ」

最初にコメントを見たとき、鼻で笑ったのを覚えている。警察だけでなく、誰も本気にしていなかった。結果論で責めるのは酷だ。

火災現場を思い出せば、また恐怖が込み上げてくる。

金閣寺が燃えた時までは、ツッコミを入れる余裕もあった。銀閣寺の時は、偶然だと思い込むことで、平静を保とうとした。これだけリアル炎上が続けば、無理だった。一歩間違えれば死んでいたかもしれない恐怖に、吐いた息が冷たくなる。

「なんでうちがこんな目に……」

殺されかけた経験は、過去にも一度ある。宇宙ホテルで巻き込まれたトラブルが原因だった。

あの時は、味方がいた。信頼できる人も。なにより、殺意の拠《よ》り所《どころ》が明確で、対処のしようがあった。あえて口悪く言うなら、知るかボケ、と犯人を一蹴できた。

今回は、未だ炎上の目的すら不明だ。得体の知れない不気味さが、じわりじわりと身体を這《は》いずり回《まわ》っている。宇宙ホテルという閉鎖空間にいたときよりも、息苦しい。

一人でいるのがこんなに不安なのは、初めてだった。テレビの音も、むしろ余計に心をざわつかせる。

「あかん！　あかんあかんあかんあかん！」

わざと叫んで、激しく髪を振り乱す。このままだと、ネガティブな感情に押しつぶされそうだ。

「なにが京都人をびびらせたかったやねん。暇人が。そやから自称が取れへんにゃろが！」

心にこびりつきそうになる恐怖を、怒りと大声によって刮《こそ》ぎ落としていく。

ひとしきり叫んで、荒い息を繰り返し、自分の部屋に戻ってベッドに倒れ込む。

大げさなぐらい、ゆっくりと深呼吸を繰り返した。

大丈夫、大丈夫、と自己暗示をかけながら、スマホを取り出して事件のことを調べる。

警察は、金閣寺から始まったこの連続火災を、テロと愉快犯の両面から捜査していると発表していた。

気になって、『火事』『ランキング』で検索する。消防庁の発表によると、出火原因は一位から順に、煙草、焚《た》き火《び》、こんろ、放火、放火の疑い、火入れ、となっていた。

『放火』と『放火の疑い』が別にカウントされていることに驚く。それだけ犯人を割り出しにくい犯罪なのかもしれない。現場が燃えるわけだから、証拠が残りにくいのだろう。実際、金閣寺と銀閣寺では、防犯カメラの映像ごと消えてなくなっていた。

ちなみに着火物のランキングは、枯れ草が一位だ。銀閣寺が燃えた時もそうだった。白熱電球の熱によってこれらに火が付き、火事になったのだ。

同一犯による犯行なら、周囲の防犯カメラを丹念に調べることで、怪しい人物を割り出すこともできるだろう。昨日のように、放火が同時多発した場合は、むずかしい。

犯人が一人でないのは明らかだ。防犯カメラの映像がどこまで有効なのか、周にはわからない。

放火そのものにも、おかしなところがある。

何故わざわざ観光地という、人目が多い場所で行ったのだろうか？　ただでさえ京都は、オーバーツーリズムが問題になっている。そんな場所でこんな派手な犯罪、捕まえてくれと言っているようなものだ。

慌てふためく観光客を見て悦に入る、愉快犯の仕業だろうか？　だが、同時多発した火災を、全て眺めることはできない。テレビで見れば十分ということだろうか？　それとも、絶対に捕まらない自信があるのだろうか。

誰も放火の瞬間を捕らえていないのも不自然だ。これだけスマホが普及しているのだから、写真や動画に、偶然でも犯人が映り込むのは避けられないはず。

考えれば考えるほどわからなくなる。捜査知識も無い状態では、想像をめぐらすのにも、限界があった。

なんにしろ、京都は今、危険な状況にある。テロの可能性が示唆された途端、ものの見事に観光客はいなくなり、学校も、ほとんどが休校に切り替わった。周の学校もだ。

リモート授業を受ける必要もなくなって、スマホを眺めて過ごす。

すると、新しい情報が通知されて、指が止まった。

『京都タワー放火の疑いで市内に住む男性に逮捕状。京都府警』

驚いている間に、無意識のままリンクをタップする。

男の名前は澤《さ》渡《わたり》宗《そう》太《た》。二一歳。大学生。ネットで闇バイト募集の書き込みを見て応募したところ、京都タワーにガソリンを運ぶよう指示を受けたと話しているという。

ただし荷物の中身については知らなかったと証言しており、放火については完全に否定していた。実際防犯カメラでは、男がタワーから出てしばらくした後に火が上がったことが確認されていて、その映像も掲載されていた。顔に見覚えは無い。

闇バイトに応募した理由としては、マルチ商法で作った借金があり、親に迷惑をかけられないと思い詰めたためと、供述しているという。

読み終えると同時に、周は家を出ていた。

「真田さん……今日も来てくれたん」

夫を亡くしたばかりで、昨日あんな別れ方をしたのに、由美子は嬉しそうに周を出迎えてくれた。ただしその微笑みは、ぱっと見でもわかるくらい、くたびれていた。

「おばちゃん、お悔やみ申し上げます」

「そうか、もう知ってんにゃな」

「すんません。うち、こういう時どうするんがマナーなんか、ようわからんくて。でもおばちゃん、寂しい思いしてるんちゃうかと思て、取り敢えず駆けつけたんです」

「ありがとうね。気持ちが嬉しいわ」

周の手を取り、由美子は何度も何度も頭を下げた。

「よかったら、上がってって」

「ほな、お言葉に甘えて」

昨日と同じく、家は綺麗に片付いていた。

誰かが訪問した形跡も、慌ただしくしていた様子も無い。こうしてお茶まで出して引き留めてくれるのだから、他に弔問客が来る予定も無いのだろう。部屋の隅に置かれた電話も静かに鎮座していて、隙間風が胸に吹き込んでくるような感覚になる。

お茶を出されて、湯飲みを手の中で遊ばせながら、周は聞いた。

「あの……お通夜とかお葬式とか、どうしゃはるんですか？」

「それが、まだ予定が立たへんねん。一応変死扱いやから、検屍《けんし》されるみたいで。それだけが理由やないけど、いっそのこと、直葬《ちょくそう》してもらおうか思てて」

「お葬式せんと、いきなり火葬場に運んで、荼毘《だび》に付す奴ですよね？　お友達とか、お仕事の相手とか、ええんですか？」

「あの人、もう何年もまともに働いてへんから。それに、友達もいいひんかったみたいやし。親戚づきあいも全然できてへんから、ええかなて思て。冷たいやろか？」

「……事情は人それぞれやし、うちは、おばちゃんの一番ええようにしゃはったらええ思います」

「ほんまに。ありがとうな、真田さん」

ほっとしたように、由美子が胸を撫で下ろす。反対されたらどうしようと身構えていたようだ。

「そやけど、なんで瞳子のお父さん、京都タワーなんかにやはったんですか？」

「警察の人にも聞かれたけど、私もわからへんのよ。仕事の人に会《お》うてくるゆうて出かけたんやけど……」

瞳子の父親が運び出された時、服は焼け焦げていた。火が出たのは有料エリアの展望室だから、展望室にはいたのだろう。

そんなところで、仕事の待ち合わせなどするのだろうか？　ただでさえ、あそこの一階にはカフェが三つもある。地下はフードホールになっているし、隣には京都駅直通の地下街もあって、いくらでも店があった。

「それにしても、あんだけ狭い思てた部屋が、一人やとこんな広う感じるんやな」

由美子が寂しげに目を細める。

「どこで間違《まちご》うてしもたんやろ。私はただ、幸せになりたかっただけやのに」

「幸せ、ですか」

「そう。家族仲良う、健康に暮らしてけたら、私はそれでよかってん。そやのに……」

深いため息に沈黙が続く。長くはなかった。

「あの人、昔はああやなかったんよ。真面目に働いてたのに、身体壊してから、仕事がうまいこといかんようになってしもて。その時に、いろんな人に支えてもろて……私はすごい助かって、感謝してんのに、あの人はそれが嫌やったみたいで。プライド、傷つけてしもたんやろな」

何かしらの事件が起こると、変な宗教団体や霊感商法が必ず近寄ってくる。藤城の言葉だ。それに対し、周の母親は、なにかにすがりたくなるときはあると頷いていた。

瞳子の母親は、すがってしまったのだろう。すべての物を、人類全員が共同所有することで、争いと貧困の無い理想郷を築けると称する連中に。

実態は、低賃金の、場合によっては賃金すら発生しない労働をさせ、農作物や加工品を販売し、何億もの金を貯め込んでいた、詐欺集団だった。周はそう思っている。

一度警察の捜査が入ったおかげで、かつてほど派手ではないようだが、今もまだ活動は続いていた。

「みんなはおかしいゆうけど、私にはありがたかってんよ」

顔に出ていたのか、由美子が苦笑する。

「実際、お金が無かったときは助けてもろたし、助けてもろたらお礼もするやん。それにこのお茶も、昨日の珈琲も、そのへんの市販品より美味しいやろ？」

悔しいが、それについては本当だ。ひまわりの会で飲んだインスタント珈琲など、香りからして雲泥の差だ。

「そのせいかしらんけど、あの人いつの間にか、村で作ったもんを横流しするようになってしもて……私は私でいたたまれんようになって、そのお金を少しでも村に返そう思て、献金して。そしたらまた、あの人が怒ってしもて。私らのケンカ見て、瞳子が段々家に寄りつかんようになって、家出までしてしもて……悪循環やわ」

声には、疲労と同じくらい、やるせなさがあった。

「いつか、こんなことになる気がしててん」

「……どうゆうことですか？」

「あの人が危ないことしてるんは、なんとなくわかっててん。人に恨まれるようなことしてるて。そやから、いつかバチが当たる思ててん」

由美子は、祈るように両手を握った。

「でも、私に当たったらよかったのに……せめて瞳子だけは、無事でいて欲しいわ」

声に嗚咽《おえつ》が混じり、周は背中をさすりながら慰めた。痛ましい様子に、どう声をかければいいのかがわからず、無言になる。

だが、意を決して言った。

「実は、昨日あんなことになってしもたせいで、ゆえへんかったことがあるんです。今日は、それを伝えに来たんです」

「……なに？」

「うち、瞳子らしい子を見たんです」

「瞳子を？　それ、ほんまなん!?」

「遠くからやったし、一〇〇パーセントの確証はないんですけど、でもあれ、瞳子やったと思います」

「そう……あの子が。よかったぁ」

　娘の無事が知れたからか、力が抜けたように安堵して、胸が撫で下ろされる。だが、状況を説明すると、表情が曇り、強張った。

「待って。そんなとこであの子、なにしてたん？」

「わかりません。ほんで、昨日も京都タワーで見かけて……」

　さっと、由美子の顔が青ざめていく。

「火事とあの人が亡くなってしもたことに、瞳子が関係してるゆうこと？」

「そうやないことを調べるために、瞳子のお父さんのこと、教《おせ》えてもらえませんか」

　そこで周は、これまでの経緯を話した。

　自分の動画チャンネルが炎上したところから、放火予告らしき書き込みがあったことや、金閣寺で瞳子を見かけ、ひまわりの会を知り、そこに瞳子も通っていたことなどだ。

　その全てに由美子は驚き、行方不明者届が出されていないことを知った時には、さすがに放心した様子で肩を落とした。

「……そんなことになってたやなんて。あの人に任してたから、私、全然知らんかった」

「それで、瞳子のお父さんの仕事関係のことが知りたいんです。こんなんゆうて申し訳ないですけど、恨み買《こ》うてる人、他にいると思うんです。その人らのこと調べたら、なんかわかるかもしれへん思て」

「あかん」

拒絶する言葉は、予想以上に強かった。だが、表情はこちらを心配していた。

「真田さんが危ないやろ。そうゆうのは警察に任せといた方がええよ。もしあの人が殺されたんやったら、きっと警察が捜査してくれるはずやから」

「うちも、そうすんのがほんまは一番や思います。そやけど、どうしても瞳子のことが気になって、自分でも調べたいんです」

「なんでなん？　なんでそこまで瞳子のこと、気にしてくれるん？　もちろん嬉しいけど、受験の準備とか、真田さんかていろいろあるやろ？」

芽衣にも言われたことだ。どうして瞳子ちゃんのことそこまで気にするのか、よくわからないと。

困って、周は微笑む。

「友情て、ほんまめんどくさいですよね。別に無くても困らへんし、実際、高等部入るまで、そんなもんいらんわ思てたんです。そやけど、あったらあったで、嬉しいし楽しいんです」

ほろ苦い感情が胸を満たす。瞳子と過ごした時間は一年にも満たないが、一番楽しかった学生生活は、あの時だった。

「それに、むかつくやないですか。こっちが楽しんでるもんを、他人に理不尽に奪われるて。

そやから、取り戻したいんです」

「……強いんやな、真田さんは」

これも、芽衣に言われたことだ。今までも何度となく言われたことがある。みんな、自分を前にすると、同じような感想を抱くらしい。

「強かったら、もうちょい人生楽やった思うんですけどね」

「強い人ほど苦しむねん」

悲しそうに、由美子は目を伏せる。初めてのリアクションだった。どういう意味か計りかねて、見つめ返した。

「弱い人間は、流されるままに生きるしかあらへんから、諦めがつくんよ。若いとわからんかもしれんけど、そっちの方が楽なときが、人生には多いねん」

「……確かにようわかりませんけど、覚えときます」

「正直やね。ええ子や」

頷いて、由美子が席を立ち、二階へ向かう。

すぐに降りて来て、手にはいくつかのバインダーがあった。

「あの人、変なとこで慎重で、デジタルは信用でけへんゆうて、こうやって自分で帳簿をつけててん」

納められたルーズリーフをめくると、誰に何を売ったのか、その値段や日時などが詳しく書かれていた。

その中に、伊瀬谷という名前を見つける。おそらく、菜夏の父親のことだろう。一〇年前から取引は始まり、三年前には止まっている。ミネラルウォーターや精油、各種サプリなどを売っていたようだ。間違いない。

「ほんまはな、あの人が脱税してんの、知っててん。そやけど、いつか目え覚ましてくれる思て、黙ってたんよ」

すん、と鼻が啜られる。

「それがあかんかったんやろな。捕まらへんかったこともあって、調子に乗ってしもたんか、喋り方とか態度とか、どんどん乱暴になってしもて。瞳子はそれ見て、家が嫌んなったんやろな、帰って来んようになってしもた。あげくに、こんなことに」

しゃくり上げるように、声が上擦る。涙が溢れて、痩せこけた頬を濡《ぬ》らした。

「バチが当たってしもたんやろな。私が最初に、ちゃんとあの人止めてたら、こんなことにならへんかったかもしれんのに。私さえちゃんとしてたら……」

「瞳子も、瞳子のお父さんも、おばちゃんにバチ与える道具ちゃいます。そやから、そんな風に考えんといてください」

「……優しいな。真田さんは、ほんまに優しいなあ」

「そんなんゆわれたん、人生で二回目です」

どう反応すればいいのかわからず、取り敢えず笑って、周は木之下家を後にした。

電車の中で早速バインダーを開く。同時に、紛失したときのことを考えて、一枚ずつスマホで写真に収めた。

瞳子の父は意外とマメな性格だったらしく、日付ごとにきちんと取引内容を記帳していた。幸運なことに、お金の流れが素人にもわかるよう、簡略化されて書かれてある。顧客も五十音順に整理されており、一目でいろんな情報が見て取れた。名前、住所、電話番号、年齢の他に、学生、会社員、主婦など簡単な肩書きも書かれてある。購入した商品の種類、回数、金額などもあって、その人の人生が軽く浮かび上がってくる。

例えば、一ページ目の青柳《あおやぎ》恭《きょう》子《こ》、三九歳主婦。最初の取引は一〇年前。購入した商品はミネラルウォーターとお茶、それぞれ五〇〇ミリのペットボトルを一二本ずつで、一二〇〇円だった。一本五〇円というかなり安い値段だが、代わりに会費が月額二〇〇〇円と、それほどお得感はない。配達してくれるのであれば、まあいいかと思える値段だ。

その半年後ぐらいから、サプリの購入が始まった。サメの軟骨を利用した、関節痛予防のためのサプリだ。さらに三ヵ月後には、ビタミン剤やヒアルロン酸など、美容と健康に関係する商品が増え始め、最初の購入から二年経った頃には、毎月一万円以上の商品を購入するようになっていた。

問題はこの後だ。会費が四万円に値上げされている。さらに商品の購入量が、桁違いに増えていた。

おそらくだが、購入するだけの会員から、売る側にまわったのだろう。

結果は予想できた。この二年は、会費の支払いどころか、卸した商品の代金すら未納になっていた。

きっと最初は、便利だからと利用したのだろう。そこですっかり瞳子の父を信用してしまい、欲をかいたのか上手く言いくるめられたのか、販売側にまわった。

マルチ商法の勧誘なんて、簡単にいくものではない。大量の在庫を抱え、途方に暮れている主婦の姿が目に浮かんだ。

帳簿によると、商品の卸値は、カルト村から仕入れた金額に毛が生えた程度だ。値上がってからの会費分が儲けという算段なのだろう。ここだけ見ると、アメリカのとある会員制倉庫型スーパーのようだ。

単純計算で、一人騙すごとに年間四八万円の儲けだ。これが一〇人いれば四八〇万円で、二〇人なら九六〇万円。ルーズリーフの枚数からして、もっといそうだ。脱税もしていたらしいから、生活費を引いた分が丸々懐に入っていたのだろう。

簡単とは言わないが、一〇〇〇万円をためるのも、現実的に思えた。

パラパラと他のページもめくっていく。閻魔《えんま》帳をのぞき見ているような気分だった。

誰もが似たパターンで、最終的には多くの未納金を抱えている。

それと同じかそれ以上に、瞳子の父親は、常に新しい顧客を獲得していた。特にコロナ禍直後から、明らかに増えている。仕事や将来に不安を感じて、多くの人が副業を始めたのだろう。

その中に、澤渡宗太という名前を見つけて手が震えた。

「これ、確か……」

慌ててスマホを取り出し調べる。間違いない。京都タワーを燃やした疑いで捕まった男の名前だ。漢字と年齢まで一致している。同一人物だろうか。取引は五年前から始まっているようだ。今現在は、金額にして七〇万円ほどの商品を卸しており、そのうち約五〇万円分と、一年分の会費が未納となっていた。

「どうゆうこっちゃ」

　呻きながら他のページを開く。

　すると今度は、鈴木篤史という名前が見つかって、訝しんだ。

スズキアツシ……これもまた、見覚えというか、聞き覚えのある名前だ。なんだったか首をひねって、やっと思い出す。

文化財を燃やすと書き込んだ、自称小説家の名前だ。

瀬川《せがわ》知美《ともみ》。この名前も覚えがある。検索すると、銀閣寺が燃えた際、被害者になった人物と同じ名前だった。年齢は三八歳。一致している。

田中《たなか》友樹《ゆうき》もだ。今回の京都タワーや他の観光地の炎上でも、この中に被害者がいるかもしれない。

　手当たり次第に検索してみる。案の定、次々と同姓同名が出てきた。

　一枚一枚ページをめくっていく度に、体温が少しずつ奪われていくような感覚だった。それでも、手が止まらない。

　このバインダーは、警察に提出しなければならないだろう。だが、自分の予想が当たっているなら、瞳子を破滅させることになるかもしれない。菜夏という女の子もだ。

　いくつかの結果を予想していたが、その中でも最悪の結果が出たかもしれない。

二

「つまり、二人の目的は復讐《ふくしゅう》とちゃうか。知らんけど」

なるべく簡単に告げると、芽衣は最初唖然とし、次いで青ざめ、無言のまま視線を彷徨わせたかと思うと、最後に怒りを選んで声を荒らげた。

「なんなんですか、その『知らんけど』って！」

唐突な大声に、周囲の客が驚いてこちらを眺めてくる。

場所は、北大路のイオンモールにあるハンバーガーチェーン店で、芽衣は慌てて周囲に頭を下げながら、それでも周を睨むのをやめなかった。

「こっちの人、よくそれ使いますよね。知らんけどって。知らない癖になんでそんな自信たっぷりなんですか」

「ほな東京弁で、『私はこう思ってますけど根拠があって言ってるわけではありませんのであくまで一意見として聞いていただきエビデンスが必要な場合はご自身でお調べください』ゆうのを、一言でなんちゅうねんな」

「それこそ知りませんけど！」

声のボリュームは落としながらも、芽衣が叫び返してくる。

気持ちは理解できた。友達が犯罪に加担していると言われて、納得できないのだろう。

周は、芽衣の怒りが収まるのを待つように、サーモンバーガーをゆっくり咀嚼し、飲み込んでから、持論を続けた。

「そやけど、他にどんな理由が思いつく？　瞳子の父親は、大勢を騙してた。その被害者が新しい被害者を生んでた。その人らが、今回の連続放火で亡くなったり、捕まったりしてるんやで。詐欺働いてた人らを、一網打尽にしたんやと思う。これで、被害者と加害者の娘二人がつるんでる理由も、筋が通るんちゃうか」

菜夏にとっては言わずもがな、瞳子自身も、父親を恨んでいた可能性はある。

二人が手を組んで、父親と詐欺に加担した人達に復讐した……それが周の出した結論だった。

「でも、人間ってそんな簡単に人を殺せますか？　ましてや親をなんて、ちょっと信じられません」

「……うちも、正直そう思いたい」

周だって、友人が人殺しに関わっているなんて、考えるのも不愉快だった。

ただ芽衣の言葉には、本人も気づいていないようだが、幸せな家庭に生きてきた者の傲《おご》りがある。この世には、どうしようもない劣悪な家庭環境で育った子もいる。周も、知識でしか知らないのだが。

「瞳子のお父ちゃんな、ＰＴＡの集まりで、マルチの営業かけてたらしいねん。それも、結構えげつないやりかたで。瞳子が学校で孤立してた一番の理由は、そのせいらしいわ。うちは、全然知らんかってんけど」

後悔して、周は肩を落とす。あの頃の自分は、本当に他人に無関心だった。今にして思えば、自己防衛本能だったことがわかる。他人から拒絶されるよりも先に、自分から距離を取ることで、心に傷が生じないようにしていたのだ。

もし当時から人付き合いをためらわなかったら、瞳子の失踪を防げたかもしれない。それとも、結果は変わらなかっただろうか。

「帳簿によると、一〇年以上前から商品の横流ししたはったみたいやしな。一〇年やで。一〇年ゆうたら、うちらの人生の半分以上やで。物心が付いた頃から数えたら、ほぼ全部や。その間、カルトとマルチに苦しめられてたとしたら、殺意ぐらい湧いてもおかしないわな」

「……一〇年。なるほど」

ひとまずは納得したのか、芽衣は目を伏せて頷く。

「じゃあ、仮にそうだとして、どうやってその人達を火事現場に集めたんですか？」

「瞳子のお父ちゃん、待ち合わせしてるゆうてたやろ。それに、京都タワーに火いつけたゆうて捕まった奴は、闇バイトでガソリン運んだらしいわ。こっからは想像になるけど、闇バイトの指示ゆうたら、メッセンジャーアプリやろ。それで連絡取ってるんちゃうか」

「そんなの使えば、履歴が残ってすぐに捕まり……あっ」

話している途中で気づいたのか、芽衣が高い声をあげる。

普段自分達が利用しているメッセンジャーアプリが、まさに犯罪にうってつけの代物だ。

「スクショが撮れへん、自動的にメッセージが消える、別のデバイスでは表示できひん、暗号のレベルが高《たこ》うて盗み見できひん。そうゆうアプリなんやろ？」

反論する言葉を探すように、芽衣は黙って視線を彷徨わせる。だが、諦めたように肩が落ちた。

「このアプリ、菜夏ちゃんに教えてもらったんです」

「そうゆうてたな。で、芽衣ちゃんが来るまでにちょっと調べてたんやけど……」

　スマホの履歴に残していたサイトなどを見せる。

「半グレとかの犯罪がいっとき話題になったやろ。あれ、こういうアプリ使《つこ》て連絡取りおうてたらしいねん。実行犯はその日に顔あわせした連中ばっかりで、リーダーの正体もいっさい知らんまま、犯罪に手え染めてたみたいやわ」

「知ってます。銀座《ぎんざ》の時計店とか表参道《おもてさんどう》の宝石店で、そういう事件がありましたから」

「今回の放火事件、やたら規模が大きいやろ。組織的な犯罪や思うねん。そのくせ、一向に犯人が捕まらへんのは、横のつながりとか、誰がなにしてるんかもわからんまま、犯罪に加担してるせいちゃうか？」

「……犯罪に加担してる自覚が無い人も、いるのかも」

「マルチに手え出した自称小説家、ただし自費出版のみ、みたいなおっさんとか、騙されそうや思わへん？」

「偏見が凄いですね」

　事情を知らないからか、冗談だと思ったらしく、芽衣はおかしそうに笑った。

「でも、貧すれば鈍するって言いますもんね。切羽詰まってて、リスクが低いなんて勘違いしたら、そういうことに手を出しちゃうかもしれませんね」

　ごくりと、芽衣が喉を鳴らした。

「他にも、放火犯目撃した人とか、写真や動画に映り込んだんが、いっこも見つかってへんのは、その辺りも関係あるんちゃうやろか。防犯カメラの死角にしたり、他人のカメラに写らんよう、人で壁作ってたんかもしれん」

「……ひまわりの会で声かけ運動やってるじゃないですか。あれのおかげで、防犯カメラの位置とか形とか、自然と覚えちゃうんです。だから、あり得ないことじゃないかもしれません」

　京都タワーだけが例外だった。何かしらのミスがあったのか、これすら計画のうちなのか、男が一人捕まっている。

「実行犯全員がマルチの加害者と被害者って、なにかの寓話《ぐうわ》みたいですね」

「あるいは、それが目的なんかも。マルチの被害者に、加害者を殺させる……そうゆう復讐なんかも。知らんけど」

「でも、これだけ用心深いのに、わざわざ火事の現場に瞳子ちゃんがいたのは、どういうことなんでしょうか。実際周さんに見つかってるし、そんな危険を冒す理由がわかんないです」

「そら復讐は特等席で見物せなあかんやろ」

　半分冗談で言ったつもりだったが、芽衣はドン引きしたように半身を引いた。ごまかすように、周は説明を続ける。

「計画が上手いこといってるかどうか、確かめんとな。なんぼリモートでできるゆうても、現場で観察すんのとは、入って来る情報の密度がちゃうやろし。別の放火された場所には、菜夏ちゃんがいたんかもしれへんな」

　まだこちらの方が納得できるのか、なるほど、と芽衣は頷いていた。

「じゃあ、あの書き込みはなんなんですか？　周さんの動画チャンネルに、わざわざ前もって放火する場所を書き込んだのは」

「テロか無差別殺人に見せかけたかったんちゃうか」

　実際そういう噂も流れていて、京都市内の学校は休校になり、観光客は激減している。それでも企業や自営業者は仕事を休めないのか、商業施設は普通に稼働していた。狙われたのが金閣寺などの文化財ばかりなので、それ以外の場所が油断している可能性もある。

「恨《うら》み辛《つら》みで犯人絞り込んでくんが、一般的な捜査方法らしいからな。そやから無差別を装うて、警察を撹乱《かくらん》しようとしてるんや」

「「知らんけど」」

　最後の一言がハモって、芽衣がしてやったりとドヤ顔を浮かべた。

「腹立つわこいつ」

「あんまお口が悪いと、滋賀県の人に頼んで、琵琶湖の水止めてもらいますよ」

「それな、そもそも琵琶湖疏水を管理してんのは京都市やし、ほんまに止めたら、琵琶湖が溢れて滋賀が大惨事になんねん。いっぺん京都側で水止めたことがあって、滋賀県から猛抗議受けたことあるらしいで。そうなる結果知ってるくせに琵琶湖の水止めるとか、滋賀の人らは優しいなあ。どっからも文句出えへんように、自虐ネタで締めてくれるんやから」

「京都人が言うと、嫌味なのか本気なのか、わかんないんですけど」

「いつまでよそさんのつもりでいてんねんな。あんたもそのうち京都人になんねんで」

「我是中国人《ウォシージョングオレン》！」

「中国語はいっこも知らんけど、ニュアンスでなにゆうてるか大体わかるで。うちのこと好きやゆうてんにゃろ？　おおきにな。うちも芽衣ちゃんのこと好きやで」

「ふぁ⁉　べ、笨蛋《ベンダン》……！」

「どうでもええけど、喋り方ちょっと京言葉混じってきてんの気いついてるか？　さっきも、『あんま』とか無意識に使《つこ》てたやろ」

「そんなん使《つこ》てませんけど！」

「ほら」

　周がドヤ顔をやり返す。芽衣は顔を隠すように頬に手をやって、悔しそうに睨み返してきた。平然と見つめ返しながら、周はうっすらと微笑む。

「京都はな、昔からいろんなもんが集まって来た場所やねん。長いこと都やったからな。伝統的に新しいもんを受け入れてきた場所やねん」

　一聴すると矛盾したようにも聞こえる言い回しに、芽衣は眉間に皺を寄せた。

「烏丸通とか東洞院《ひがしのとういん》歩いたら、レトロモダンな建てもんがぎょうさんあるやろ」

「赤れんがの、ネオルネサンス様式の建物ですよね。郵便局があんなに豪華なの、最初見た時はびっくりしました」

「ほんでちょっと歩いたら、神社仏閣だらけや。ビルの隙間とか、スタバの隣にまであんねんで。そやのに、全然違和感無いやろ？　新しいもんも古いもんも、一緒くたに飲み込むんが、京都のやり方やねん」

「……父も、そういうところが好きだって言ってました」

「ほんで、源氏やら平家やら足利やら信長やら、一瞬で権力者が変わるんを、なんべんも見て来てるやろ。そやから京都人はこう考えるようになってん。よそから来たもんはよそに帰ってく。帰らんもんは、京都に染まってくて。中国人やろうが韓国人やろうが東京人やろうが北海道人やろうが、ここに住んでる以上は、そのうちみーんな京都に染まって、京都人になってまうねん」

「前から思ってましたけど……」

内容には触れず、芽衣はジト目で別のことを口にした。

「周さんて、私にだけ当たりきつくないですか？　他の人には、喜怒哀楽の全部笑顔で対応するくせに」

「うそやん。そんなつもりあらへんけど？」

今度は周が自分の頰に触れる。

「角が立たんようにとは思てるけど、全部笑顔とか、さすがにそれはあらへんやろ」

「それで角が立つんだからテンサイですよね」

「天才か天災か、どっちの意味や。どっちにしろ、ありがたないけどな」

なんの話してるんやろと、周は残っていたサーモンバーガーを口の中に放り込んだ。思ったより大きくて、時間をかけて飲み込む。

芽衣の方も、今まで口を付けていなかったスパムバーガーにかじりついて、沈黙がいっとき流れた。

お互い、今の話を咀嚼する時間が必要だった。

　芽衣は明らかに不機嫌になっている。納得がいっていないのは明らかだ。周本人も、自分で推理しておきながら、外れていて欲しいと願っていた。

「それで、これからどうするつもりなんですか？」

　スパムバーガーを平らげながら、芽衣が尋ねてくる。

「警察に連絡するんが一番やろ」

　刑事からもらった名刺がある。いつでも電話してきてくれと言われているから、バインダーと一緒に今の話をすれば、興味は持ってくれるはずだ。

　それとも警察は、とっくにこの程度のことは把握しているのだろうか。願わくば、自分達が知らない情報を掴んでいて、まったく別の、ハッピーエンドになるような結論に至っていて欲しい。

　もどかしくなって、周は氷にかじりついた。薄いジンジャーエールの香りを感じながら、自分に捜査する権限がないことを、悔しく思う。刑事と同じことができたら、直接瞳子を追いかけられるのに。この推理も、しょせんは状況証拠を並べただけだ。むしろここから、裏を取るための捜査が始まるはずだ。

　仮に今の推理が正しかったとしても、瞳子と菜夏に待っているのは、逮捕という現実だけだ。さすがに本気になった警察からは、逃げられない。下手をすると、二度と顔をあわせることなく、裁判にかけられ、刑務所に入れられる。

　本音を言うなら逃がしてやりたい。せめて、このまま何も気づかなかったふりをしていたい。だが、そういう訳にもいかない。正義感からではない。もし今後瞳子と再会することがあったとき、わだかまりなく笑いあいたいからだ。罪を知らない振りをしながらでは、できない気がした。

　こんな考え、しょせんは自己満足だろうか？　辛い思いをした瞳子と菜夏のことを思うなら、そっとしておいた方がいいのだろうか？

「……周さん？」

　深く思索に潜り込んでいたせいか、芽衣が心配して顔を覗き込んでいた。

　微笑んでごまかし、バーガーの包み紙を折りたたむ。

「とにかく、警察に連絡する前に、芽衣ちゃんにはうちの考え教えとこう思て。いろいろ引っ張り回したからな」

　席を立つ準備をしながら、芽衣が小首を傾げた。

「これで解決すると思いますか？『次は、どこ？』なんて書き込みもありましたし……」

「それも含めての攪乱ちゃうか。帳簿見る限りでは、マルチ被害者とマルチ加害者は、一通り出尽くしてるしな。それに、こんだけ京都が燃えたんやで。次に放火予告があったら、警察もあほちゃうねんから、すぐに怪しいやつ捕まえるやろ。うちが瞳子か菜夏ちゃんやったら、そんな危険は冒さへん。ここで終《しま》いにするか、別の手口考えるわ」

「警察が動いてくれるといいんですけど」

「刑事さんに連絡するとき、間にひまわりの会に入ってもらおうとは思てる。いきなりうちが連絡するより、話聞いてもらえそうやし」

「じゃあ、藤城さんにお願いしないとですね」

高橋も頼りにはなるが、立場上はボランティアだ。こういうのは、本職の方がいいだろう。

早速ひまわりの会があるマンションにやって来たが、そのドアを開ける前に、藤城の硬い声が廊下にまで聞こえて来た。

「申し訳ありませんが、ご協力できかねます」

ドアノブを掴んだ手を離して、芽衣と顔を見合わせる。

耳を澄ますと、男の声が聞こえた。高橋や、他の職員のものではなさそうだ。何を言っているかまではわからない。

「ですけど、捜査令状は無いんですよね？　であれば、ＤＶシェルターについて、いかなる情報も開示できかねます」

どうやら警察関係者と揉めているらしい。

ふと思いついて、周はスマホを取り出すと、メッセンジャーアプリの通話機能を立ち上げた。

芽衣のスマホが音を立てて震える。

「え？　なんです？　なんで私のスマホにコールしたんですか？」

「ええから、出て。ほなそのまま。こっからは話合わしてな」

それだけ言って、周はドアを開けた。

「こんにちはー……て、あれ、お客さんですか？」

白々しくならないよう演技力を総動員させ、中を覗く。案の定、藤城と他の職員が、中年刑事と向かいあっていた。前に見た刑事で、若い方の刑事もいた。

　中年刑事が申し訳なさそうに、だが絶対に譲らないという声で微笑んだ。

「ごめんな、お嬢ちゃんら。ちょっと話してる最中やさかい、外で待っててもらえへんかな？」

「ほなうちら、向かいの自習室で待ってます。終わったら声かけてください」

　あっさりと引き下がり、告げたとおり向かいへと移動する。

　自習室と言っても、普通の２ＬＤＫだ。リビング、ダイニング、キッチン、洋室が二つにバス、トイレという造りで、リビングでは中学生らしき男の子が二人と、ボランティアの大学生が一人、参考書を広げながら談笑している。

　なので個室を使わせてもらうことにして、一番奥の部屋に向かった。

　耳を澄ますと、芽衣のスマホから藤城と刑事達の会話が聞こえた。

「うちのスマホ、向こうに置いて来てん」

「なんでこんな盗み聞きするようなことさせるんですか？」

「ええから……しっ」

　人差し指を口元で立て、周は藤城たちの会話に集中する。

「何度も申し上げてるように、ＤＶシェルターの場所を教えることはできません。住んでいる人たちだって、隣に誰がいるかすらわからないよう、細心の注意を払って生活してるんですよ。いくら警察でも、駄目なものは駄目です」

「そこをなんとか。関係者に話を聞きたいだけなんです」

この声は、中年刑事の方だ。前回もそうだったが、若い方は基本黙っていて、何かあれば口を出すようにしているようだ。

「ですから、捜査令状は無いんですよね？」

「そうですけど、どうか教えていただけませんか？　捜査に必要なことなんです。ご迷惑はおかけしないと約束させていただきますから」

「お断りします」

藤城の声は、いつになく厳しい。

「何度も繰り返しますが、ＤＶシェルターには、周囲の環境に敏感な人達が保護されているんです。暴力からやっと逃げられて人間不信になってる親子とか、別れた旦那さんからのストーカー被害に苦しんでる人とか。些細なことから居場所がバレたり、今までの取り組みが台無しになったら、どないするつもりなんですか」

「我々も、その辺については配慮しますんで」

「そやから、どう配慮してくれるんですか。さっきから、具体的な話が一個も出て来てませんけど」

「いやあ、困りましたね。我々としても、配慮するとしか言えなくて」

どうやら捜査のために、支援活動協会で保護している人に話を聞きたいらしい。それを、藤城が拒んでいるようだ。

理由も納得できた。ストーカー被害に遭っている人の住所など、簡単に渡せるはずがない。

「これ、見てください」

机の抽斗《ひきだし》が開く音がした。

「なんかのチラシですか？　——え？」

刑事の強張った声が聞こえる。

「『犯罪者の家族は出て行け』……なんです、これ？」

「差出人不明の脅迫状です。こういうのが、忘れた頃に届くんです。慎重になる理由、わかってもらえますよね？」

「そやけどですねえ、こちらのＤＶシェルターでお世話になってる人の関係者が、今回の放火で何人か亡くなられてはるんです。警察としても、話を聞かんとあかんのです。なんとかなりませんか？」

刑事の方も、簡単に引き下がりはしない。声には、圧力めいた力強さがある。

根負けしたように、藤城のため息が聞こえた。

「では、こういう事情で警察が話を聞きたがってると、ＤＶシェルターの住人に尋ねてみます。といっても、私が担当してる人にしか、お伺いはたてられませんけど」

「すべて藤城さんがサポートされてるんとちゃうんですか？」

「いえ、他の職員の方も担当してる人がそれぞれいます。誰が誰を担当しているかは、職員の間でも共有されてませんので、そこは個別に尋ねてください」

「それやと、シェルターの部屋がどんだけ余ってるとか、わからんようになりませんか？　いざ保護しようとして、部屋がバッティングしてしもたらどうするんですか？」

「そやから、部屋数だけは事務所のパソコンで管理されてます」

「その数は？」

搦《から》め手《て》というか、別方向から情報を得ようとするように、刑事の話の矛先が変わった。

「……全部で一〇部屋です。先にゆっときますけど、私の担当してる人数は、答えられませんよ」

藤城は慎重に答える。

「そのＤＶシェルターて、どのくらいの期間入っとけるんですか？　まさか永遠にゆうわけにはいかんでしょ」

「なるべく早《は》よう出られるようにするのが、私らの仕事です。短い場合は一週間とか、最短やと一日とか。緊急避難的に、一晩だけゆう使い方も、たまにありますね。そやけどストーカー案件が長引いたりした場合とかは、最長で三年ゆうのがありました」

「一〇組以上保護したい人が現れたら、どないするんです？　部屋は早いもん勝ちなんですか？」

「状況次第で対応は変わりますけど……そうですね、早いもん勝ちみたいなとこはありますね。我々にも、どうしても予算がありますから」

「ほな、ＤＶシェルターに入れへん人も、大勢やはるんとちゃいますか？」

「……ええ。それで支援が間に合わず、暴力を振るわれ、状況が悪化することも。ああゆうのを経験するたんびに、やるせなくなります。仕事の意義も、見失いそうになりますし」

「わかります。我々も、犯罪者を捕まえられへんかったとき、新しい被害者が出たとき、おんなじ気持ちですから」

刑事の話の聞き方が上手いのか、藤城はとつとつと答えていく。

「藤城さん。仕事はちゃいますけど、我々が目指してるもんは同じや思てます。苦しんでる人を助けたいんです。そやから、どうか協力してもらえませんか」

「ですが……」

「一応、こちらのリストが、話を伺いたい方なんですが……」

「……何人かは、もうシェルター出たはりますね。誰とは言えませんけど。取り敢えず、このリストは預かっときます」

「ちなみにそのDVシェルターなんですけど、場所もいろんなところにあるんですか？　ぎょうさんあるんやったら、一軒一軒訪ねてくんも大変でしょ？」

「いいえ、ひとつですよ。アパートを一棟、まるごと借りているんです。その方が安く上るので」

「予算に苦しんでるんはどこも同じか……お互い辛い立場ですね」

「とにかく、話してもいいという住人がいれば、改めて連絡さしてもらいます。ただし、面談の場所や時間は我々の方で決めさしてもらいます。それでよかったら、対応させてもらいますけど」

「いやあ、そやけどそうなると、こちらの動きを察知されて、逃げたり対策を取られたりする可能性もあるんです」

「刑事さん」

ほだされたかと思った藤城だが、負けてはいない。毅然とした声で、踏ん張っているのがわかる。

「事の重大さを承知してるから、譲歩してるんですよ。当協会にも、顧問弁護士がいるん、わかったはりますよね？　今すぐ電話しましょか？」

刑事は即答しない。音声のみだが、渋面なのが想像できた。駆け引きなのか素なのかまではわからない。

「わかりました」

長い時間はかからず、吐息混じりに刑事が了承する。

「ほな、それでお願いします。段取りは任せますけど、なるべく早《は》ようお願いしますね。できれば今日中に。遅くても明日中に」

「……今日中は難しいですね。内容が内容なので、メッセンジャーアプリや電話ではなく、直接話して了承を得た方がいいと思いますから。可能な限り、誤解が生じる可能性を減らしたいので」

「何時になっても構いませんので、いつでも連絡してきてください。ほな、よろしゅうお願いします」

部屋を出て行く足音に続いて、ドアの開閉音が聞こえた。藤城のため息も。

それから、かたかたとＰＣのキーボードを打つ音が聞こえてくる。

しばらく無言が続くが、やがて足音が遠ざかっていき、ドアの開閉音がした。

数秒遅れて、自習室の玄関ドアが開く音が聞こえ、藤城の声が続いた。

「芽衣ちゃん、周さん。お待たせしました」

個室から出て玄関に向かうと、藤城はスーツに薄いトレンチコートを羽織っていた。いかにも仕事ができそうな女性といった出で立ちで、黒いマスクがエキゾチックな目元と肌の色を際立たせている。

「待たせといて悪いんですけど、ちょっと出かけなあかんようになってしまいまして」

言いながら、車の鍵を掲げてみせる。

「もし急ぎやないんやったら、後日でいいでしょうか？」

「もちろんです。うちら、ちょっと顔出しただけなんで、忙しいんやったら、そろそろ帰ろかな思てたとこなんです。な、芽衣ちゃん」

「はい……そう、です。知らんけど」

急に話を振られて、芽衣が頷く。疑う素振りも見せず、藤城は微笑んだ。

「そや。ついでに送ってもらえませんか？　バス代とか、ちょっとでも節約したいんで」

「すみません。少し方向が違うので……」

「いや、自宅やのうて、鴨川《かもがわ》デルタのとこお願いできませんか」

「……そこなら、構いませんよ」

「ほな、トイレだけ済ましてから行くんで、先に駐車場行っててください」

そんな言葉で藤城と芽衣を先に行かせて、周は事務所に置いたスマホを回収した。

すぐに二人に追いついて、車に乗り込む。オレンジ色の、丸いライトが可愛いＥＶ車で、見た目に反して中は意外と広い。

運転しながら、藤城が尋ねた。

「鴨川デルタに、何か用事でもあるんですか？」

「たまには、本店の豆餅食べよう思て」

「また買うんですか⁉　昨日も食べたじゃないですか」

芽衣が驚いて声をあげるも、周は薄く口元を緩ませ、優しく諭した。

「資産と甘いもんはなんぼあってもかまへんにゃで。それに、芽衣ちゃんと、いっぺん京都の人気スポットめぐろうゆうてたやん。忘れてしもたん？」

――話、あわせんかい。

「……はい。そうでしたね。豆餅も、家族に買って帰って、いいかもしれませんね」

心で念じた言葉が通じたのか、芽衣が頷く。ただし、表情と声は少し硬い。

芽衣の眼鏡に映った自分の顔は、この上なく優しく微笑んでいた。完璧な笑顔だ。

藤城が声を立てて笑った。バレたのかと、一瞬ひやりとする。

「あんまり遅ならへんように気をつけてくださいね。そやけど、二人共いつの間にか仲良うなってくれて、嬉しいです。こうゆう仕事してると、心が削られることが多いんで、誰かが仲良うしてるとこ見てるだけでも、癒やされるんですよ。まるで姉妹みたい」

「「違《ちゃ》います」」

見事にハモって、二人は顔を見合わせる。

「私、ちゃんと自分の弟がいますから」

「妹とか、考えただけでぞっとする。仲良うできる自信あらへん。一人っ子でほんまによかった思てるんで」

口々に好き勝手言うが、藤城はやっぱり嬉しそうだ。これ以上弄られるのが嫌で、逆に周の方から尋ねた。

「そうゆう藤城さんはどうなんですか？　兄弟とかやはるんですか？」

「……兄と弟が一人ずつ。ゆうて、兄の方はもう八年近《ちこ》う会《お》うてませんけど」

「どっか遠くで働いたはるんですか？」

「どんなことをしてるかまでは、ちょっと。ただ、便りがないのは元気な証拠や思てます。気にしてられるほど、私も余裕があるわけやありませんし。弟と一緒に暮らしてて、寂しくもありませんから」

「弟って、いいですよね。うちは歳が離れてて、まだ小学校五年生なんですけど、やんちゃなのに甘えんぼで、そういうとこ可愛いですよね」

気のせいか、芽衣の声がいつもより大きい。両目も潑剌《はつらつ》と輝いているように見えた。

「私も、昔はようケンカしたけど、今は仲ええですよ。料理も上手で、仕事が忙しいと食べることだけが楽しみになるから、あの子には随分助けてもろてるんです」

「弟さんの手料理って、素敵だと思います」

「うちの弟、ちょっと身体を壊してしもて、働けなくて。代わりに家事全部やってもろてるんです。そうしたら、あっという間に上達して。最近は通販でいろいろ手に入るから、外国の料理作るのに凝ってるみたいです。魯肉飯《ルーローハン》とか香雞排《シャンジーパイ》とか、台湾料理が続いてて、おかげで今、家ん中、八角臭いんです」

ハンドルを切りながら、藤城は弟について楽しそうに語る。兄の時とは違い声に実感がこもっているのは、一緒に住んでいるからのようだ。

遠くの親戚より近くの他人と言うが、近くの身内ならもっといいということだろうか。

ひとしきり話が弾み、笑ったところで、藤城が車を止めた。出町柳《でまちやなぎ》駅のちょうど前だ。

「ほんまにここでええんですか？」

「こっからはバスか電車で帰るんで、気にせんといてください。ほな、藤城さんも気いつけて」

走り去っていく車が見えなくなると、周は鴨川に向けて歩き出した。

「あれ？　豆餅はいいんですか？」

「うちかて毎日甘いもん食べてるわけちゃうで。太ってしゃあないわ。それにこの時間やと、とっくに売り切れてるし」

代わりに自販機でペットボトルの緑茶を二本買い、一本を芽衣に手渡す。芽衣は礼を言いながら受け取って、早速ぐびりと喉を潤した。

目の前に、二本の川がある。賀茂川《かもがわ》と高野川《たかのがわ》だ。これが合流し、ここから鴨川に変わる。その中央の三角州が、鴨川デルタだ。そこに降りて腰掛け、周囲を眺める。

川には飛び石があって、小さな子供が遊んでいた。さらに向こうの方では、カップルらしき二人が肩を寄せ合って談笑しているし、真向かいにある賀茂大橋からもこちらを眺めている人が何人かいた。

川に囲まれているせいか、ひんやりとして心地いい。今の季節、こうしてぶらぶらするのには最適な場所だ。

「周さん。そろそろ教えてください。今度は何するつもりなんですか？　だいたい、警察への連絡を頼むつもりじゃなかったんですか？」

「ＤＶシェルターや」

　簡潔に答えすぎて、芽衣は困惑したように首を傾げた。

「二人が失踪してから、一年半以上経ってるやろ。なんぼチェック甘いホテル梯子するゆうても、さすがに無理あると思うねん。で、さっき部屋入る前に、藤城さんと刑事さんがＤＶシェルターゆうてんの聞いて、ぴんと来てん」

　ＤＶシェルターの存在自体は聞いていたのに、今の今まで忘れていた。ＤＶという言葉に、自分達は関係無いと、勝手に決めつけていたからだ。

「そのＤＶシェルターに、二人がいるって言うんですか？」

「調べる価値はあると思う」

「でも、それが本当だとしたら、二人を匿ってるのは藤城さんてことになりますよ？」

「そうとは限らんやろ。藤城さんがゆうてたやんか。担当者以外、どんな人を匿《かくも》うてるんか知らんて。プライバシー保護のためやろな。秘密は、知ってるもんが少ないほど漏れにくいから、当然やわ。つまり、ＤＶシェルターに入りさえしたら、後は誰にも知られんまま過ごせるんちゃうか」

「そっか。そもそも、隠れたり行方を知られないために入るのが、ＤＶシェルターですもんね」

「部屋数だけは、パソコンで共有管理してるゆうてたやろ。そこのデータだけ弄ったら、職員に気づかれんよう、ずっとＤＶシェルターに隠れられるんちゃうやろか？」

「瞳子ちゃんと菜夏ちゃんがこのことを知ったら、利用しようとするかも。それに、パソコンを弄るチャンスだって、あったと思います」

　ひまわりの会は、藤城以外にも職員はいるが、誰もが忙しくしている。パソコン画面を後ろから覗かれるのにも、それほど注意を払っている様子はなかった。職員同士だから気にしていないのかもしれないが、そういうところから、瞳子と菜夏が情報を知ってもおかしくはない。パスワードの漏洩《ろうえい》原因ランキングでは、ウイルスやハッキングと並んで、盗み見が常に上位にあった。

「実際どう運営されてるんかはわからんけど、警察も気になってるみたいやし、いっぺん調べんのは無駄ちゃうと思うねん」

　周はスマホを取りだし、アプリを起動させる。

「車で降ろしてもらう場所も、考えなしに選んだんちゃうで。うちらの自宅は、ひまわりの会がある聖護院から見たら、北西と南西や。通り道やないゆうことは、ＤＶシェルターの場所はその反対側。そやから出町柳あたりで降ろしてもろたら、なんとでも追いかけられる思てん」

「なるほど。ここからなら、バスか電車での移動も簡単ですもんね」

　出町柳から南は京阪《けいはん》電車が、北へは叡山《えいざん》電鉄が延びている。細かい移動は苦手だが、場所によっては追いかけられる。

　スマホに地図が表示され、三つの反応が灯った。そのうち二つはここ鴨川デルタに、もうひとつは、少し上ったところにある下鴨神社《しもがもじんじゃ》の横を、通り過ぎようとしていた。

「これって、まさか……」

「これや」

周が家の鍵を掲げてみせる。たわわちゃんのキーホルダーに、母親から手渡されたＧＰＳ付きの紛失防止トラッカーが付いていた。

「スマホに付けてた奴、車の座席の下に置いといてん。これで、藤城さんがどこ行ったかわかるはずや」

車を使ってくれたのはラッキーだった。バスや電車での移動なら、どうやって藤城にトラッカーを持たせるか、あるいは後ろを追いかけるか、悩むところだった。

「お母ちゃんに付けとけゆわれた時はどないしよか思たけど、意外と便利やで、これ」

現にこうして、藤城の行方を離れた場所で追えている。

「なんか、私、どんどん悪い子になってる気がします」

「そうゆうわりには、楽しそうやん」

「……はい。不謹慎ですけど、スパイみたいです」

「そうやねん。身体に悪いもんの方が美味しいんといっしょで、不謹慎なもんほど楽しいねん」

頷いた眼鏡の奥で、芽衣の瞳がきらりと光った気がした。頬も興奮したように赤らんでいる。実は案外いい性格をしているのかもしれない。

トラッカーの反応は、ノートルダム女子大学を越えて右に曲がり、またすぐに上って、宝《たから》が池《いけ》公園に沿うように移動した。

この先は国際会館だ。地下鉄の終着駅で、名前はよく聞くのに、行ったことはない。大きなホテルがあるのは知っているが、その一室を借りているのだろうか？　いや、アパートをまるごと借りていると言っていた。なら、目的地はここじゃないはずだ。

案の定、藤城の車はさらに上っていき、岩倉と呼ばれる地域を北に進んだ。

反応がついに止まった。

場所は、岩倉花園町。岩倉でも北東で、大きな山城跡があるところだ。

その山城跡の手前で、しばらく動きが止まる。

芽衣が、自分のスマホで地図アプリを立ち上げた。該当する場所をタップすると、パノラマ写真で、実際の場所が表示される。確かに、小さなアパートがあった。

プレハブ小屋を大きくしたような、二階建ての木造アパートだ。スチールの階段が設置されてあって、ドアの数は全部で一〇枚。藤城の話していた内容と合致する。

名前はシンプルに『岩倉花園アパート』と書かれてあった。

「あっ！　これ！　見てください、周さん！」

声があがって、画面が突きつけられる。周は、声も無く驚いた。

顔にぼかしは入っているが、女の子二人の姿が写っている。背格好からして、中学から高校生ぐらいだろう。アパートに入ろうとしているように見えた。

「これ、瞳子か？」

「右側は菜夏ちゃんかもしれません。はっきりとは、わからないですけど……」

声が尻すぼみになっていく。確証は持てないのだろう。

周の記憶にある瞳子も、これぐらいだった。だが、一〇〇パーセントの自信があるとは言えなかった。

「そうだ、確かこれ、撮影時期がわかるんでした」

パノラマ写真の下に、『他の日付を見る』というリンクがある。そこをタップすると、過去の写真がずらっと並んだ。

女の子二人が写った写真はどうやら最新のものらしく、昨年の五月と表示されている。二人が失踪して、一、二ヵ月後あたりだ。

「この周り、他になんか写ってへん？」

周の疑問に応えるように、芽衣がスマホをタップしたり、スワイプしたりして、確かめてくれる。

見覚えのある車が、突然画面に現れた。

オレンジ色のＥＶ車だ。二人が写っていた場所から一〇〇メートル近くは離れているが、進行方向にはアパートがある。

「これ、藤城さんが運転してる車です。運転手の顔まではわからないですけど……」

芽衣の声は、静かに高揚していた。

周も、血が沸騰するような興奮を覚えて震える。

「ここまで揃たら、ビンゴでええやろ」

ついに、失踪した友人の手がかりを手に入れたかもしれない。

しばらくすると、トラッカーの反応が動いた。時間にして三〇分ほど停車していただろうか。藤城の乗る車は、来た道を戻るように動いていた。

「間違いあらへん。DVシェルターの場所はここや。二人がいるか、確かめてくるわ」

「くるわって……一人で行くつもりですか？　ここまで付き合わせたのに？　それはさすがにひどくないですか？」

「そやけど、帰りの時間かて、いつになるかわからんで」

「大丈夫です。ひまわりの会でボランティアしてるときは、帰りが遅くなることもありますから。未成年への声かけ、私がやると、上手く行くこと多かったんですよ」

そこまで言うなら仕方ない。手早く経路情報をスマホで検索し、二人は叡山電鉄を使って、岩倉駅まで一〇分少しで辿《たど》り着《つ》いた。

そこからが大変だった。目的地まではそこそこ距離があり、坂道が多く、しかも上り坂だったため、歩いても歩いても、前に進んでいる気がしなかった。

さすが山城跡だ。道路も、真っ直ぐ歩いているのに先が見通せない。碁盤の目に慣れた京都人からは、違和感があった。

それに、いくらスマホで位置情報を調べられるといっても、初めて歩く場所だ。本当にこの道でいいのかと、不安がつきまとう。普通に歩いているだけで、心身共に削られていくようだった。

さすがに息が上がりそうになって、さっき買ったお茶を飲む。さあっと、風になびいて木々がざわめいていた。

途端に肌寒さを感じた。京都は北へ上れば上るほど、標高が高くなる。東寺さん境内の標高が約二二メートル、そこにある五重塔が約五五メートルだから、合計で約七七メートル。修《しゅう》学院《がくいん》駅あたりでそれを超えていた。宝《たから》ヶ池《がいけ》駅のひとつ手前の駅だ。二人はとっくに、五重塔の先端より高い場所にいた。

日も沈みかけている。スマホで時間を確認すると、一六時過ぎだった。

日を改めるべきだったかもしれない。もうすぐ暗くなるはずだ。自分はともかく、芽衣を遅くまで引っ張り回すことに、罪悪感があった。

後先考えない自分の性格を珍しく反省したところで、ネットで見た景色が目の前に広がっていることに気づいた。

「あった……ここや」

間違いない。あのアパートだ。看板にも『岩倉花園アパート』とある。

早速様子を窺おうとするが、肩が摑まれた。芽衣が心配そうに首を振っている。

「周さん。わかってると思いますけど、匿われてる人たちばかりなんですから、慎重に」

「わかってるて。とはゆうたもんの、どうしたもんかな」

芽衣が言うように騒ぎを起こすわけにはいかない。ここにいるのは事情のある人ばかりだ。されど外から眺めているだけでは、誰がいるのかもわからない。

できることなら、身を潜めてしばらく様子を見ていたいが、そんな場所も時間も無い。

「いつまでも眺めている訳にはいかへんし……しゃあない、やるか」

周は鞄からマスクを取り出し装着すると、続けてノートとシャーペンを手にして、喉を鳴らすように声を出した。

「あー、あー……あー……こんなもんやな」

低い声に調整して、喋り方も気持ちゆっくりめに落とす。

「芽衣ちゃん、ちょっと眼鏡借りるで」

「あの、何するつもりなんですか？」

「普段は身長高いんがコンプレックスやけど、こうゆう時は利用せななと思て……って、これ、度数めちゃくちゃきついな」

くらっと、周の頭が揺れる。

「乱視が入ってるんで、気をつけてください」

「取り敢えず行ってくるわ。芽衣ちゃんは、そのままスマホを通話状態にして、どっか隠れてて」

目を細めながらも、芽衣は言われたとおりアプリを通話状態にする。眼鏡がないせいかたどたどしい動きで、距離を取って物陰に隠れた。

周はもう一度声を調整してから、アパートに近づいた。どの部屋も、表札は無記名のままだ。

一階の一番手前から、インターフォンを鳴らす。程なくして、声が聞こえた。

「……はい」

男の声だった。警戒しているのか、声量は小さい。

小さな驚きが胸の中で弾《はじ》ける。DVシェルターという言葉から、被害者は勝手に女性だと思い込んでいた。

考えてみれば、男性でも暴力被害に遭う人はいる。ジェンダーバイアスに囚《とら》われていたようだ。

「すみません。わたくしＮＴＴの委託業者で、簡単なアンケート調査を行っている山田《やまだ》と申します。インターネットの利用状況について、いくつか質問させていただけませんでしょうか？」

「……アンケート？」

インターフォンは古いが、カメラがある可能性を考慮し、ノートを広げてシャーペンを構える。アンケート調査っぽく振る舞ったわけだ。

「はい。お使いのプロバイダーや回線速度について、何かご不満などはありませんか？」

「すみません。今、天ぷらを揚げてるので」

ぷつりと、通話が切られた。

ほっとして、胸を撫で下ろす。本当に話を聞いてもらっても、むしろ困るところだ。眼鏡のせいで、文字が上手く書ける自信も無い。声の主が瞳子でないとわかっただけで十分だ。

そうやって周は、次々と部屋を訪ねてまわる。

残りは全て、女性の声だった。ドアを開けてくれる部屋は無く、アンケートにも答えてもらえなかった。六つ目の部屋では、「このアパート、インターネットの回線は引いてませんよ」とあしらわれてしまう。

めげずに全ての部屋をまわったが……瞳子の声は聞こえてこなかった。

眼鏡を外し、小走りにその場から離れる。芽衣と合流し、少し歩いた先で尋ねた。

「菜夏ちゃんの声はあった？」

「……いえ。駄目でした」

力なく首が左右に振られる。周も、さすがにがっくりきて肩が落ちた。

「無駄足か……」

期待が大きかっただけに、失望も大きい。

「地図アプリで、女の子二人の写真見つけた時は、手応え感じたんやけどなあ」

来た道を戻りながら、大きなため息が漏れる。まだ下り坂でよかった。これが来た時のようにひたすら上り坂が続いていれば、心も体力も削られて、惨めさを感じていたかもしれない。

「でも、私はやっぱり、ちょっと楽しかったです。こうやって誰かとあちこち出かけるの、初めてでしたから」

「芽衣ちゃんは、ほんまええ子やな。そうゆうさりげない慰め方できるて、さすがええとこの子やわ」

「いえ、本当です。本当に楽しかったんです。京都の有名な場所でおしゃべりしたり、電車に乗って遠くまで来たり、知らない場所を歩いたり……」

はにかみながらも、ためらわずに芽衣は言葉を続ける。

「私、こういう普通の遊びに憧れてましたから。周さんが叶えてくれて、心から嬉しいです」

「尾行が普通とはようゆわんけど……そっか。ほな、今日やったことも、無駄やなかったんかもな」

「はい」

頷いた芽衣の笑顔に、言葉にしがたい感情がこみあがって来る。周は衝動的に芽衣の身体を抱き寄せると、そのまま髪の毛をわしゃわしゃとかき混ぜた。

「ちょっ、ちょっと、周さん！　なにするんですか？」

「いや、チワワみたいで可愛いな思て、つい」

「可愛いのは知ってます。だからって髪の毛ぐちゃぐちゃにするの、やめてください」

「お？　ゆうようになってきたやん。その調子やで」

見つめ合って、次の瞬間、同時に吹き出す。

おかげで、重かった足取りが軽くなった気がした。


電車を乗り継ぎ、途中で芽衣と別れて、なんとか夜の七時までには帰宅する。特に決められているわけではないが、なんとなくこの時間が門限になっていた。

そのままお風呂に入ろうとして、スマホが鳴った。クイーンの歌ではない。メッセンジャーアプリの通話機能の音だ。芽衣の名前が表示されている。

タップした瞬間に、緊迫した声が聞こえた。

「周さん。今どこですか？」

「どこて、やっと家に着いたとこやけど」

「よかった、無事なんですね」

なんの冗談かと思ったが、芽衣は真剣だ。ボケたり弄ったりすることなく、周は次の言葉を待つ。

「今って、通話しながら自分の動画チャンネル見られますか？」

「ちょっと待ちや」

自分の部屋に戻り、ノートパソコンを立ち上げる。

「開いたで」

「一番新しいコメント、見てください。でも、ショック受けたりしないでくださいね」

言われるまま、コメントを新しい順に並び替え……トップに出てきた一文を、無言で見つめる。

もはや大抵のことには驚かないつもりだったが、視界から色が消えた。芽衣の声も、遠くから響くように、聞こえなくなる。

『次は、お前が燃える』

コメントを付けたアカウントは、神戸の自称小説家が使っていたものと同じだった。メールアドレスとパスワードを知っていれば誰でもログインできるとはいえ、このアカウントに固執するのも不気味だ。

それよりも、今までとは明らかに違う文言に、周は息を呑んだまま呆然とした。わざわざ連絡をくれて心配するぐらいだから、芽衣も気づいているのだろう。

「なんでうちが狙われなあかんねん……」

周の声は、凍えたように揺れていた。

三

気がつけば、昼ご飯の時間だった。珍しく昨日の疲れが取れていない。

学校は相変わらず閉鎖していて、授業は無い。受験生だからと問題集を開いてみるが、問題文すら頭に入ってこなくて、シャーペンを放り投げた。

気分転換しようと、窓を開けて外の空気を取り込む。すると、怪しい車が自宅から少し離れた場所に停まっているのが見えた。中には女性が二人いて、ここからだと、顔までは見えない。なのに女性だとわかるのは、あれが警察の車だと知っているからだ。

昨日あの後、芽衣に続いて電話をくれたのは藤城だった。コメントを見て心配してくれたらしい。仕事が終わった後にも家に寄ってくれて、ありがたかった。

専門家に励まされると、やっぱりほっとする。

同時に、自分の心がだいぶ参りかけていることに気づいた。さすがに殺害予告を受けて平気でいられるほど、神経は図太くないようだ。母親から、あんたも人間やってんなと、からかわれたぐらいだ。

いつもなら、心配されたことを不名誉に思っただろう。この程度、自分は乗り越えられる。そう歯を食いしばって生きてきたつもりだ。

なのに、誰かにすがってしまいそうになるなんて。羞恥心にも似た感覚が、身体の内側を熱くさせる。誰かを頼りたくなる気持ちがとにかく悔しい。この程度のこと、自分一人で乗り越えたい。

それでも、藤城には感謝していた。警察への連絡も請け負ってくれて、中年刑事が若い女性警官を連れて、すぐに来てくれた。

警察も、今まで以上に殺気をみなぎらせていた。

「警護のもんを付けさしてもらいます」

中年刑事が息巻いていたのを思い出す。

「おっさんやとそちらが嫌がるでしょうから、もちろん女性の若いもんです。若いゆうても優秀な奴なんで、心配は無用です」

「担当させていただきます、佐野《さの》美春《みはる》です。実際に警護する際は、持ち回りでもう一人ついて、二人態勢になります。生活の邪魔にならないよう配慮させていただきますので、普段通りにしててください。もし視界がうるさいようやったら、遠慮無くゆうてくださいね」

生真面目っぽく頭を下げた女性が、あの車に乗っているはずだ。

警護されているはずなのに、見張られているような感覚もある。まるで自分が犯罪者にでもなったような扱いだ。実際、警察にとっては、犯人につながる可能性のある現場なのだろう。

不快だが受け入れて、その際、遅くなったのを詫びながら、例のバインダーも手渡した。中年刑事は驚きながらも受け取り、戻って行った。

これでおそらく、瞳子と菜夏の二人は、重要参考人として捜査対象になるだろう。

二人が失踪して、約一年八ヵ月。ようやくだ。喜ばしいことではないが、放置されているよりずっといい。

ぐぅ、とお腹が鳴る。どれだけ悩んでいようと、空腹はやってくる。

リビングに降りると、父親が和室から顔を覗かせた。

「お腹すいたな。なんか食べに行くか？」

あんなコメントがついたせいで、今日も父親が会社を休んでくれた。と言っても、リモートで仕事はしているらしく、部屋の前を通ると、スピーカーから母親の声も聞こえてきた。同じ職場で夫婦で働いているから、こういうときは融通が利くのだろう。

「ほな、ラーメンでも」

がっつりと食べたい気分だった。ここ数日、ストレスでとにかくお腹が空いて空いてしかたがない。

その中華料理店で、周は妙な視線を感じた。

店内を見回すと、視線が合いそうになって慌てて逸らす客が数人いた。

それどころか、「あれって動画の？」「やっぱそうやんな？」「放火のあれやろ？　やば、命狙われてるんちゃうん」などと聞こえて来る。

父親が気づいて、そっちを睨む。ひょろりとした体格なせいか迫力は無く、なんの効果も無いようだ。

今さらながらマスクをつけるが、同時にラーメンとから揚げが届いて、すぐに外す。

「から揚げ、一個おまけしといたから」

顔見知りの、初老の女性店員が耳打ちしてくれた。生まれた時から知ってくれている人で、離乳食をこの店で食べている写真も残っている。店以外で会うことは無いし、毎日顔をあわせるわけでもないが、両親を除けば、人生で一番長い付き合いの人かもしれない。

「おおきに、おばちゃん」

頑張れとも、負けるなとも、勇ましい言葉をかけられたわけでもない。それでも、普段から見知っている人がさりげなく背中を支えてくれていることに、ほっとした。

だが、周囲の視線や囁《ささや》く声は、消えていない。

それどころか、ボリュームを徐々に上げるように、声と一緒に悪意の高まりを感じた。

たまらず、警護に当たってくれている警察の姿を探す。

いた。いつの間にか隅の席に腰掛け、こちらの様子を窺っている。仲裁に入るかどうか悩んでいるようだが、こちらの視線に気づいて腰を浮かした。

「何か問題でもありましたか？」

佐野の掲げた警察手帳に、店内から一瞬、ざわめきが消えた。

ほっとして、頭を下げる。

けれども、別の声がまた周の心を打ちすえた。

「なあ、怖ない？　ケーサツがいるゆうことは、やっぱほんまにヤバいんちゃうの？」

「あの子が燃やされるとき、うちら巻き添え食ろたりせえへんやろか」

「ちょっとあんた！　失礼とちゃうか！」

間髪容れずに、父親が怒鳴り声をあげた。

言われた方も、箸を放り投げ、肩を怒らせる。

「ほな、巻き添え食ろたらあんたが責任持てんのか！」

「何事ですか！」

再び佐野が飛び出した。

「どないもこないも……おい、あんたも店員やったら、こんな危険人物、放り出さなあかんやろ！」

とばっちりが女性店員に飛ぶ。

「この子がなにしたゆうんですか⁉」

「こいつのせいで、あんたらの店も、燃やされるかもしれへんねんぞ！」

心ない言葉が周の肺腑をえぐった。

他人の悪口など、大抵は言い負かせる自信がある。なのに、今回だけは無理だった。

瞳子が、自分の命を狙っているかもしれない。そんな恐れが、周から勢いと負けん気を奪っていた。

「あの、大声で騒ぎ立てるんは、やめてください。他のお客さんの迷惑ですから」

「わしらも客や！　客を危険にさらすんか、この店は！」

我慢できなくなったのか、父親が席を立ち、唾を飛ばした。

「そうならんように、今警察が捜査してるやろ！」

「あーあ、気分悪っ！　せっかくの昼飯が台無しや！　もういらんわ！」

お金を机に叩きつけて、その客は店を出て行く。

残される形になって、気まずさが周と父親の二人に集まった。

「お父ちゃん、行こ」

周だって、こんな雰囲気の中で食事をしたくない。父親の手を引っ張って店を後にした。店員は、何度も頭を下げながら、急いでから揚げを持ち帰り用のパックに詰めてくれた。

「ごめんな、周ちゃん。嫌な思いさしてしもたな」

「こっちこそ、すんません。おばちゃんらこそ、気い使わんといてくださいね」

「私の方も、飛び出すタイミングが遅れました。申し訳ありません」

佐野にも頭を下げられ、謝られることが辛いという経験を、周は初めて味わった。

「お父ちゃんが、なんか食べに行こてゆうたからやな。嫌な目に遭わしてしもたな……」

父親まで肩を落とす。こういうところが憎めなくて、周はこの父親を嫌ってはいなかった。

それに、父親が先に怒ってくれたおかげで、ある程度の溜飲《りゅういん》は下がっている。誰かが自分の為に声を上げてくれると、自分は悪くないと思えて、ほっとできた。

「お父ちゃんが悪い訳やあらへんやろ」

「うちの家系は、女性が強いゆうより、男が情けない家系やから……僕がもうちょっと、強そうに見える男やったら……」

「それより、どうする？　他の店入る？」

そう提案するが、結局自宅に戻って、さっきのから揚げと、冷凍の焦がしニンニクチャーハンをフライパンで炒《いた》めた。

食べ終えて、一人でテレビを眺める。放火事件のことがまた取り上げられていた。しかも、京都に観光客が戻ってきたという内容だった。

インタビュアーが、他府県から来たという観光客にマイクを向ける。お上品な格好をした四〇代後半ぐらいの女性で、「もう安心だと思ったから旅行に来たの」と口にしていた。言葉にこそしないが、標的がハッキリしたから、ということなのだろう。最後に取って付けたように、「ご本人はかわいそうですけどね」などと、しかつめらしい顔を浮かべた。

現金なものだ。みんな、自分に関係無いとわかると、途端に薄情になる。だからって、萎縮してもらいたい訳ではないが、当事者としては思うことはあった。

テレビに、『次は、お前が燃える』というあのコメントが映される。

何度か死にかけた経験はあるが、明確に命を狙われるのはこれが初めてだ。

受験までにこの騒ぎは収まるのだろうか。そろそろ一二月だ。とっくにクリスマスソングが流れている。毎年、西院《さいいん》にある洋菓子店のケーキを、従姉妹と一緒に食べるのを楽しみにしているが、このままだと店に行くこともできない。ショウケースにならんだケーキを眺めるのも、買い物の醍醐味《だいごみ》のひとつなのに。

自粛というか萎縮というか、そんな生活を強要されて、とにかくストレスが募っていく。

さらに翌日、学校が再開し、周だけまたリモート授業が始まった。

他の生徒が巻き込まれたら危ないから、というのが福島先生の言葉だった。ああそうですかとだけ答えて、授業の映像は見もしなかった。学校からの注意も無い。

いっその事出かけようかと思うが、昨日の中華料理店での出来事を思い出し、それが動画配信者に囲まれた時の記憶と重なる。

もしまたあんなイチャモンをつけられ、あほが騒ぎに乗じて集まってきたら？

迷惑系動画配信者を引き寄せたりしたら？

その中の一人が、刃物でも振り回したりしたら？

犯人が現れて、火を付けられたら？

そう思うと、外に出るのが急に怖くなった。自分でもびっくりするぐらい、足が動かなくなる。

唇を噛みしめながら、リビングに戻る。無音でいることに耐えられなくてテレビを付けるが、すぐに後悔した。

京都の観光地が、かつてない賑わいを見せているという。

事件で自粛されていた反動もあるだろうが、焼け落ちた多くの文化財を復元するため、京都を観光してほしいと、他ならぬ京都市自身が呼びかけた結果だ。

その様子をテレビで眺めて、腐らずにいる方が難しい。日常は、周とまったく関係の無いところで動いていた。

折しも世間はクリスマスムードに沸いている。楽しげな雰囲気が余計に苛立《いらだ》たしい。

父親のリモートワークも、会社からちくちく嫌味を言われているようだった。

最初こそ、上司である母親がなんとか間に入ってくれていたそうだが、それを公私混同だと言われたら、庇うのが難しくなってきたらしい。

それでも、会社に抵抗して、二人は交互にリモートワークを続けてくれている。今も父親は、一階の和室で仕事をしているはずだ。

心配して毎日連絡をくれたのは、芽衣と藤城だけだった。仲の良い従姉妹も、ゼミで忙しいからとメールが滞りがちになっている。元から周が筆無精で、メールより、電話を好むせいもあるのだが。

「周さん。今日はどうでしたか？　なにか変わったことはありませんでしたか？」

　今まで通りの声音で、ことさら気を遣うことなく、雑談のように藤城が電話をくれる。それがありがたい。変に深刻ぶられていたら、余計に気が滅《め》入《い》っていただろう。そのあたりの匙《さじ》加《か》減《げん》は、さすが支援活動協会の職員だ。

「おーい、真田さん、げんきー？　またひまわりの会に遊びに来てなー」

「私も、待ってます。いっしょにお茶でもしましょうね」

　その後ろから、高橋と芝崎の声が聞こえて来る。アフロのようなくせ毛と、清楚な微笑みを思い出す。

「とにかく、ヤケを起こさないでくださいね。周さん、本当にびっくりするぐらい、そこで？てところでキレるじゃないですか」

　こちらは、年下の女の子からの諫言《かんげん》だ。苦笑いしか出てこない。

「大丈夫やで、芽衣ちゃん。キレたとしても、引きこもってるから、誰にも迷惑なんかかからへんて。仮に今ここで死んでも、死んだことすら気づかれへんわ」

「……やっぱり、たまには外に出ませんか？　そうだ。御所は京都でも安全な場所だって言ってましたよね。そこでまた、一緒にお昼食べましょうよ。なんなら私、家まで迎えに行きますから」

「もう外は寒いやろ」

「温かいお茶、持っていきます。ちょうど昨日、祁門《キームン》をもらったんです。これ、美味しいから、周さんに飲んで欲しいんです」

「おおきにな。そやけど、芽衣ちゃんに迷惑かけられへんしな」

「迷惑なんてそんな……」

そう言ってもらえるのは嬉しいが、気を遣われていることもわかって、周は自分から通話を切った。


いよいよ一二月に入る。この間、新たな放火事件は起こらず、世間は日常を取り戻していた。周だけが、取り残されるように、自分の部屋にこもり続けていた。学校からも、未だ登校の許可は与えられていない。

いろいろ思うところはある。だがそれ以上に、諦めにも似た感覚が身体全体を覆っていて、感情らしい感情が湧いてこなかった。

部屋の窓から外を眺めると、世間から隔離されたような気分になる。

一応、警察の警護はまだ続いていた。さりげない場所に車が停まっているのは見えるが、やはり逆に見張られているように思うのは、被害妄想だろうか？

机の上に、出しっぱなしの問題集がある。随分と開いていない。そもそも、受験できるのだろうか？　日に日にやる気が消えていくのが実感できた。

勉強だけはしておけと両親は言うが、それもだんだん、うっとうしさが勝って来た。夏休み前は、それなりに気合いを入れていたはずなのに。

気分の落差が、こんなにも激しい一年は初めてだ。

友達が失踪したまま新しい学年を迎え、受験の年だからと緊張を強いられ、宇宙旅行を知り、その宇宙からメッセージを送ることを思いつき、とんでもない事件に巻き込まれ、命の危機に瀕《ひん》し、脱出ポッドから生配信して、その動画が炎上し、京都のあちこちがリアル炎上して、今は自分の命が、その友達に狙われているかもしれない。

よくもまあ、これだけのことが立て続けに起こったものだ。感情の振り幅は、間違いなくジェットコースターよりも激しかった。

宇宙へ向かう時には、気分は高揚していた。

重力から解放される瞬間や、宇宙から眺める地球には、それだけで心が躍った。

でも、宇宙ホテル『星くず』に到着してすぐ、機長さんが亡くなり、帰還もできず、閉じ込められた。

あの時と今と、実は結構似たような状況なのかもしれない。

閉鎖空間に囚われ、窒息死しそうな窮屈さがある。

自宅でも宇宙ホテルでも、外に出ることができなければ同じようなものだ。

違うのは、宇宙には果てが無かったことか。深遠《しんえん》という言葉では足りないくらい、どこまでも視界は広がっていた。

それでも今の方が、孤独感は強い。

宇宙で大変な目に巻き込まれたし、死にかけたりもしたが、あれは二日間のできごとだった。炎上事件は、もう四ヵ月目にもなろうとしている。

なによりあの時は、同じ状況に置かれた同行者や、信頼できる添乗員がいた。

土師という、責任感の塊のような人だった。絶望的な状況でも、決して諦めることのない姿が頼もしかった。勇ましい言葉をかけられるわけでもないのに、その人の行動を見るだけで、奮い立たされるものがあった。ああいう人こそ、教師になるべきだ。

今は、部屋に一人だ。

わかっている。そもそも困難や障害には、自分一人で立ち向かわなければならないものだ。両親はともかく、ひまわりの会のメンバーがどれだけ親身になってくれても、しょせんは他人事で、仕事で対応してくれているだけなのだから。

そんな風に考える自分に、苛立つ。

――こんなん、ほんまは助けて欲しい思てるみたいやんか。

精神的に参っているようだ。自分でもわかる。

着替えるのも億劫《おっくう》で、周はここ最近、パジャマのまま一日を過ごすようになっていた。

今日もまた、着信音にしているクイーンの『愛にすべてを』が鳴った。条件反射で応答アイコンをタップする。

「ご無沙汰しています。土師です」

低く、懐かしい声がした。

「へ？　あ、え？　……土師さん？」

ちょうど思い浮かべていた人からの連絡に、思わず声を失う。

宇宙旅行へ行った際、副機長兼添乗員だった男、土師穂稀《ほまれ》だった。

「いきなりの電話、すみません。それに、本当はもう少し早く連絡をしたかったんですが、仕事が忙しくて……申し訳ありません」

「え？　あの、いや……気にせんといて、ください。こっちこそびっくりしてしもて、変な声出てしもた。すんません」

　ごまかすように笑うと、懐かしさがこみ上がってきた。まだあれから半年も経っていないのに。

「そうゆう土師さんこそ、会社、えらいことになってしもて、大変やないんですか？」

　尋ね返すと、苦いが快活な笑い声が返ってくる。

「ええもう、目が回りそうです。ただ、うちだってしぶといですから」

　日本初の格安民間宇宙旅行。そのモニターツアーでは、様々なトラブルがあった。特に乗客が亡くなるという致命的なことがあり、会社は大変なことになっていると聞く。

　決して土師や会社のせいではなく、むしろ巻き込まれた方だったのだが、大人の世界では、それでは済ませられないことがあるらしい。理不尽なことだと思う。

　あの後、土師がどんな風に奔走していたかは知らないが、想像するぐらいならできた。こうして話している声も、かなりくたびれている。

「それで、土師さん。今日はどないしゃはったんですか？」

「政木さんが、あの時のメンバーで飲みに行く約束を果たせてないと、連絡をくれたんです。周さんの状況も教えてくれて、何か力になれないかなと思いまして。もし大変な思いをされてるなら、こっちに避難してきませんか。うちの会社の寮に空きがあるんです。もちろん女子寮ですよ。安心してください」

「宇宙港のある和歌山ですか？」

「そちらの出張所は閉鎖してしまったんです。今あるのは、東京か筑波《つくば》のどちらかですね」

「どっちも、うちには縁の無い場所ですね」

「縁は、これから自分で作っていけばいいんですよ」

その言葉は、何故だかわからないが、耳に残った。

「そろそろ受験ですよね。まだ志望校の変更もできますし、よかったら視野を広げてみてください。京都は学生の街ですが、他の場所にもいい大学はたくさんありますよ。私が予備校で働いていた頃と変わってなければ、そろそろ国立大学の願書を取り寄せる時期だったはずです。資料として目を通すだけでも、気分転換になるかもしれません」

「……そうですね、考えてみます」

なんてことのない会話だが、不思議と満たされる感覚があった。ここしばらく、こんな普通の会話もできていなかったからだ。

受験に対しても、瞳子の父親が京大生だったことを知ってから、もやもやとした感覚もあった。周の志望校だ。その志望動機は、偏差値が高くて自宅から通える場所という単純なものだった。ちゃんと将来のことを考えて選んだとは言いがたい。これを機に、しっかり考え直してもいいかもしれない。

「大変な時ほど目の前のことに集中してください。そうすれば、ひとまず考えやすくなりますから。でも、どうしても辛い時は、いつでもこの番号に掛けてきてください。苦しい時は、逃げてもいいんですから」

「土師さんがゆうと、重みがありますね」

電話口の相手こそ、自らの命を危険にさらしながらも、自分の仕事から逃げなかった人だ。あの奮闘は、一社員の責任感を超えていた。

滅多に人を尊敬しない周だが、その滅多にない一人が、この土師穂稀だ。その土師に逃げてもいいと言われると、少しだけ心が軽くなる。

「そやけど、それは最後にしときます。うち、納得できひんことを受け入れんですむようにて、勉強してきたつもりなんで」

「そうでしたね。その生き方、応援します。ただ、逃げるという選択肢も残しておいてください」

「もちろんです。途中で逃げようが、背中見せようが、勝負は最後に立ってたもんの勝ちですから」

「それ、いいですね。勝負は最後に立ってたもんの勝ち。座右の銘にさせてもらいます」

「ええんですか？　今適当に思いついた言葉ですよ」

「そういうのが、心からの言葉なんだと思います」

低く笑う声が、耳にくすぐったい。

電話を切ると、心に溜まっていた泥のような感情が、不思議と消えていた。

そうなって、初めて気づく。ここ最近の鬱屈した気分は、引き籠もっていたことが大きいのだろうと。もっと正確にいうなら、変化の無い状況にうんざりしていたのだ。何しろ家から一歩も出ず、顔を合わせるのは両親だけ。藤城と芽衣の電話も、いつも決まって同じ時間で、生活リズムが完全にパターン化されていた。

土師との会話が、いい気分転換になってくれた。すると、少しは心に余裕も出てきた。

窓を開けて、新鮮な空気を部屋中に取り込む。深呼吸し、身体の隅々まで酸素が行き渡るよう軽くストレッチしたところで、インターフォンが鳴った。

「ごめん、周ちゃん！　お父ちゃん会議中やねん！　出てくれる？」

下から大声で頼まれて、周はインターフォンのカメラを確認し……驚いた。

そこにいたのは、芽衣だった。

「どないしたん？」

ドアを開けると、閉めさせまいとするように足が挟まれる。まるでたちの悪い訪問販売員だ。

こちらが反応する前に、切羽詰まった様子で、芽衣が何故か水筒を突き出してきた。

「あの！　お茶、持って来たんです。前に話してた、紅茶を。だってほら、もうあるものを断るのは失礼だって、周さん、私に教えてくれたじゃないですか。あ……もしかして、寝てましたか？　どうしよう、熱とかあったりしますか？」

パジャマ姿だからか勘違いされて、顔が熱くなる。年下の女の子に、こんな格好を見られるなんて。

「ちゃうねん。外に出る予定あらへんから、着替えんのめんどうて」

「よかった……」

へなへなと芽衣がその場にくずおれそうになり、慌てて支える。

「ちょっと、芽衣ちゃん、えらい大げさに心配してくれてるやん。どないしたん？　なんかあったん？」

呆れたように、ずれた眼鏡を直しながら、小さな顔が見上げて来る。

「なんかあったんて……周さんじゃないですか、自分が死んでも誰にも死んだことすら気づかれへんてゆってたの！　心配するに決まってるじゃないですか！」

軽く胸を叩かれた。肉体的なものではなく、別の痛みが走る。

「菜夏ちゃんも瞳子ちゃんも、急にいなくなっちゃったんです。周さんまでいなくなったらって思うと、じっとしてられなくて……だから、勝手にひまわりの会で、住所録探して、家、来ちゃいました。すみません。いきなりでびっくりしましたよね。ごめんなさい。個人情報、盗み見て、すみません」

「うちこそごめん。あほなことゆうてたな。今から思たら、ちょっとナーバスになってたんかもしれん」

優しく頭を撫でながら、安心させるために笑ってみせる。

いつもと同じように微笑んだつもりだが、今回は怯えられなかった。むしろほっとしたように、安堵している。

「そや。芽衣ちゃん。天神さんでお茶しよか。なんか、無性に外出たい気分やねん」

曇っていた顔が、パッと笑顔に弾けた。

「もちろんです！」

「ほな、ちょっと着替えてくるし、リビングで待ってて」

　久しぶりの外出だ。ここのところずっとパジャマで過ごしていたから、思いっきりオシャレして出かけてやろう。

　自分の部屋に戻り、クローゼットを開いて、お年玉で買ったまま眠らせていた白いボアショートコートを取り出す。

　黒のスキニージーンズに白いセーターを合わせ、グレーのストールで甘さを抑える。この格好なら、動きやすさ重視のバッシュでもあうはずだ。

　マスクを用意したのは、自分のためもあるが、芽衣に不快な思いをさせたくないからだ。中華料理店の時みたいに、変な奴らに絡まれたくはない。

　準備を終えて、和室に向かって声をあげる。

「お父ちゃん。ちょっと出かけてくるわ」

「あかん！　ちょっと待って、周ちゃん！　今、外出たらあかん！」

　ドタドタと、和室から父親が飛び出して来た。周はそれを、命を狙われていて危険だから駄目だ、という意味に解釈した。

「引き籠もってたら、頭ん中までカビが生えそうやねん。一日いっぺんくらいは外に出んと。芽衣ちゃんもいるし、ちゃんと気いつけるから――」

「ちゃうねん。そうゆうことゆうてんのと違《ちご》て、これ！　今、さっき、ニュースで出たとこやねん」

　タブレットの画面が突きつけられる。

京都の岡崎《おかざき》公園で、焼死体が二つ発見されたという事件が表示されていた。

驚いている間に、周の父がテレビを付ける。芽衣もいっしょに、三人は画面に釘付けになった。

もちろんこれ単体でも痛ましい事件だが、周はもちろん、おそらくこのニュースを見ている全員が気になっていることがあった。

これが、一連の放火事件に関係があるのかどうか、だ。

続報が出た。

被害者は二人共男性で、岡崎公園にある公衆トイレから、突如火だるまになって現れたのだという。

警察の調べによると、トイレにはガソリンが撒《ま》かれており、そうと知らずに火を付けたところ、引火したと見られている。どちらの被害者も煙草を所持していたという。

理不尽さに怒りが湧いた。

「あそこは、子供かてぎょうさんいんのに……」

岡崎公園の近くには、国立近代美術館、府立図書館、コンサートホールなどがあって、京都でも屈指の文化ゾーンになっている。保育園の散歩コースにもなっていたはずだ。

テニスコートや野球場もあるし、少し歩けば動物園もある。家族連れはもちろん、老若男女が訪れる、憩いの場になっていた。

そんな場所に、突如火だるまになった人が現れたら、子供に一生もののトラウマを植え付けかねない。

「被害者の身元が判明したようです。被害に遭われたのは、京都市のサイトウタケルさん一四歳と、同じく京都市のシゲタマモルさん二九歳です。二人は生徒と教師の関係で、シゲタさんはサイトウさんの、小学校時代の担任だったということです。繰り返します……」

周は、スマホで自分の動画チャンネルを表示させた。

犯行声明めいたものは増えていない。

逸《はや》る気持ちのまま、何度もブラウザ画面を下に引っ張り、更新を繰り返す。

何度か繰り返していると、コメントがひとつ増えた。書き込んだのは、今までも放火を予告してきたアカウントだ。

息を呑んで、文字を追う。

『次も、次も、お前が燃える』

全身の細胞に怖気《おぞけ》が走った。心臓が冷え、さむいんぼがうなじにまで張りつく。

やはり、一連の放火事件と関連があったようだ。

だがそれよりも、周には気になることがあった。

「……狙《ねろ》てたん、うちと違《ちゃ》うんか？」

疑問が口からこぼれる。

声にした途端に気づくことがあって、血の気が引いた。

「『次は、お前が燃える』の『お前』て、これ見てる全員に向けてのメッセージなんちゃう？」

芽衣と父親の顔が青くなる。まさに今、そのメッセージがテレビで映されていた。

周も周で、安堵はできなかった。この考えが正しいなら、より深刻だ。今でもターゲットの一人だし、自分の知る全員が、被害に遭う可能性が出てきたことになる。

いや、ネット中継した動画だ。見ようと思えば、地球上のどこからだって見られる。京都だけの話ではなくなってきたのかもしれない。

もちろん、そんなことは現実的ではない。北海道や沖縄、他国の人間が、このコメントを真剣に受け止めるとは思えなかった。

同じようなことを考えた人がいるのか、コメントがついた。

『このお前って、うぷ主のことじゃなくて、コメント見てる全員のことじゃね？』

『マジかよ。だったら俺もヤバいの？』

『世界中継した動画だぞ。テレビでも映ったし、どうやって視聴者を特定するんだよ』

『つまり地球上の全員が殺害対象ってことでＯＫ？』

『どうせ京都限定抹茶味だろ』

『群馬の山奥に住む俺、高みの見物』

『抹茶味ってなんぞ』

案の定、真剣に受け止めている者は少ない。

思い出したことがあって、先日撮影した帳簿の写真データを、一枚ずつスワイプしていく。どれだけ探しても、サイトウタケルとシゲタマモルの名前は見当たらない。

そもそも、一連の放火殺人の目的が復讐なら、あの帳簿に載っていた詐欺犯たちは殺し終えている。『次は、お前が燃える』というコメントを、自分への殺害予告と勘違いしたのも、そこに起因していた。

無言のまま、周は考えた。今回の放火は、今までとあまりに毛色が違いすぎている。

最初に思いつくのは、なんといっても、燃やされたのが文化財ではないことだ。

燃やしすぎて、文化財が無くなったわけではない。パッと思いつくだけでも、三十三間《さんじゅうさんげん》堂《どう》、聖護院、大覚寺《だいかくじ》、毘沙門堂《びしゃもんどう》、陽明文庫《ようめいぶんこ》、時雨亭文庫《しぐれていぶんこ》、六波羅蜜寺《ろくはらみつじ》などなど、まだ数多く残っている。北野天満宮もだし、それこそ、岡崎公園のすぐ北にある平安神宮《へいあんじんぐう》だって、文化財だ。

岡崎公園でなければならない理由があったのだろうか？

あるいは、岡崎公園のあの一帯、文化ゾーンともいえるあの場所でおきた放火事件だから、犯人にとっては同じ意味を持つのだろうか？

それともまさか、最初から文化財がターゲットでは無かったとか？

だとしたら、考え方が根本から変わる。

第二に、未成年が犠牲者になったこと。周には、これが一番大きな変化に思えた。

今までのは、無差別殺人に見せかけた復讐殺人だったはずだ。マルチ商法やネズミ講に参加し、多くの人を不幸にした連中への復讐だと思っていた。

今回犠牲になった一四歳の少年と教師の名前は、例の帳簿には無い。

手口が変わったということだろうか？

周自身が口にしたことだ。警察もあほではないのだから、自分が犯人なら、ここで終《しま》いにするか別の手口を考えると。

それとも、どこかで考え違いをしているのだろうか……

第四章　蠟燭は燃えているか

一

京都は再び騒然となった。

いきなり大勢の観光客が戻ってきたとき同様、潮が引くように人が消えていく。

「もう大丈夫だと思って旅行に来たんですけど、やっぱり危ないみたい。家族からも帰って来いって言われて、今から戻るところなんです。せっかく宿が取れたと思ったら、キャンセル代払わなきゃならなくて、もう散々」

京都駅の新幹線乗り場で、地元の東京へ帰るところだという五〇代の女性が、テレビのインタビューで唇を尖らせていた。

他人事のような態度に腹が立つが、女性本人は、せっかくの旅行を台無しにされたと、まだインタビューで愚痴っていた。

続いて、四条河原町の映像が流れる。

びっくりするぐらい人の数が少ない。

紅葉が見頃なこの季節に、むしろ一番混雑するこの時期にだ。北野天満宮もとっくに色づいて、赤、橙《だいだい》、黄色の葉っぱで、点描画のような景色を生み出している。きっと他の場所も同じだろう。

なのに、京都市最大の繁華街からも、観光客が消えていた。河原町や寺町《てらまち》、新京極はもちろん、八坂さんから清水寺方面の東大路通さえだ。歩道は鮨詰めになっている記憶しか無いから、違和感さえあった。

それでも通りの店は営業しており、これが日常なのだと嫌でも思い知らされる。

こちらの方が暮らしやすいとは、地元住民としての率直な感想だ。でもそれ以上に、ちぐはぐさが恐ろしい。テロ、あるいは無差別殺人が、世間に大きな恐怖を与えていることは間違いなかった。

おかげで、京都府警のトップが緊急記者会見を開き、事件の早期解決を誓うはめになったが、今のところ効果は見られない。

無理もない。事件の規模が大きすぎて、京都府警だけでは対応できていないようだ。

犯人の標的は、文化財や観光地だと最初は思われていた。そのため、京都中の文化財の警備に人員が割かれたが、当然人手が足りるはずが無く、全国から警察官が集められた。

それでも、すべてを警備するなんてできない。国宝と重要文化財は二〇〇〇以上あるし、建造物に限っても、二〇〇以上はある。

かと思えば、犯行予告が周個人になされたと考えられ、警護が付けられることになった。

それも、岡崎公園で事件が発生したことで、今では犯人が無差別に火を付けているとの見方が大多数を占めていた。

周の警護は、唐突に終わりが告げられた。人手が足りず、混乱が続いている中、貴重な戦力を割く余裕も無いのだろう。佐野が、いつでも連絡をくれとの言葉を残して、あっけなく去って行く。

九月から始まったこの放火事件も、もう一二月だというのに、表面上はなんの進展も見られなかった。警察の信用は地に落ちていた。

ここまで騒ぎが大きくなると、自分が当事者なのか、巻き込まれた側なのか、加害者なのか被害者なのかも、わからなくなる。

そもそも加害者も被害者も、わずかな差でしかないのかもしれない。

動画の炎上ひとつをとっても、それは感じた。

罵詈雑言を書き込んだ連中は、自分達のことを、正義を執行する善良な一市民、あるいは、不愉快な思いをさせられた被害者だと思っていたのだろう。だから周のことを叩いた。その時点で彼らは加害者になり、周は被害者となった。

テレビでインタビューに答えていた女性は、旅行を台無しにされた被害者だと、自分のことを憐れんでいた。その態度に、火を付けられた京都人としては思うこともある。簡単に言えば、癇《かん》に障った。被害者だと言えなくもない。

菜夏の父親も、最初は被害者側だったのに、癌になった妻のため、詐欺をする側にまわって、加害者として実刑をくらった。

ほんのわずかな差で、被害者も加害者も入れ替わる。

諸行無常で、色即是空、空即是色だ。

目に見えるもの、形づくられたものは、実体として存在せず、常に変化し続ける。不変なる実体は存在せず、些細な縁で現象は変化する。仏教の授業で習った言葉だ。

宗教を嫌っているはずなのに、こういうとき、普段から耳にしている言葉が出てくるのが、我ながらおかしい。

周の思考は、玄関のドアが開く音で中断させられた。

鍵をかけているはずなのにどうして？

「ただいまー」

さっき出社したばかりの母親の声だ。驚いて、玄関へ向かう。

「あれ、お母ちゃん、会社は？　まだ昼前やで？」

「辞めてきた」

簡単に告げられて、理解するのが遅れる。

ようやく言葉の意味が脳に染み込んで、周はひっくり返る寸前の声で叫んだ。

「は⁉　辞めた⁉　会社を⁉　なんで⁉」

「子供が大変な目に遭《お》うてんのに、仕事優先せえゆうてくる会社なんか、こっちから願い下げや」

母親の吐き捨てたセリフに、不覚にも鼻の奥がつんとなる。

だが、動揺もあった。母親は、今の会社ではそれなりの地位にいるし、仕事そのものを楽しんでいる。結果に誇りをもっていることも、知っていた。

「お母ちゃん。うちのせいで仕事辞める必要なんかあらへんにゃで。あの仕事、お母ちゃんの生きがいなんやろ？」

「あほか！」

一喝されて、あまりの声量と鋭さにたじろぐ。

普段から怖い母親だが、ここまで激昂《げきこう》することは滅多にない。

「子供のために自分をなげうったんで、親の価値があるかいな！」

「そうゆうてくれんのは嬉しいけど、でも……」

「取り敢えず、今日はごちそうつくるで。せっかく無職になってんから、やりたいことやらんと」

問答無用で、母親がキッチンへ向かう。

両手には、大量の食材が詰め込まれたエコバッグが握られていた。

さらに問い詰めようとしたとき、スマホが『愛にすべてを』を歌いだす。フレディ・マーキュリーが切実に愛を求める中、応答アイコンをタップすると、父親の悲愴《ひそう》な声が飛び出した。

「お母ちゃん、帰ってるか？」

「会社辞めたてほんまなん？」

「お父ちゃんも今聞いたとこやねん。そやけど、前からおかしいなとは思てたんや。最近、やたら僕に仕事押しつけて来るし、引き継ぎみたいやなて思てたもん。これのせいやったんや」

深いため息が電話の向こうからこぼれてくる。

「一応、本部長のとこで辞表は止まってるし、有給扱いにしてもらえたけど、いつまで保《も》つかはわからへん。取り敢えず、この後上の方と僕とで相談してみるわ。今お母ちゃんに抜けられたら困るんは、会社も同じはずやしな。代わりにお前が辞めろて、お父ちゃん、針のむしろやねん」

「それ、娘としてはどう反応したらええかわからへんにゃけど」

「冗談やて。お母ちゃんが凄すぎて霞《かす》むけど、一応お父ちゃんかて、何個かプロジェクト成功させてるんやで。まあ……失敗の方が多いんやけど」

「うち、お父ちゃんのそうゆう正直なとこ好きやで」

「その言葉、周ちゃんの結婚式の時、親族代表挨拶で使わしてもらうな」

「そうゆう冗談は嫌いやけどな」

「とにかく、お母ちゃんにはそうゆうといて。席は残ってるし、有給消化中に気が変わってもかまへんて」

頷いて通話を切ると、暖簾をめくって母親が顔を覗かせた。

「あんた、ひまわりの会にまだお世話になってるんやろ？　これからあほほどおやつ作るし、持ってったあげて」

「というわけで、差し入れです」

「凄いな……こんなぎょうさん、ほんまにお母さん一人で作らはったん？」

高橋が、山のように積まれた胡麻《ごま》団子やらケーキやらに感動する。

綺麗にラッピングまでされていて、お店のショウケースに並んでいてもおかしくないスイーツが、ひまわりの会のテーブルに並べられていた。

「子供たち、喜びますね。私、自習室に持って行きます」

芝崎が適当にお菓子を見繕って、向かいの部屋へ向かう。

「これ、レシピ教えて欲しいくらい。うちの弟も料理好きやから、喜ぶ思います」

唇についたあんこをなめ上げながら、藤城が嬉しそうに頬を緩める。おかげで、珍しく藤城の素顔を見た。ただし、食べ終えるとまたすぐにマスクがつけられ、小首が傾げられた。

「そやけど、こんなたくさん、ほんまにええんですか？」

「うちのお母ちゃん、食べるよりも作る方が好きなんです。それも、手の込んだもんを大量に作るんが。今頃魔女の釜みたいな鍋で、いろんなもん煮込んでるんとちゃうやろか」

「うらやましいです。うちの母、料理はあまり得意じゃなくて、お手伝いさんに作ってもらうか外食のどっちかで。母親の味っていうの、憧れます」

芽衣の嘆きに、にこりと周は微笑み返す。

「それ、明日からの二週間、三食カレーでも同じセリフゆえるか？　チーズ載せたり、副菜でごまかすんも、限界あるんやで」

「……魔女の釜って、比喩じゃないんですね」

笑った芽衣の口の中に、胡麻団子を押し込む。

抵抗すること無く咀嚼して、芽衣は二つ、三つと、次々に自分で、別のおやつを口の中に放り込んだ。

なごやかな空気に包まれる中、事務所の電話が鳴った。すぐに藤城が対応する。眉が不審そうに跳ねた。

「周さん。電話です」

「え？　うち？」

「瞳子ちゃんのお母さんと名乗ってますが……おかしいですね、今までどれだけ連絡しても繋がらなかったのに。それも、周さんを指名して連絡してくるなんて」

訝しみながら、受話器を受け取る。

「真田さん？　私やけど……わかるやろか？　木之下です」

「……おばちゃん？　ほんまに、瞳子のおばちゃん？　どないしゃはったんですか？　てゆうか、なんで電話、ここに？」

「うん。ごめんな、いきなり。でも、真田さんに、どうしても知らせたいことがあって。そやけど私、ケータイの番号知らんから、ネットで、前にゆうてたひまわりの会ゆうの調べて、ほんでここにかけてみたんよ。ほしたら、うまいこと見つかったみたい。よかったわあ」

早口でまくし立てる様子に、興奮しているのがわかる。声は掠《かす》れていたが、灯ったように明るく、弾んでもいた。

「あんな。あの子から、連絡があってん」

一瞬、周囲の音が消えた。おやつに喜んでいる一同の声すら、耳の神経がシャットアウトする。

「ほんまですか!?」

今さら誰からの連絡かなど、尋ね返さなかった。わざわざ自分に連絡してくるほどの理由なんて、瞳子からに決まっている。

ただ事で無い雰囲気を察知して、事務所の空気が変わった。

「うん。ほんまやで。あの人のスマホに連絡があってん。私はスマホ持ってへんからやろな。ほんで、お母さんに、私に会いたいて」

「ほんまですか。ほんまに……ほんまなんですね？」

感情が追いつかなくて、同じ言葉を繰り返す。

「私もびっくりしてんけど、ほんまにほんまやねん」

鼻を啜る音が何度も鼓膜に引っかかる。

「ほんでな、今から会いに行ってこよう思うねんけど、真田さんにだけは、教えとこう思て」

「え？　それて、瞳子がどこにいるか連絡してきたゆうことですか？」

具体的な名前を出したことに、その場にいた全員がざわついた。

「もしそうやったら、うちも同行させてください。お願いします！」

「ごめんな。瞳子から、一人で来て欲しいゆわれてんねん。そやけど、やっぱり真田さんだけにはゆうとかなあかん思て。あの子がいいひんようになってから、真田さんだけは、ようしてくれたから」

「待ってください。おばちゃん、それほんまに瞳子なんですか？」

一気に怪しくなった。しかし由美子は疑う素振りすら見せない。

「あの子の声、私が聞き間違えるはずないやん。そやから、瞳子に会《お》うてくるわ。会えたら、またすぐに連絡するさかいな」

「待って、おばちゃん！　おばちゃん！」

話の途中で電話が切られた。感極まっていて、後半はこっちの話をまったく聞いていないようだった。

「瞳子ちゃん、見つかったん？」

高橋が、こっちの表情から不穏さを感じ取ったのか、喜んでいいのかどうか悩むような顔で尋ねてくる。

頭を横に振れば、一同はがっくりと肩を落とした。

「ちゃうんです。瞳子のお母さんからやったんですけど、本人から連絡あったて……」

「ほなやっぱり見つかったんやん。なんでそんな顔してるん？」

「なんかおかしいんです」

会話の中身を全て話すと、藤城が形のいい眉をひそめた。

「確かに、振り込め詐欺に似てますね」

「それです！　それに近いもん感じたんです！」

的確な指摘に、さらに気づくことがある。

「ひょっとしたら瞳子のお母さん、危ないかもしれへん。今までの被害者とか、多分ですけど、メッセンジャーアプリ使《つこ》て呼び出されてたはずなんです」

木之下家には固定電話もあった。瞳子は、父親が亡くなったことを知っている。

なのに、父親のスマホに連絡してきた理由はなんだろうか？　亡くなってからそれなりに日は経っている。解約されている可能性は十分にあった。

瞳子を名乗った相手は、電話ではなく、メッセンジャーアプリでかけてきたのかもしれない。電話契約が解約されていても、Ｗｉ－Ｆｉが繋がっていれば、利用は可能だ。

周は、被害者や放火の実行犯達は、闇バイトのように集められたと予想していた。

今までの推理や予想、一連の放火事件が復讐殺人の可能性があることを告げると、高橋達は衝撃を受けたように目を剝き、後ずさった。

「うそやろ。そんなこと……あの二人が、ほんまに？」

「できればうちらも、違《ちご》て欲しいんですけど……」

「でも、気になりますね。わざわざ痕跡の残りにくいアプリで連絡して来たかもしれないなんて……」

藤城が机に肘を突きながら、眉根を寄せた。

「ちょっと、木之下さんのお宅に行って、話を聞いてこよう思います」

「そやけど、今から出かけるてゆうてはりましたよ」

答えずに、藤城は受話器を取って、リダイヤルボタンを押した。

「もしもし。木之下様のお電話ですか？　そうです、さきほど対応させていただいた、公益社団法人京都支援活動協会の職員で、藤城と申します。ひまわりの会というのは、愛称で……はい、少しお伺いしたいことが。いえ、真田さんはなにも。私が職員としての責任でお電話させていただいています。一度お会いして、状況を確認させてください。お時間は取らせません。娘さんを無事に保護するためにも、必要なことなんです。瞳子ちゃんは……そうですか。今から二時間後。でしたら三〇分ほどでお伺いしますので、どうか……ありがとうございます」

受話器を置くと同時に、藤城が席を立つ。

「というわけです。許可をもらいましたので、木之下さんにお会いしてきます」

「待って待って！」

止めたのは、高橋だった。

「話聞く限りでは、危なそうやんか。女性に……いや、こんなんゆうたら女性差別かもしれへんけど、それでもやっぱり、女性を危ない目に遭わせるんは、黙ってられへん。僕も連れてって」

「それやったら、うちもお願いします！」

周も頼み込むが、藤城の目には確固とした意思があった。

「ここで約束に無い行動したら、信用を失います。木之下さんにお話を聞けなくなったら、それこそ大変なことになりますから。ひとまずは私に任せてください」

努めて突き放しているような喋り方だった。職員としての責任感が、そうさせるのだろうか。

「それに、瞳子ちゃんと菜夏ちゃんは、私の担当でした。危険やからゆうて、途中で投げ出すことはしたくありません。最後まで私が面倒見るんが、筋やと思います」

「それゆうたら、僕かてあの二人の面倒はよう見てたで」

「高橋さんは正規の職員やありません。ボランティアスタッフです」

「……それゆわれると辛いな。そやけど、ここでもう一五年以上やって来てるんやし、信用してくれてもええんちゃう?」

「危ないからついて来るてゆわはりますけど……それこそ高橋さんになにかあったら、ご両親はどうしゃはるんですか?　特にお母さん、足が不自由で、病院の送り迎えも大変やゆうてはったやないですか」

痛いところを突かれたように、高橋は髪の毛をかき混ぜる。

「大丈夫です。この仕事してから、トラブルは日常茶飯事ですから。危ない目に遭《お》うたことも、数えきれへんくらいありますし、今さらそんな心配いりませんよ」

言いながら、藤城は鞄に書類を詰め込み、パンプスを運動靴に履き替えた。

「そうゆうわけやから、周さんも連れて行けません。警察へは、一度木之下さんとお話ししてから、連絡するかどうかを判断します」

後半は、他の職員に向けての連絡だった。自分との対話を拒絶されて、高橋は諦めたようにうつむいた。

その横を通り抜け、周はさりげなくマンションを後にしようとする。

「どこ行くつもりですか、周さん」

玄関を出たところで見つかって、芽衣に呼び止められた。

「どこて、藤城さん、車で瞳子の家行くんやろ?　今からバスと地下鉄使《つこ》たら、間に合うかもしれん」

ここから車で、木之下家のある京都駅八条《はっちょ》口へ向かうには、東大路通か河原町通を下っていくのが一番の近道だ。ただし東大路は、このご時世でも八坂さんから清水寺あたりまでの車道は絶対に渋滞する。藤城は必ず河原町通を下っていくはずだ。となると、本人が言っていたとおり三〇分近くはかかるだろう。

対して、最寄りのバス停である熊《くま》野《の》神《じん》社《じゃ》前《まえ》から丸太町までバスを使い、丸太町駅から京都駅まで地下鉄を使えば、二〇分ぐらいで着く。そこから走れば、藤城に先行するか、ほぼ同時に木之下家へ間に合って、瞳子の母親から話を聞くことができるはずだ。

「何考えてるんですか。危ないって、自分で言ったんですよね？　次は瞳子ちゃんの家が燃やされるかもしれないじゃないですか。周さんが巻き込まれたらどうするんですか」

「大丈夫やろ。瞳子の家は、別に文化財やあらへんし」

「岡崎公園だってそうでしたよね」

「そやけど――」

「藤城さん！」

話の途中で、ちょうど事務所から出てきた藤城に、芽衣が声をかける。

「ついでに、家まで送ってもらえませんか！　そろそろ日も暮れますし、交通費も節約したいので。お願いします」

「それぐらいやったらいいですよ。時間の余裕もあるやろうし」

やられた……自宅からなら、バスや電車を使っても車には追いつけない。それに、ここで相乗りを断ると、芽衣が藤城に周の企《たくら》みを漏らすかもしれない。

観念する他なかった。

二

藤城に家まで送ってもらい、車を降りると、芽衣も一緒についてきた。

「今日はまだ帰りたくなくて。だから、お部屋にお邪魔してもいいですか？」

「……かまへんけどな、芽衣ちゃん。それ、他人にゆうたらあかんで。絶対やで」

「？」

うわめづかいのまま首を傾げる天然の年下に、舌打ちしそうになる。この子の将来が心配だ。

「ほな、進展があったら連絡しますね」

藤城を見送りながら、周は自分でも気づかないうちに、手のひらを強く握りしめていた。

それに気づいて、申し訳なさそうに、芽衣が視線を落とす。

「すみません。出しゃばった真似して」

「芽衣ちゃんはなんも悪ないで。車乗ってる間に冷静になれたからわかるけど、まっとうな判断やと思う」

「でも、不満なんですよね？」

「……結局最後は、大人に頼らなあかん。それが悔しいゆうたら悔しいわ。早《は》よ大人になりたいとは思わへんけど、学生ではでけへんことが多すぎる」

「やっぱり、一緒に車を降りてよかったです。周さん、ほっといたら、藤城さんを追いかけそうな気がしたんです。見張っておかないと、と思って」

「相手は車やで。それに、こっからやったら、バス使おうが電車使おうが、どうやっても追いつかへんわ」

「つまり、追いかける手段があったら、追いかけてたってことですよね」

言い返さず押し黙り、微笑んでごまかした。

「最近、周さんのこと、なんとなくわかるようになってきたんです。そうやって笑ってるときは、何かをごまかしてるんですよね」

指摘されて、周は隠すように顔を背け、スマホを弄った。

『次も、次も、お前が燃える』

見るともなしに、動画チャンネルのコメントを見る。

この動画が炎上してから三ヵ月ちょっと。どれだけ振り回されて来たことか。

なのに、瞳子達の情報は大して得られず、犠牲者ばかりが増えていた。

考えているとおり、瞳子が放火犯の一味なら、これからどうなるのだろうか。

日本では、犯罪者本人だけでなく、その家族や親しい人間までも批難の対象となる。瞳子の母親の今後が心配だ。そのあたり、藤城がちゃんと話してくれているといいのだが。

それ以前に、今は瞳子の母親が危ないかもしれない。

「今さらなんやけど……次も次もて、なんで二回繰り返してるんやろ」

口にした瞬間、得体の知れない恐怖が体温を奪った。たまらず震えて腕をさすれば、さむいんぼが出ていた。

「そういえば変ですよね。今回だけですもんね。次も犠牲者が二人出るって意味なんでしょうか？」

「そやけど、今までかて犠牲者は一人とは限らんかったで。もっとぎょうさんいたやん」

「……じゃあ、二回連続で放火事件が起こる、とか？」

「それが正しいとして……そうなると、一回目は、瞳子の家の可能性が高いな」

親のカルトに苦しめられての犯行だとしたら、むしろわかりやすい。そういう事件も、実際にいくつか報道されている。

「そやけど、その次は？」

周の疑問に、芽衣は答えられない。周も、瞳子の復讐相手となると、他に思いつかなかった。だが、もう一人、復讐に身を焦がす人物がいる。

「菜夏ちゃんは？」

「菜夏ちゃん？　菜夏ちゃんが狙われるっていうんですか？」

「ちゃうちゃう。菜夏ちゃんが復讐したい人……今までの被害者の中に、いてへんのちゃう？」

「瞳子ちゃんのお父さんがいるじゃないですか」

「それもそうやけど、もっと直接的に復讐したい相手。ほら、妹さんが、顔に傷つけられて、ほんで、教師がいじめてた側を庇《かぼ》たてゆうてたやん。あの二人は？」

あっ、と芽衣は口と目を開く。

「言ってましたね。確かにあの二人のこと、絶対許さないって言ってました。そうですよね、これだけ派手に事件を起こしてるのに、その二人だけ見逃すなんてこと、考えづらいですよね。じゃあ、瞳子ちゃんの家の次が、その二人なのかも」

「ちゃう……」

思い至ることがあって、周はネットニュースを検索した。

「岡崎公園の被害者や。あの二人が多分、そうなんちゃうか。小学校時代の担任と生徒やて報道してたやろ」

「あ！　そうかも！　だって、菜夏ちゃんの妹ちゃん、もう中学生になってるはずですから」

年齢的には、未成年の被害者と一致する。それに、二人は元担任と生徒だったということまでわかっている。

とっくに菜夏の復讐相手は殺されていた。

だとしたら、ますますターゲットがわからなくなる。

「まだ生き残ってて、二人に縁のある人て……」

「私、ですか?」

「それだけは無いな」

確信を持って、周は否定した。芽衣自身も、強く頷き返す。不安視はまったくしていないようだ。むしろ別のことに気づいて、周は口元を押さえた。

「瞳子と菜夏ちゃんの担当て、藤城さんてゆうてたやんな?」

芽衣が、目を見開いて後ずさる。危うく車道にはみ出すところだった。

今になって、二人は家にも入らず、その前の歩道で話し込んでいたことに気づいた。それでもまだ、その場に留まりながら会話を続ける。

「藤城さんを殺すために、瞳子のお母さんに、うちにだけは連絡してええてゆうたんかも」

「でも、なんで藤城さんが狙われるんですか？　むしろ藤城さんは、二人のこと、サポートしてたのに」

「そのサポートが上手いこと行かへんで、恨んでたゆうことはあらへんか？」

　即答せず、芽衣が唇を噛みしめる。それだけで、藤城との関係性がわかる。

「……藤城さんと菜夏ちゃんの相性がよかったとは、言わないです。衝突するのはしょっちゅうでした。でもそれって、ひまわりの会に来てる子達なら、大なり小なり当てはまるんですよね。高橋さんだって。あそこにいる子達の多くは、大人が信用できなくて、夜にうろついたりしていた子が多いですから。心を開かない、でも行く場所がなくて仕方なく来てる、そんな子の方が多いんです」

「ほな、取り敢えず可能性はあるわけや」

「いやでも、回りくどくないですか？　藤城さんを呼び出したいなら、電話なりメールなりでよかったはずじゃないですか。それに、瞳子ちゃんのお母さんがひまわりの会に連絡するかどうかも、わからないですし」

「ひょっとしたら、怪しまれる思たんかも。もし本当に藤城さんを殺そうとしてんにゃったら、本人に感づかれて、警察呼ばれたりするかもしれへんし」

「そっか。ひまわりの会にかかってきた電話なら、職員がまず対応するはずですから、そうやって間接的に、自分達の存在を知らせたわけですね」

「それで、うちには連絡してもええて、言づて残してたんかもしれん」

いろんなタイミングのせいで、周は瞳子とも電話番号を交換していない。それを利用して、こんな回りくどい方法を使ったのかもしれなかった。

「取り敢えず、藤城さんに連絡してみます」

急いで、芽衣が電話をかける。

「駄目です。ドライブモードになってて、繋がりません」

「どないしよ……」

二人が危ない。だが、追いかけるには、手段が無い。高橋か誰か、ひまわりの会に連絡を入れようかとも思ったが、間に合うかどうかわからない。すでに二人が車を降りてから、三〇分程が経っている。ひょっとしたら藤城は、今頃木之下家に到着しているかもしれない。

悩んだのは、数秒だった。悪いことだとはわかっていたが、周は玄関からバイクの鍵を引っつかむと、父親のビッグスクーターに跨がった。

今となっては少し古い、完全ガソリン車だ。

そのタンデムシートに、さも当然のように芽衣が腰掛ける。

周も自然に母親のヘルメットを手渡した。

「横についてる機械のボタン、長押しして。それでヘルメットしたまま、会話できるし」

「本当だ。中にスピーカーとマイクがついてるんですね」

「うちの両親、若い頃は二人でツーリングとかしてたんやて。今でもたまに出かけたりしてるわ」

言いながら、エンジンをかける。バイクがのろのろと発進し、バランスを崩しかけた。

「やっぱガソリン車は重いな。それに、二人乗りも、ちょっと難しいわ」

軽口を叩きながらも、まずは目の前にある御前《おんまえ》通を下っていく。

「それにしても、周さん、免許持ってたんですね。進学校だって聞いてたから、ちょっとびっくりです」

スピーカーが繋がっているから大声を上げる必要はないが、芽衣の声は大きい。

対する周の声は、平常時より小さかった。

「……いずれ取ろうとは思てる」

「……え？」

ぎゅっと抱きしめる力が強くなって、胸が背中に押し当たった。

「あら。芽衣ちゃん、意外とあるやん。ひょっとしてうちより――」

「降ろしてください！　降ろして！　降ろして～！」

話の途中に悲鳴が割り込んでくる。

「暴れたら余計に危ないで。腹くくり」

恐怖が勝ったのか、黙ったまま、さらに強い力でしがみつかれた。

「周さんて、ほんま……ほんま、大概ですよね！」

「法律守って、人が死ぬのん指くわえて見てるか、法律破って、死にそうな人助けるんか……倫理の授業でありそうやな」

「それらしいこと言ってますけど、これって、うわあああ⁉」

急加速にまた悲鳴があがり、ヘルメットの中で芽衣の声が響く。うるさくて耳を塞ぎたくなるが、運転が安定してくると、徐々に沈黙に変わった。

お尻から伝わる振動が懐かしい。小さい頃は、父親の後ろに乗って、遠出したりもした。見よう見まねで、ウインカーや車線変更もこなし、加速や減速も、後ろに人を乗せている割にはスムーズだ。

車の量が少ないのが幸いした。一連の事件で、外出を控える人は多いらしい。

目の前の信号が赤になりかけ、直前で東へ入り、地元民しか歩かないような細い道を使って、ジグザグに南東へ進んでいく。

初めて通る道だが、洛中《らくちゅう》の道は碁盤の目になっているから、なんとなくの方向へ進むだけで目的地に近づけた。横の通り名はわらべ歌で覚えているから、道にも迷わない。

♪丸《まる》竹《たけ》夷《えびす》二《に》押《おし》御池《おいけ》。

今はその丸太町通を走っている。堀川《ほりかわ》通を下り、二条城《にじょうじょう》の前を走り抜けて、御池通を東へ入る。

また信号に捕まりそうになって下り、名前も知らない細い道を通り抜けた。縦の通り名も同じようにわらべ歌があるが、こちらは覚えていない。寺《てら》御幸《ごこう》麩屋《ふや》富《とみ》……後は思い出せなかった。

♪姉《あね》三《さん》六角《ろっかく》蛸《たこ》錦《にしき》。

初心者マークの車が前に現れる。後ろを走るのがもどかしくて、六角《ろっかく》通に入った。

狭い道に難儀して、すぐにまた下る。

♪四《し》綾《あや》仏《ぶっ》高《たか》松《まつ》万《まん》五《ご》条《じょう》。

四条通に出た。正面に、大垣《おおがき》書店の本店がある。四条烏丸から一本だけ西に入った道だ。そのまま真っ直ぐ下って、どんつきを東へ入る。すぐにまた下って、烏丸五条で信号に捕まった。

「……よかった。私、まだ生きてる」

芽衣がぐったりと体重を預けてくる。

周も、多少の速度違反はしたかもしれないが、順調に運転できてほっとしていた。

♪雪駄《せきだ》ちゃらちゃら魚《うお》の棚《たな》。

ふと見上げると、京都タワーが見えた。いつもはライトアップされているが、放火事件からずっと消灯していて、今は火の消えた蠟燭のようだ。なのに、妙な安堵感がある。周が生まれるずっと前からあったものだ。普段は意識しないが、気がつけばそこにあるのが当たり前の感覚になっていた。

♪六《ろく》条《じょう》三《さん》哲《てつ》通り過ぎ。

信号が青になると同時に走る。

♪七《ひっ》条《ちょう》越えれば八《はっ》九《く》条《じょう》。

東本願寺を越えたところで、河原町通へ向かう。

そのまま下り続けてJRの高架下をくぐれば、東九条地域だ。

♪十《じゅう》条《じょう》東《とう》寺《じ》でとどめさす。

わらべ歌通りにたどり着き、細い道を入って、木之下家の前にバイクを止める。藤城の車は見当たらない。

時計を見ると、藤城と別れてから既に一時間以上が経過していた。瞳子の母親と話し終えて、家を出た後なのかもしれない。

考えるのは後にして、インターフォンを鳴らす。

「おばちゃん！　うちです！　周です！　おばちゃん、いてはりませんか！」

ドアをノックしながら声をあげるも、反応は無い。中に人がいる気配も感じなかった。

肩が落ちて、ドアにもたれる。鍵がかかっていなかったのか、ドアが開いた。

「おばちゃん？　入りますよ？」

芽衣には外で待つよう言って、周は家の中に足を踏み入れる。

前にも嗅いだ、ヒノキの匂いが強く香ってくる。芽衣が言っていた精油だろう。その隙間を縫うように、甘い匂いが鼻を突いた。

この匂いに覚えがある。どこで嗅いだ匂いだったか……思い出せないのに不快な感情が刺激された。

「おばちゃん？」

先日も通されたリビングに足を踏み入れると、ヒノキと甘い香りは、さらに強くなった。

芽衣の言葉を思い出して、部屋の隅へ視線を向ける。暗いが、目が慣れてきて、コンセントに差さったアロマポットが見つかった。

その隣に、横たわる何かがある。

人だ。

ぞわりと、冷たい手で身体中を撫でられるような悪寒が走った。

瞳子の母親、由美子が、目と口を半開きにしたまま仰向けに横たわっていた。

「おばちゃん！　おばちゃん！　どないしたんですか、おばちゃん！」

揺すって起こすが、反応は無い。間違いなく、呼吸が止まっている。

甘い匂いは、死の匂いだったのか？

「なんで……おばちゃん、なんで」

死体を見るのは、これが初めてではない。それでも、無数の蛇に絡みつかれるような震えが、髪の毛一本一本にまで染み込んでくる。

胸の奥から圧迫感が込み上がって、逆流した胃液が口の中を苦くした。

「どうしたんですか、周さん！」

「あかん！　入って来たらあかん！」

芽衣に死体を見せるのは憚られた。苦味と酸味を堪えながら、床に手を突く。さらに死の匂いが強まった。

瞬間、呼吸すら止まる思いで、周の身体が凍り付く。

「……違《ちゃ》う」

瞳子の母親は、少なくとも電話した二時間前には生きていた。

死臭は、そんなに早くするものだろうか？　身体にはまだ、熱さえ残っているのに。

よく嗅げば、脳がくらっとするような、薬品めいた刺激がある。

ヒノキの匂いの強さと、さっきまでバイクを運転していたせいで気づくのが遅れたが、これは、まさか……

「芽衣ちゃん……」

恐る恐る、声を上げる。

「どうしました？」

「そこで聞いて。絶対、中に入って来たらあかんで」

「声震えてますよ。一体どうしたんですか？」

「そやから、絶対に入って来たらあかん。てゆうか、逃げて。ガソリン撒いたある」

「ひっ――!?」

押し殺した悲鳴が聞こえる。

木之下家は、静電気程度の火種でも爆発する危うさに満ちていた。

今着ているセーターは、ウールだ。

急いで動くこともできなくて、周は腰が抜けたように、ゆっくりと床を後ずさっていく。

ふと、コンセントに差しっぱなしのアロマポットが視界に入った。

頭頂部の、精油を垂らす受け皿部分は、とっくに干上がって空になっている。それどころか、熱を加える部分が赤々と灯っていた。異常に発熱するよう改造されているのは、明らかだ。それがどういうことか理解でき、恐怖が頭から爪先まで駆け抜けていく。気がつけば周は、転がるように木之下家を飛び出した。

「周さん！　こっちです！」

かなり離れた場所で、芽衣が飛び跳ねている。

そちらに向かって走り出すと、背中を押されるような空気の膨張を感じ、熱が生まれてつんのめった。爆発音を聞いたのは、それからだった。

バランスを崩しながらもよろよろと走り続け、振り向く。

木之下家が燃えていた。

アロマポットの熱が上がり続けて発火し、揮発したガソリンに引火したのだろう。ヒノキの精油は、ガソリンの匂いをごまかすためというよりは、蒸発するまでの時間を稼ぐための、いわば時限爆弾の役目をはたしていたに違いない。

間一髪だった。本当に紙一重だった。ぎりぎり助かって、へなへなとその場にくずおれそうになる。すんでのところで、芽衣が身体を支えてくれた。

改めて木之下家を眺めれば、派手な炎が不気味に辺りを照らしていた。黒煙が立ちのぼり、邪悪な竜がとぐろを巻いているように見える。

周は、恥も外聞も無く、芽衣に抱きついた。その柔らかさをかき抱くことで、生きていることを、助かったことを実感できた。

抱きしめ返されて、涙が出そうなくらい安堵する。それでも、こぼれた声は、凍えたように震えていた。

「警察……電話、せんと」

芽衣が頷き返し、一一〇番してくれる。

たちまち周囲から人が集まり、騒然となった。

「警察、すぐ来てくれるそうです。とにかく、ここにいると消防車の邪魔になりますから、少し離れましょう」

言われるままに、なんとか近くのコンビニまで移動した。温かいお茶を買い、身体を落ち着かせる。

それから、ずっと質問したそうな顔をしていた芽衣に、冷えた声で告げた。

「おばちゃん、死んでた」

口元を押さえながら、芽衣が息を呑む。

「じゃあ、藤城さんは？」

「少なくとも、一階にはいいひんかった」

二階にいたなら、もう助からないだろう。ただ、誰かがいるような気配も無かった。

急いで芽衣が藤城に電話をかける。ドライブモードは解除されていないらしく、繋がらなかった。電源は入っているようだから、燃えてしまったわけでは無さそうだ。

「部屋には、アロマポットとガソリン使《つこ》た時限発火装置みたいなもんがあったわ。あれが、放火に使われてた仕掛けやと思う。そやから多分、今回のも、瞳子か菜夏ちゃんの仕業かもしれへん」

「だとしたら、瞳子ちゃん、自分のお母さんまで……」

既に父親を殺している。ためらわないということだろう。強い憎しみを感じた。ひょっとしたら、藤城ももう……

不吉な考えを、頭を振って追い出す。

せめて車が見つかれば、そこから行動範囲を絞り込めて、探し出せるかもしれないのに。

「とにかく、ここ、離れましょう。その……バイクの運転がばれると、それも、まずいと思うので」

頷いて、エンジンをかけようとしたとき、バイクの鍵にじゃらじゃらとくっついているキーホルダーが目に入った。その中のひとつに、見覚えがある。

「トラッカー！」

黒くて四角いそれを、藤城が運転する車に放置してあったはずだ。あの後、瞳子に命を狙われたと勘違いしたこともあって、すっかり忘れていた。

急いでアプリを立ち上げ、場所を検索する。

藤城の車は、近くの別のコンビニに停まっているようだった。アプリによると、ここから歩いて五分ほどの距離だ。

そう思っていると、芽衣のスマホが鳴った。その藤城からだった。

「もしもし！　藤城さん、無事ですか⁉」

「はい。二〇分ほど前に、無事に話が終わったところです」

微妙にずれた返答だったが、命は無事なようでホッとする。

同時に、犯人はわずか二〇分の間に、瞳子の母親を殺して、あの仕掛けをセットしたのだと予想できた。経験が蓄積されて、手際がよくなっているのかもしれない。

「そうじゃないんです！　あの、話したいことが――」

「芽衣ちゃん。それと、多分周さんも聞いたはると思うけど、落ち着いて。まだ進展はありませんから。ただ、いろいろ相談して、今回は私が瞳子ちゃんに会いに行くことになりました。

それが終わったら、また連絡しますね」

「ちゃうんです、藤城さん！」

「ごめんなさい。そろそろ時間やし、また後で。時間に遅れて、瞳子ちゃんの信用を失いたくないですから」

通話が切れて、すぐにかけ直すも、またドライブモードで繋がらなかった。

「追いかけよ」

バイクに跨がり、ホルダーにスマホを固定して、エンジンをかける。アクセルを開くと同時に、トラッカーの反応も動き出した。

藤城の車は、堀川通に出て、北へ曲がった。

数分遅れて同じ場所を上っていく。近鉄、ＪＲ、新幹線の三つの路線が密集していて、派手な高架を作っている場所だ。

その手前で赤信号に捕まっている間に、トラッカーの反応が離れていく。青に変わったときには、藤城の車は、高架をくぐった次の交差点を、右に曲がっていた。そのまま塩小路通を京都駅前まで進み、烏丸通を上った。

追いつこうと、周は裏道へハンドルを切る。京都タワービルとヨドバシカメラの間にある細い道を通って、烏丸通へ出た。トラッカーの反応が近い。

いた！　見覚えのあるオレンジ色のＥＶ車が、前を走っている。ヨドバシカメラの北側、さらにその向こうの大きな通りである、七条《ひちじょう》通を西へ曲がったところだ。

やけにぐるぐると動いているなと思っていると、車はそのまま、ヨドバシカメラの駐車場へと入っていった。

周も、バイクをヨドバシカメラの駐輪場に停めて、店内へ入る。

ここからはトラッカーは役に立たない。

「うちは上から順に見てくさかい、芽衣ちゃんは地下二階から調べて。藤城さん見つけたら、お互い連絡しよ」

「わかりました」

メッセンジャーアプリの通話機能を繋いだまま、別れる。一度七階の駐車場までやって来て、念のために車を確認した。

間違いなく藤城の車があった。中は空で、スマホからトラッカーを操作すると、紛失防止機能のアラームが鳴った。

この車から一番近いエレベーターへ向かい、ひとつ下に降りる。レストラン街になっているからか、夕方なのに客の入りはそこそこあった。

飲食店の中を確認しながら、フロアを小走りに調べていく。書店もだ。

さすがに旅行代理店は無視して、下のフロアへ降りた。雑貨店や、衣料品店、スポーツ用品店など様々な店が並ぶが、スーツ姿の女性は見当たらない。

それでも納得する。なるほど、案外こういう場所の方が、人目を憚る待ち合わせには、向いているのかもしれない。客は自分の見たい商品に集中しているから、他の客の顔など確認しないだろう。防犯カメラには映るだろうが。

防犯カメラ……

違和感が生まれる。

今まで菜夏と瞳子は、恐ろしいまでに防犯カメラに映ることを避けていた。文化財を燃やしたときも、防犯カメラの位置を熟知しているようで、怪しい人物の情報はニュースでまったく流れていない。闇バイトで雇った実行犯が一人、捕らえられているだけだ。

だったら、今回の待ち合わせ場所も、防犯カメラに気を遣うはず。家電量販店なのだから、絶対に設置してあるだろう。出入り口は人影に紛れてごまかせても、店内をうろついたりすれば、映像に残るのは避けられない。

今回に限って、そんなことするだろうか？

スマホから芽衣の声が聞こえた。

「周さん！　藤城さん、見つけました！　今、外に出るところです！」

「ヨドバシには駐車場借りただけかいな！　どこの出入り口なん？」

「マックが見える出入り口です！」

「パソコンコーナーがある地下一階でええの？」

「違います、一階です！　ビルを出て少し歩いたらマックがあるところです！」

「それマクドやんか！　マクドゆうて！　マクドて！」

京都には何故か、マクドナルドを略さず呼ぶ人が一定数いる。周の両親がそのタイプで、周はマクド派だった。マックと略す人間に出会ったのは、人生で初めてだ。

外へ出ると、沈みかけた陽の光に混じって、大小様々なライトが辺りを煌びやかに照らしていた。京都タワーこそ燃えてしまったが、京都駅周辺には、様々な商業施設が並んでいる。それなりに賑わいはあった。

一〇メートル程先で芽衣が飛び跳ねている。マクドを越えたあたりで、京都タワーホテルを指さしていた。

もしかして京都タワーにのぼるのだろうか？

あり得る。これ以上文化財が燃えれば、警察の面子《メンツ》にも関わるはずだ。当然、そちらへの警備が優先されているはず。一度燃えた施設は、手薄になっている可能性があった。よく考えられた待ち合わせ場所だ。

中へ駆け込み、藤城を探す。

いた。マスクをしているが、あの濃くて整った眉は隠せない。長くて緩くウェーブのかかった髪も。それに、見覚えのあるトレンチコートだ。履き替えたスニーカーだけがコーディネートとして画竜点睛《がりょうてんせい》を欠いているが、とにかく藤城が一人でエレベーターに乗り込んでいる。ちょうどドアが閉じて、周はすぐに隣のエレベーターを呼び寄せた。だが、遅々としてやってこない。その間に藤城の乗ったエレベーターは、ノンストップで一一階まであがっていった。

「一一階て……」

納得と疑問の両方を胸に覚えながら、やっと来たエレベーターに乗り込む。

二人して呼吸を整えている間に、一一階にやってくる。京都タワーの入口だ。放火された影響か、運営はされていない。展望室へのぼるための専用エレベーターも、動いていないようだ。ただ、献花台が置かれていて、薄明るくだけ電気がついている。

「藤城さん、どこに行ったんでしょうか」

芽衣が声をひそめて周囲を探す。時間が時間だからか、人影はひとつも無い。お土産物コーナーにも何も置かれていないし、レジも見当たらなかった。

それと……思った通り、警備員や警察の姿も見えない。

「多分やけど、京都タワーにのぼったんちゃうか」

「でも、専用エレベーターは止まってますよ」

「ここまで来て、階段で降りたりせえへんやろ」

藤城が乗ったもうひとつのエレベーターは、今も一階で停止している。誰も利用していないということだ。

それとも、尾行に気づかれ、撒かれたのだろうか？

「今の京都タワーほど密会に向いている場所あらへん。放火されたせいで営業してへんし、エレベーターも止まってるんやったら、余計に展望室にのぼる人はおらんやろ」

今回の騒動があってから調べたことだが、京都タワーの持ち主は京都市ではなく、おけいはんで有名な京阪グループだった。

修繕するにしても予算のことがあるのだろう。復旧すると発表されてはいるが、具体的な日程などは公になっていない。

「そうだ。厳密には違うんですけど、だいたいの建物には、避難階段の設置が義務づけられてるんです。京都タワーにもそういうのあるかも」

「さすが不動産屋の娘」

芽衣に従って注意深く周囲を調べると、それらしいものを知らせる標識があった。

辿っていくと、分厚い扉が見つかる。鍵はかかっておらず、開くと螺旋《らせん》階段が見つかった。

ただし、暗い。スマホのライトで上の方まで照らすと、高く空まで続くような空洞になっていた。

「あった。芽衣ちゃんのお父ちゃんに感謝やな」

ぷくっと、芽衣の頰が膨れる。

「どないしたん?」

「……父を褒められたのが、思いの外、嬉しくて」

こんなときにだが、芽衣の過去を思い出して、思わず笑みがこぼれる。意図して言ったわけではなかったが、芽衣の心の傷を少しでも癒やせたなら嬉しい。

だが、感傷に浸るのは後にして、耳を澄ませた。

藤城は、ここをのぼっていったのだろうか？　足音は聞こえない。かなり上の方なのか、もうのぼりきった後なのか。

「そうゆうたら、運転するせえか、運動靴に履き替えたはったな。ほんで足音聞こえへんのかも」

その階段を見上げて、芽衣が感嘆の声を上げた。

「これ、鉄骨を使ってないんですか？　こういうところまで、和蠟燭みたいになってるんですね」

和蠟燭は中心に空洞がある。これが空気の通り道になり、洋蠟燭より火が消えにくいという特性があった。

　前に芽衣にも話したように、京都タワーはその形から、和蠟燭に例えられることがある。京都という土地柄もあって、古い日本文化から着想を得ていると、先入観が働くのだろう。

「モノコック構造ゆうらしいで。卵の殻みたいに、自分自身の形で強度を出す構造なんやて。飛行機とかにも使われてる技術やて、ネットに書いたあったわ」

　その壁に沿うように、螺旋階段が設置されている。

　これをのぼるのかと思うと、一歩目がもう辛い。だが、そうも言っていられず、周と芽衣は、ゆっくりと階段をのぼり始めた。

　スチールを鳴らす足音が二つ、規則的に響く。横幅は意外と広く、二人並んでも狭苦しさは感じない。それでも、何かあった時に備えて、周が前を歩く。

　最初こそ足音は律動的だったが、しばらくすると速度が落ち、吐息が混じり始めた。

　ショート丈とはいえ、ボアコートを着てきたことを後悔する。保温性のインナーも、ウールのセーターも。こうも階段を上り続けていると、汗で背中が気持ち悪いことになっていた。バイクに乗っているときは、寒いくらいだったのに。

　程なくして、壁に看板が掲げられているのが見えた。

『現在地上より四六・九七メートル』

　つまり、あと半分ちょっと。

　たわわちゃんのイラストが添えられていて、あの口を開けたような顔で応援してくれている。その下には、でかでかと『禁煙』と書かれていた。まさかこんな場所で煙草を吸った人がいるのだろうか？　そんなことを想像すると、少しおかしかった。

「そやけど、水泳部やめてから四ヵ月で、こんな体力落ちるんやな。それとも、宇宙行ったせいやろか？」

　低重力下では、筋肉への負荷が減る。宇宙飛行士が地上に帰還後、まともに歩けないぐらいに筋力が衰えているのは、そのためだ。

「周さん、水泳部だったんですね」

「Ⅱ部クラブゆうて、週に二、三回、適当に遊ぶだけの部活やったけどな。ガチで全国目指してるⅠ部は、引くぐらい練習してたわ。そうゆう芽衣ちゃんは？　なんか部活やってへんかったん？」

　ひたすら階段を上るのが辛くて、話を振った。だが、すぐには乗ってこない。

　振り向こうとしたところ、ようやく、ぽつりと声が聞こえた。

「……中学まではダンス部でした。途中で辞めちゃいましたけどね」

「なんか納得やわ。芽衣ちゃん、運動神経、なにげによかったもんな」

　瞳子の父親から走って逃げたときも、山城跡を歩いたときも、息を切らせはしたが、動きはそれなりに機敏だった。今も、疲労を見せながらも身体の軸はぶれていない。

「うちも、ちっちゃい頃日舞《にちぶ》習わされたけど、一年しか保たへんかったわ。芽衣ちゃんは、どんなん踊ってたん？」

「ヒップホップです」

「へえ、かっこええやん。なんで辞めてしもたん？」

「父の事件があった後、前の学校のみんながよそよそしくなったって話、しましたよね。部活もそうだったってだけです。別にもう気にしてませんから」

素っ気なく言うが、心なしか早口だった。

「私とは一緒に踊れないそうです。特にチーム競技だったから、犯罪者の子供とは心を合わせられないって……」

「よかったやん」

すぐ後ろの足音が止まった。

振り返ると、丸眼鏡の向こうに、苦味と怒りを飲み込みそこねたような顔があった。気にしていないと言っていたが、そうではないのがわかる。

「よう考えてみ。そいつらは、なんの罪もない芽衣ちゃんのことを、ただ気分的に嫌やゆう理由で排除したんやで？　つまり、差別主義者ゆうのを、自分から白状したわけや。ナチと変わらへんねん。そんな連中と仲良うする理由なんかあるか？」

「……まあ、そうですよね。それは、わかってます」

「そらゆわれたことは腹立つけど、それで縁切れたんやし、むしろよかったやん。事件のことがあらへんかっても、そうゆう連中はどっかで本性現して、別のことでえらい目に遭わされてたて。部活ぐらいですんでよかったやん」

「一生懸命、練習したんですよ。大会頑張ろうって、みんなと、遅くまで。それを、一方的に拒絶されて……悔しくないって言ったら、うそになります」

「デヴィッド・ボウイがな、後輩のミュージシャンに相談されたときにゆうたセリフがあんねん」

「誰ですそれ?」

胡散臭げな視線が見上げて来る。

「知らんかー。かなり昔やけど、京都に来たこともあるんやで。クイーンと一緒に、『アンダー・プレッシャー』ゆう曲作ったおっちゃんなんやけど……ちょっと待ちや、まさかクイーンも知らんとかゆわへんやろな?」

「さすがにそれぐらいは知ってます。映画だって見ましたから」

「ええ子や」

「そんなんで褒められるて、周さんの人生ちょろいですね」

「とにかく、デヴィッド・ボウイがな、後輩ミュージシャンに、批評家に自分の曲を貶された時の対処法聞かれて、こう答えたんや。Outlive your critics て」

「……どういう意味です?」

「批評家より長生きしろ、やな」

ますますわからないといった表情で、芽衣は眉と眉の間に皺を刻んだ。

「うちも最近までようわからんかってんけど、批評家のところを、トラブルとか、ムカツク奴とか、死んで欲しい奴らに替えたらわかりやすいんちゃうか。要するに、途中で何があっても、人間でも音楽でも他の芸術でも、生き残ったもんが、最後に立ってたもんが勝ちゅうことや」

「最後に立ってたもんが、勝ち……」

繰り返しながら、何かを飲み込むように、芽衣の顎が小さく揺れた。

「そやから、芽衣ちゃんがずっとダンスを楽しめたら、それでええ思うねん。ついでにプロで有名になったら、そいつらに軽い嫌がらせもできるで。インタビューで、あの時めっちゃ悲しかったんですけど、これは人権問題なんです、差別主義者共に負ける訳にはいかへん思て、死ぬほど頑張りましたてゆうてみ。ざまあみろや」

「……ちょっとわかる気がします。終わりよければすべてよし、みたいなことですよね？」

「さすがええとこの子やな。言い方が上品や」

笑って、階段のぼりを再開する。

「いつか、芽衣ちゃんのダンス見してえな。めっちゃ可愛いんやろな」

「……もう三年くらい踊ってないんで、基礎からやり直しておきます」

重かった足音が少し軽くなっている気がした。さすがに踊っているようには聞こえないが。

「なんだろ……周さんが皮肉言うの、最初は凄く腹が立ったんですけど、今はなんだか安心します。意地悪なのに痛快っていうか。こういうのが、イケズって言うんですよね」

「なにゆうてんねんな。うちはイケズなんか、一回もゆうたことあらへんで」

本心からの言葉だった。冗談だと思ったのか、芽衣が吹き出す。言い争っても仕方がないので、妥協して一般論を口にした。

「大勢の人が勘違いしてるんやけど、イケズゆうんは、詩心があって、気持ちのええもんやねん。それがわからん奴に限って、嫌味言われたとか逆ギレしよるからな。イケズゆわれるようなことしたんは、そっちのくせして。あんなん見てると、シェークスピア流のジョークをほんまに理解できるんは、日本では京都人だけやて思えてくるわ」

「それはちょっと意味わかんないです」

二人の哄笑《こうしょう》が、京都タワーの内部で響く。

だが、徐々に焦げた匂いが強くなって、自然と口数が減った。

やがて階段やら剝き出しになっていた内装が、乳白色のペンキで統一されだした。おそらく出口が近いのだろう。

三

ようやく現れたドアを開けると、冷たい空気が一瞬で二人の身体を包み込んだ。火照った身体には気持ちいいが、それも数秒のこと。すぐに寒さに震えた。

展望室は、想像していたより高く狭い。楕円《だえん》形が、実際のスペースよりも広く見せていたのだろう。天井も低くて、自分の背の高さを嫌でも思い出させられる。

景色は素晴らしかった。何しろ京都で一番高い建造物だ。遮る物がなにも無い。無料の望遠鏡が設置されているが、そんなものを使わなくても遠くまで見渡せたし、京都市内全てを見下ろせそうだ。

設置されてある案内板によると、天気がよければ大阪城《おおさかじょう》やあべのハルカスまで見えるようだ。いまいちわかりづらいが、遠くでライトアップされている建物がそうだろうか。

碁盤の目に沿って並ぶ街並みは高級絨毯《じゅうたん》のようで、幾何学模様のように見えた。

視線を上げれば、三方が山に囲まれている盆地であることが見てわかる。夏は茹《う》だるように暑く、冬は身を切られるように寒いあの憎き気候を、この形が作っているのか。

その山々が、見事なまでに紅葉していた。午後五時近いこの時間でも、鮮やかに映えている。赤々とした点描画が京都をぐるりと囲っていて、それこそ炎に包まれたようにも見えた。風に揺れているところなど、無数の蠟燭が揺らめいているようだ。

南には京都駅ビルがある。これを見下ろす経験も、なかなかできるものではない。それにガラス張りだから、そこに京都タワーが映っていて、京都タワーにのぼりながら京都タワーを眺めるという、これまた不思議な景色が面白かった。

だが景色の素晴らしさとは対照的に、展望室の状況は悲惨だ。焼け跡が生々しく残っていて、煤《すす》だらけになっている。

熱のせいで、手すりや配管のパイプやらが溶けて変形し、ガラスはすべて取り除かれていた。割れた破片が飛び散ると危ないからだろう。

たわわちゃん神社も焼けて、ご本尊らしき金色のたわわちゃんが、無惨にも溶けている。周が言うところの、あほの子みたいに開けた口から、涎《よだれ》が垂れているようにも見えた。おさいせん箱と鳥居は奇跡的に原形を留《とど》めているが、煤汚れがひどい。

たわわちゃんの着ぐるみが、うち捨てられたように隅っこに転がされている。気のせいか、じっとこっちを見つめている気がした。

「寒いな……」

ストールに顔を埋めて、油断無く展望室を歩く。

さすがに端の方へ近づくと、高所恐怖症でなくても足が震えた。

なるべく展望室の中心に近い場所を歩いて……女が、京都の景色を眺め降ろしているのが見えた。

「藤城さん！」

声にびくりとしながら、人影が振り向く。マスクを外した藤城が、目を見開いて後ずさった。

「二人共――なんでここに⁉」

「びっくりしゃはるんも当然ですけど、取り敢えずこっち来てください！　いっかい京都タワー出ましょ！」

藤城が首を振る。

「ゆうたでしょ。あの子達の面倒を最後までみるんは私やて。そやから二人共、早《は》よ帰って！」

「ちゃうんです！　瞳子と菜夏ちゃん、藤城さんのこと、殺そうとしてるんかもしれへんのです！」

「……うそ。そんな、どうして？」

自分自身への不吉な警告に、藤城は明らかに動揺する。

突然、何かが宙を飛んだ。

あっと思う間もなく、地面に落ちて割れる。ガラス瓶だ。続けて二つ、三つ、四つと続き、中身がぶちまけられ、液体があちこちに広がった。

この匂いは……灯油だ。恐怖が走り抜け、総毛立つ。

「動いたらあかんで」

戦慄に身体がとらわれている間に、メゾソプラノの声が鋭く叩きつけられる。

振り向けば、人影がオイルライターを握ってたたずんでいた。指はホイールに添えられている。

女の子だ。間違いない。だが瞳子ではない。

芽衣の震える声が人影を動揺させたが、ライターを握る手に緩みは見られない。

「菜夏ちゃん……菜夏ちゃん！」

「芽衣ちゃん……なんでここに？」

この子が、伊瀬谷菜夏。想像していたよりもずっと小さい。芽衣と同い年らしいが、二つほど学年が下だと言われても納得してしまいそうだ。身長は、おそらく一四〇センチあるか無いかだろう。体重も、明らかに平均に達していない。

髪は肩と眉の上でバッサリ切りそろえられている。姫ウルフっぽくもあるが、素人の手になることは明らかだ。なのに似合っているのは、全体的に子供っぽい容姿のおかげだろう。

そのくせ視線だけはやたらと鋭く、油断できない危うさがあった。

「菜夏ちゃんに会いたくて！　どこに行ってたの！　私、ずっとさがしてたんやから！」

ふはっ、と菜夏が吹き出した。けれども、その表情はどこか寂しげだ。

「……芽衣ちゃん、ちょっと京言葉混じってきてるやん。そっか、そんななるぐらい、私ら会《お》うてへんねや」

菜夏の芽衣へ向ける視線は優しい。だが、藤城の姿を見つけて、驚きと戸惑いが半々ずつ瞳に宿った。

「どうゆうことなん？　瞳子ちゃんのお母さんに一人で来いてゆうたのに。私のこと、騙したん？」

「誤解です」

藤城が咄嗟に否定する。

「木之下さんに了解を取って、私がまず、話をしたほうがええゆうことになったんです」

「うちらは、その藤城さんを勝手に追いかけて来ただけやねん。そやから、藤城さんはなんも悪ないねん」

「あんた、誰なん」

「うちは、真田周。瞳子の……知り合いや」

「あの裏切りもんの……」

不穏な声と単語に、周と芽衣は顔を見合わせた。

「瞳子が裏切りもんて、どうゆうことなん？　それに、瞳子が呼び出したんちゃうの？　なんで、菜夏ちゃん……でええねんな？　菜夏ちゃんが、ここにいんの？　瞳子は？　もしかして、瞳子が今どこにいるんか、菜夏ちゃんも知らんの？」

「呼び出したんは私や」

嘲笑と皮肉が、菜夏の両目をギラつかせる。

「瞳子ちゃんのお母さん、自分の子供の声もわからんて、どんだけやねん。カルトにはまる頭おかしい母親やし、そんなもんかもしれんけど」

「本当に振り込め詐欺みたい。菜夏ちゃん、そんなことまで。どうして……」

芽衣の落胆を、菜夏はどう受け止めたのか。

振り込め詐欺に引っかかる人は後を絶たない。その理由も、周にはわかる。親しい人、大事な人が助けを求めて来たと勘違いするからだ。

ましてや瞳子の母親は、娘の失踪に心を痛めていた。娘だと名乗る人物から連絡があれば、疑いつつも信じたくなるはずだ。

そんな弱味に付け込むなんて、きっと芽衣の知る菜夏からは想像できないのだろう。

菜夏が藤城をにらみつける。

「予定と違うけど、ちょうどええわ。どっちにしろ、藤城さんも殺すつもりやったし」

殺意を向けられて、藤城が固唾を呑んだように、喉を鳴らした。

「どうしてそんなことを……菜夏ちゃん」

「……取り敢えず全員、スマホ捨てて」

芽衣の質問には答えず、無くなった窓に向かって、顎がしゃくられる。

他の誰にも連絡させないようにするためだろう。

「そんなことしたら危ないやろ。子供に当たって亡くなってしもたらどうすんねんな」

「下はホテルやし、この時期は屋上バーベキューもあらへんから大丈夫や」

舌打ちしかけて、ぎりぎり耐える。向こうは冷静だ。逆上したり、切羽詰まっての行動ではない。従うしかなさそうだ。

言われるままに、藤城と芽衣がスマホを捨てる。

周は一瞬、捨てるふりをして菜夏の顔に投げつけようかと考えた。だが、予想しているのか、菜夏はライターを構えながら顔を庇っている。

あれだと、一瞬でも隙を突くのは難しい。

しかもタイミング悪く、スマホに着信が入った。どっちにしろノーコンで、当てる自信は無かったが。

緊迫した空気の中、フレディ・マーキュリーが愛を求めて歌う。ゴスペルのようなコーラスが、妙に今の雰囲気にマッチしていた。

「……お母ちゃんからや。出てもええやろか？　出えへんかったら、余計に怪しまれるで」

「スピーカーモードで喋って」

頷いて、応答アイコンをタップする。

「もしもし？」

「あんた、今何してんの？　ひまわりの会はどないしたん？」

下手なことを言わないでくれと願いながら、どうこたえたものかと悩む。

トラッカーで、こちらのいる位置は母親には筒抜けのはずだ。なんで京都タワーにいるんやと尋ねられたら、菜夏がどう反応するか予想できない。

「あー……おやつの差し入れしたあと、ちょっと芽衣ちゃんとヨドバシ行こうゆう話になって。今、その手前の京都タワービルで、レーズン入ったスコーン食べてるとこ」

この言い回しなら、一階のカフェだと勘違いしてくれるかもしれない。トラッカーは、地図上に現在位置を表示してはくれるが、高度までは教えてくれない。

「……今京都危ないねんから、あんまうろついたらあかんやんか」

「えっと、藤城さんもいるから、大丈夫やて。な、藤城さん？」

突然話を振ったせいか、藤城が目を剝く。

「ほら、藤城さん。なんかゆうて」

「あ、えっと……あの、真田さん、私です、藤城です。その節はお世話になりました」

「ああ、こちらこそ、お世話になりました。うちの子、迷惑かけてませんやろか？　見た目と違《ちご》て、あほみたいに無鉄砲な娘なんで」

「はい。それはもう。重々理解してます」

緊張感のせいか、言葉を飾らず、実感のこもった頷きが返される。見れば、芽衣も無言で頷いていた。お前ら……と思わず唸りそうになる。

「とにかく、遅ならんうちに帰っといでや。わかったな」

一方的に電話を切られた。無言で、菜夏が顎をしゃくる。せめてもの抵抗に、これみよがしにため息をついた。

「買《こ》うてもうたばっかりやのに……夏に壊してしもて、やっと新しいの買《こ》うてもうて、まだ三ヵ月くらいしか経ってへんのに……ほら！」

思い切ってスマホを捨てる。無関係の人に当たらないよう、ホテルの屋上に落ちるように、そっと落とした。

その間も、菜夏は油断無くライターを構え続けている。

あのライターは厄介だが、そう簡単に火を付けないだろうという目論見もあった。菜夏が芽衣を巻き込んだりするはずがない。

それでも意図せず着火する可能性はある。危険であることに変わりはない。とにかく、刺激しないようにしないと。

「これでええやろ？　取り敢えず、ライターしもて。怖あてしゃあない。頼むわ」

火を付けたマッチを常温の灯油に落としても、引火しないという実験結果もある。

だがあれは、あくまで『灯油の温度が引火点未満なら燃えない』『実際に燃えるのは灯油ではなく灯油の蒸気である』『灯油に引火するより先に熱が液体に奪われて火が消える』という実験の結果に過ぎない。

ここまで派手にぶちまけられたら、酸素との接触面が大きくなり、火が付く可能性は高い。オイルライターなら、マッチのように火も簡単に消えないだろう。いくら寒くて蒸気が発生しにくいといっても、安心はできなかった。

「ねえ、菜夏ちゃん。教えて。京都のあちこちに放火したのって……菜夏ちゃんなの？」

「……そうやとしたら、なんなん？」

「なんなんて……なんなんて……」

突き放した言葉に、芽衣は最初放心し、次いで怒りを見せた。

「たくさんの人が死んじゃったんだよ！　悪いことした人かもしれないけど、でも、人殺しなんて……それに、巻き込まれた人だって！」

「……私らが殺した人らがどうゆう人か、わかってるんや？」

「復讐やろ。ようゆうもんな。復讐はなんも生まへんけど、スッキリはするて」

「周さん！」

藤城がたしなめてくる。けれども、一度開いた口は、簡単に閉じない。周も、恐怖で冷静ではいられなかった。沈黙を言葉で埋めることで、平静を保とうとした。

「そやけど、おかげで今度は、京都中の人間と観光客がびびってしもてるわ。いつ放火されるかわからんて。さすがに、ちょっとやりすぎとちゃうか」

「……よかった。ほな、私のやったこと、間違《まちご》うてへんかったんや」

菜夏が、むしろ安堵したような表情を見せる。救われたような解放感すら、声に滲んでいた。あまりの場違いさに、周も芽衣も困惑した。

「どうゆう意味なの、菜夏ちゃん？」

「みんな、おんなじ目に遭わなわからへんねん」

長い睫毛の向こうで、深い悲しみが揺れていた。

「いつ、誰が、ひょっとしたら自分が、どんな目に遭うかわからへん。そうゆう状況になって初めて、みんな、他人の気持ちをおもんばかれるんや。私らは、世界をそうゆう風にひっくり返したかってん」

ため息がこぼれ、周は沈痛な表情で呻った。

「それが、京都の観光地で放火しまくった理由か」

京都には、年度によって差はあるが、年間で約四〇〇〇万〜五三〇〇〇万人以上の観光客が訪れるという。観光地を集中的に狙うことで、これだけの人数を恐怖に陥れることができるというわけだ。

実際、観光客の数は激減した。いつ自分が巻き込まれるかわからない状況に、地元住民すら恐怖を覚えている。

燃やすのは、文化財である必要は無かった。文化財が人の集まる観光地にあるから、燃やしていたのだ。効率よく恐怖を広めるために狙ったというわけだ。

「前もって放火を予告したんも、そのためやな」

「そうや。ゆうとくけど、考えたんは瞳子ちゃんやで」

菜夏の表情は、どこか得意気だった。

岡崎公園や瞳子の家が燃えたのも、多くの人に恐怖を与える場所として選ばれたのだろう。瞳子の家は、密集住宅街にある。特にあの辺りは、古い木造住宅ばかりだった。

「今頃、私らのこと見下したり、汚いもんでも見るみたいに扱《あつこ》うた連中、びびってるんちゃう?　見て見ぬふりしてた連中も」

祈るように、両手が握られる。うっかりホイールがまわらないか、冷や汗が滲んだ。

「どうして……」

怒りを滲ませた声は、芽衣のものだった。

「そういう人達に負けないよう、お互い頑張ろうねって、約束したじゃない。菜夏ちゃんがやったことは、私達のこと、傷つけようとした人達と同じことだよ」

悲しげに、むしろ憐れむように、芽衣の視線が床を見つめる。

「私が一番逃げたかったんは、芽衣ちゃんからやねん」

答えた菜夏も、悲しげだった。

芽衣の頰から血の気が引き、冷たくなった声がこぼれる。

「うそ……私のこと、本当は嫌いだったの？」

「ちゃうねん。芽衣ちゃんのこと、好きやから……これ以上いっしょにいたら、うらやましいて、嫉妬して、憎んでまいそうになったから」

「うらやましいって……私だって大変だったの、菜夏ちゃんが一番よく知ってるはずなのに、なんでそんなこと言うの？」

「芽衣ちゃんだけやない。ＬＧＢＴＱの人らとか、ヤングケアラーとか、生活保護の人とか、難民とか、在日外国人とか……全部、全部、うらやましかってん」

絞り出すような声から、飲み下せないような苦味が十二分に感じられる。

でも、真意が摑めない。眉をひそめていると、菜夏の唇に失笑と自嘲が浮かんだ。

「あの人らは、理解者がいるもん。助けてくれる人も。仲間も。そやけど、詐欺師の子供は誰も助けてくれへん。むしろ、殴ってええ存在や思われてる」

考えたこともないことだった。

むしろ彼ら彼女らは、世間から虐げられている側だ。無理解や偏見は今も根強く残っているし、差別感情を隠そうとしない連中も大勢いる。

「被害者家族も加害者家族も、どっちも悲しい想いしてんのはいっしょやのに、なんでこんなに差があるん？」

猛烈な悲しさとむなしさが押し寄せてくる。

詐欺師の娘は、他の弱者や、マイノリティと呼ばれる人達がうらやましくなる程の苦しみを、味わわねばならないのか。

芽衣が、肩を落としていた。

「私、中国人っていうだけで、いろんな人から差別されて、辛かった。私自身は普通に日本の法律の中で生きてきたのに、ただ国籍が違うだけで、罵倒されるの、すごく苦しかった」

胸の前で閉じられた手が、声が、震える。

「でも、それも、菜夏ちゃんにはそんな風に見えてたんだ。確かに、家族とか親戚とか、お父さんの会社の人とか、支えてくれたし、励ましてくれたし、一緒に怒ってくれた。それが、そんな風に……気づかなくて、ごめんね。気づいてあげられなくて、ごめん……」

耐えかねたように、嗚咽がこぼれる。

藤城が一歩前に踏み出した。

「ですが、マイノリティの人らは、闘って、今の立場を手に入れたんです。それでもまだ、苦しい思いしてる人はぎょうさんいるし、これからも闘いは続きます。そやから菜夏ちゃんも、まともな方法で闘わんと」

藤城の言葉は正論だ。それだけに、菜夏を深く傷つけたことがわかる。感情が消えたのに、今にも泣き出しそうな顔で、菜夏は藤城を見つめ返した。

「なんで闘わなあかんの？　私ら、なんにも悪いことしてへんのに……なんでそうやない人らと違《ちご》て、しんどい思いせなあかんの？」

抑揚のない言葉が、呪詛《じゅそ》のように鼓膜に絡みつく。

「みんな、自分が理不尽な目に遭《お》うたことないから、簡単に頑張れとか、他人にいらんちょっかい出すねん。自分が嫌な目に遭《お》うたことがあらへんから！」

消えていた表情に、憎悪がこもり始める。

「そうゆう奴らは、殴られたら痛いゆうことすらわからへんねん。そやから、思い知らせたろて、瞳子ちゃんと二人で考えてん」

死体を乗せられたように、身体が重くなる。

覚悟していたことだが、やはり瞳子もこの犯罪に絡んでいた。

「そやのに、あの裏切りもん！　計画実行の直前に、いいひんようになってしもた……びびって逃げてしもた」

「ほな、あちこち火いつけたんは、瞳子とちゃうんか？」

「どの場所も、放火したんは私らやない。詐欺商品売ってたやつらに、簡単なバイトがあるてメッセージ送ったら、ほいほい引っかかったわ。まともに働けへんような連中で、借金もあって、頭回ってへんにゃろな。一〇万二〇万のお金で、疑いもせんと、ＬＥＤを白熱電球に替えたり、ガソリン入った鞄やらアロマポットやら運んでくれたわ」

予想が当たってしまった。

セキュリティレベルの高いメッセンジャーアプリで人を集め、指示を出し、横のつながりを一切持たせないまま、自分が計画のどの部分を担当しているかもわからず、むしろ計画の全体像すらわからない状態で、実行させる。ひょっとしたら実行犯は、自分の行動が今回の事件に繋がっているとさえ気づいていないのかもしれない。

実行犯と菜夏達の関係も、アプリのおかげで知られることはない。

指示する内容自体も、荷物の運搬とだけ伝えて中身を知らせなければ、罪の意識など覚えずに実行するだろう。怪しいバイトだという自覚があっても、金を優先させて参加するような奴らなら、余計に詮索などしないのかもしれない。

本当に、ただの女の子二人が考えたのかと思える程、よくできた計画だ。

「最後に藤城さんを……この偽善者を殺して、それでやっと、私らの計画は終わる……そう思てたのに。なんで、芽衣ちゃんが、ここに……」

泣きそうな顔で見つめられ、芽衣が恐る恐るたずねる。

「どうして藤城さんなの？　藤城さんが、なにしたの？」

「芽衣ちゃんもわかってるはずやで。この人、支援活動協会の職員ゆうときながら、誰も助けられてへん」

「そんなことは――」

「助けられなかった人たちがたくさんいたんは、本当です」

芽衣の言葉を遮り、藤城が頷く。自虐的な苦味が、形のいい眉を曇らせていた。

「菜夏ちゃんも、瞳子ちゃんも、結局は助けられへんかった。恨まれて当然かもしれません」

「そうや。あんたは私らを食いもんにして、お金儲けてる。私のお父さんを騙した奴と、結局おんなじやねん！」

「なんでそうなんの？」

激昂されては困るので、周はなるべく優しく尋ね返す。本当は、逆恨みやんけと問い詰めたい気分だった。

菜夏は鼻を鳴らすように笑った。

「ＤＶシェルターにいてた人らが教えてくれたんや。補助金、ネコババしてる職員がいるて。藤城さんなんやろ？　そやから、本気で私らの問題解決するつもりあらへんにゃろ？」

「誤解です。そんなことしてたら、行政指導もくらうし、帳簿かてごまかさなあかんようになります。監査があるんですから、そんなことできるはずありません」

藤城の訴えを、菜夏は最初から聞いていなかった。何を言われても、騙されるものかという表情で睨み返すだけだった。

「ちょっと待ちいな」

なるべく会話を遮らないようにしていた周だったが、たまらず声を挟んだ。

「うちら、ＤＶシェルター調べたけど、あんたも瞳子もいいひんかったやんか」

「そうだよ。岩倉の山城跡近くにある、アパートでしょ？」

得意気に、菜夏が胸を反らす。

「私らがいたんは、管理人室やから。アパートやのうて、その隣のプレハブ小屋に住んでてん。うちらの事情聞いて、管理人さんが部屋替わってくれてん。瞳子ちゃんのお父さんとか、警察が調べに来るかもしれへんから」

「それで、地図アプリに写ってたんか」

盲点だった。まさか管理人室があって、そっちに潜んでいたなんて。

惜しいところまで肉薄していたようだ。今さらだが悔しくなる。

「事務所のパソコンで、瞳子ちゃんが調べてくれてん。ＤＶシェルターの場所。ほんで、データ弄って……そこに住んでる人に、いろいろ教わったんやから」

凝り固まった思い込みにとらわれてしまい、菜夏の目には狂信者めいた輝きが宿っている。話は、平行線どころかまともなキャッチボールも危うい状態だ。

だが、この問答も無駄ではなかった。

周は、さりげなく、じりじりと、菜夏との距離を詰めていた。話に夢中になっているせいか、菜夏は気づかない。だが、それも時間の問題だろう。早く隙を突いて、あのライターをどうにかしないと。

後少し、後少し……今だ！

視線が自分からそれた瞬間を狙って、一気に距離を詰める。勢いのまま足を振り上げ、思いっきり菜夏の手を蹴飛ばした。

「あっ！」

悲鳴と共に、ライターが床を転がる。暗くて見失い、拾い上げるのを諦めて、周は藤城の手を摑んだ。

「今です！　逃げましょ！」

のぼってきた階段に駆け込もうと、走り出す。

だが、ドアが開かない。

「無駄やで」

後ろからの声に振り向くと、菜夏がポケットから鍵を取りだし、笑っていた。

「そもそもここあがってくんのに、鍵かかってへんて、おかしい思わへんかったん？」

いつの間にか、鍵がかけられていた。

これみよがしに、その鍵が掲げられる。

「これも、闇バイトの人に手に入れてもろてん。京都タワーで働いてる人に、鍵をスマホアプリの３Ｄスキャンで撮ってもろて、それを元に、別の人に３Ｄプリンターで合鍵作ってもろてん。みんな簡単に手伝《てつど》うてくれるから、楽やったで」

確か、京都タワーの職員も一人亡くなっていた。彼が鍵の３Ｄデータを入手したのだろうか。

「ほら！」

その鍵が投げ捨てられた。スマホと同じく、一〇〇メートル下に落ちていく。

「これでもう逃げる気起きひんやろ。無駄なことせんと、大人しゅうして」

「そんなことして、なに考えてんねん。藤城さん殺したあと、あんたもこっから逃げられへんやんか」

「かまへん。どうせ私も死ぬつもりやし」

「何言ってるの！　菜夏ちゃん！」

芽衣の悲鳴に、悲しい微笑みが返される。

「私の妹を養子にしてくれる人がいるんやて。一ヵ月ぐらい前に、知ってん。苗字《みょうじ》、変わんねん。やっと。これで、お父さんの事件から、逃げられる。そやのにまた、私の妹やて知られたら、大変なことになるやろ。そやから私は、ここで死なあかんねん」

「馬鹿！　なんてこと考えてるの！　馬鹿！　馬鹿！」

叫んだ芽衣の一言一言に、悲しみがあふれている。

「死ぬなんて言わないで！　そんなことして、妹ちゃん、嬉しいわけないじゃない！　私だって！　私だって、やだ！　菜夏ちゃん、いなくなるの、やだ！　だからずっと、ひまわりの会で、夜の声かけ運動に参加して、探してたんだよ！」

「ごめんな、あほで。そやけど、これしか思いつかへんかってん」

菜夏が、背負っていた鞄から包丁を取り出した。刃渡りが二〇センチほどありそうな刺身包丁だ。こうなると、近づこうなどとは考えられなくなった。

「菜夏ちゃん！　やめて！」

芽衣の悲鳴を無視して、刀でも構えるように、包丁が向けられる。

その真正面に、まるで周と芽衣を庇うように、藤城が毅然と立ち塞がった。

「殺したいんは、私でしょ。二人は関係あらへん。私を殺したらええから。そのかわり、二人は絶対傷つけへんて、約束して」

「当たり前や。芽衣ちゃん傷つけるわけあらへんやろ」

「菜夏ちゃん、どうしてわかってくれないの！　殴る蹴るだけが暴力じゃないんだよ！　そんなの、一番知ってるくせに！」

「どっちにしろ、もう、引き返せへん。ぎょうさんの人、殺したもん。今さら……」

思い詰めた声に、反論は無意味だと悟らされる。

「そうや。もう、今さら、引き返せへんねん」

「駄目！　菜夏ちゃん！　駄目！」

芽衣が悲鳴をあげる中、菜夏が走り出す。

藤城は逃げない。腕を広げ、無防備に身体をさらしていた。

まるで刺してくれと言わんばかりに、全身ががら空きだ。

咄嗟に、ほぼ無意識で、周はその身体に体当たりをくらわせていた。

無我夢中でなにも考えていなかった。ただ身体が動いていた。

包丁が近づいてくる。

どうすることもできなかった。

藤城を突き飛ばした勢いで、身体の自由が利かない。避けられそうになかった。

痛みを予想して、身体を強張らせる。

その横を、突然何かが駆け抜けた。

どん、と音がして菜夏が地面に転がる。突き飛ばされたらしい。

たわわちゃんだった。

あまりの不思議な出来事に、思考が追いつかなくなる。

周も、芽衣も、藤城も、突き飛ばされた菜夏でさえ、唖然とした。

京都タワーのゆるキャラが、突然動き出し、菜夏を弾《はじ》き飛《と》ばしたのだ。おかげで周は無事だが、助かった本人が一番驚いていた。

菜夏の小さな身体に、たわわちゃんが折り重なり、組み敷こうとする。狙いは包丁だ。

悲鳴なのか奇声なのか、叫び声を上げながら菜夏が暴れた。

加勢しようにも、刃物が振り回され近づけない。さっきは無意識に身体が動いたのに。

瞬間、包丁がたわわちゃんのお腹に深々と突き刺さり、引き抜かれた。

ぐっ、とくぐもった声が聞こえる。女の子の声だ。刺された場所を庇うようにしてうずくまり、その隙に菜夏が後ずさり離れていく。

――まさか！

予感が走って、たわわちゃんを抱き起こす。チャックを探して引き手を下ろそうとするが、指が滑った。よく見れば、手は血まみれだった。慌てて、たわわちゃんの身体で拭う。

ようやくチャックを下ろすと、身体をくの字に曲げて悶《もだ》える少女が現れた。

床が傾いたような気がした。

重力が消えたように膝から崩れ、空気さえ鉛のように重く感じる。

いつの間にか周囲から音が消えていた。

目の前の景色から色が抜けるが、鮮烈な赤だけが視界で広がっていく。

喉が引きつり声が出ない。でも、叫んでいた。声になり損ねた呼吸音だけがこぼれて、心がちぎり取られるように痛む。

一瞬の間に無数の感情が弾け飛び、無限に思える絶望と困惑をくぐり抜けて、ようやく周は友人の名を叫ぶことができた。

「瞳子！」

「瞳子ちゃん⁉」

菜夏も驚いて、手にした包丁を取り落とす。

「うそや……瞳子、なんで。なんで⁉」

身体をたわわちゃんから引きずり出す。お腹から溢れる鮮血が一秒ごとにどす黒さを増していた。

辺りを見回し、救急キットのようなものがないか探す。だが何も見つからず、直接お腹を手で押さえた。ぬるりとした感触が絡みつく。体温が直接流れ出しているような手触りだった。

「思たとおり、やったわ……」

痛くないはずがないのに、瞳子はふわりと微笑む。熱に浮かされたように汗ばみながらも、頬は既に青白い。抱きしめた場所からは、急速に体温が失われていた。

特徴的な、心を見透かすような澄んだ瞳が、こちらを見つめてくる。

「赤い髪、似合《にお》てたやん。めっちゃ、綺麗やったで……万華鏡みたいに、きらきら、してて……」

手が、伸びてきた。既に黒く戻したインナー部分を、くるくると指に巻き付ける。自分の血を絡めているのがわかった。

「ほら……周ちゃん、やっぱり赤、似合《にお》てる……」

「あかん、しゃべったらあかん！　すぐ救急車呼ぶさかい！」

手を握って叫ぶ。痙攣《けいれん》したように、指先が震えていた。

「大丈夫やしな。すぐ、救急車……あかん、スマホ。うちのスマホ、さっき落としてしもて……電話！」

菜夏に叫ぶも、自分のしでかしたことに怯えて、ただ震えてうずくまるだけだった。もしかしたらスマホを持っていないのかもしれない。

怒りを爆発させる暇すら今は無い。なんとかしないと。でもどうすればいいのか。エレベーターは動かないし、階段へ通じるドアも鍵がかけられている。その鍵は、地上だ。

「あかん……どないしたら、どないしたら……なんでやねんな。なんで、なんで、こんな……」

馬鹿みたいに同じ言葉を繰り返す。

手が握り返された。儚《はかな》い力だった。

長い睫毛が揺れ、青く変色した唇が震える。

「ごめん、な。連絡、しよう、思たんやけど……ちょっと、忙しい、て……」

「連絡？　連絡……ああ！」

宇宙からの生配信のことだ。歌詞に引っかけて、連絡してきて欲しいと訴えたあの動画のことだ。あの歌にはそういうメッセージを込めていた。

気づいてくれていた。瞳子はちゃんと気づいてくれていた！

「菜夏ちゃんの、こと、怒らんとい、たげて。私も、共犯、やから。一緒に、計画、考えてん。これ以上、しんどいおもい、したない、思て……ごめん、な」

「謝る必要なんかあらへん。ええから、大丈夫やから。絶対、助けるから、な？」

ひゅうひゅうと声に呼気が混じり、目が焦点を失ったように彷徨い始める。

「ちゃう、ねん。あまね、ちゃんに、嫉妬、してしもて……相談、でけへん、かった」

「嫉妬？　うちに？」

「どうせ、私の気持ちわかる、はずない、て、えほ！　えほえほえほ！」

咳き込んだ瞳子が、血の塊を吐き出す。もはや呼吸するのも苦しいようで、大粒の涙がこぼれていく。

「そやけど、やっぱ、あかんて……めーわく、かけたら、あかん……て」

「うん。うん。わかってる。わかってるで。大丈夫やから、喋らんでええから。ちゃんとわかってるから。迷惑なんか、なんもかかってへん」

「よかった。ほな、菜夏ちゃん、許したあげて、な？」

まぶたがゆっくりと閉じられた。

「はぁ……そやけど、会えて、よかった……会えるて、思てへんかった、から……ばち、あたるん、かくご……しててん」

「なにゆうてんねん！　うちら、友達やろ！　会いたなったときに、いつでも会えるに決まってるやんか！」

「うん……友達、やってんな。なんでそんなこと、わからへん、かったん、やろ」

「わかった。わかったから、目ぇ開けて！　開けぇゆうてるやろ！　瞳子！」

もう一度、瞳子は微笑んだ。目を閉じたまま。

「あかんあかんあかんあかんあかん！　あかんて！　あかんゆうてるやろ。あかん、なあ、なあ！　あかんて！」

四肢から力が抜け、ぴくりとも動かなくなった。血はまだ、熱を残している。

呼吸は辛うじて続いているが、浅く、か弱い。今にも止まりそうだ。

「瞳子……」

絶望が、音もなく覆い被さってくる。

打つ手がない。

目の前が真っ黒に染まりかけた、その時だった。

「周ちゃん！　いるか！」

鍵のかかっていたはずのドアが開いて、予想もしなかった声が聞こえた。

「……お父ちゃん？　なんでここに？」

周だけでなく、瞳子以外の全員が驚く。脈絡の全く無い登場に、こんな状況にもかかわらず、呆気《あっけ》にとられてさえいた。

父親が、全身汗だくになりながら階段をのぼって来た。息は途切れ途切れで、壁にもたれながら、嘔吐くように声を絞り出す。

「周ちゃん、レーズン、嫌いやのに、わざわざお金払《はろ》て食べてるとか、なんか、おかしいて、お母ちゃんに連絡もろたんや。あと、電話かけ直したら、電源切れてて、繋がらへんて心配してて」

通じた！

今日ほど、母親の鋭さに感謝したことはない。父親の、愚直なまでな母親への信頼も。呟き込んでうずくまっている姿が、今はとてもありがたかった。

「ほんで、ちょうど会社、出たとこやったから、トラッカーの反応見たら、お父ちゃんのバイクの鍵、京都タワーに、あるやんか。一階のカフェにも、周ちゃん、いいひんかったし。こら、なんか巻き込まれたんかも、しれん思て、階段、のぼってきたら……あかんわ、これえろうしんどうて、死にそうやわ――て、周ちゃん、泣いてんの？　芽衣ちゃんも？　どないしたん？」

「ええから、お父ちゃん。瞳子が……」

　血まみれになった友人の姿に、父親がぎょっと後ずさる。だがすぐに自分のすべきことを悟って、細い手首に触れた。

「脈は……まだある。これ、どうゆう状況なん？　いや、とにかく下に連れてこ。病院、すぐそこにあったな。大《お》っきいのんが」

　緊迫した声と、蜘蛛《くも》の糸のような希望に、周の声までか細くなる。

「そやけど、今から運んで、間に合うやろか」

「わからんけど、やれるだけのことはやらんと」

　動かなくなった瞳子を抱きかかえて、父親が、今来た階段へ足を向ける。鍵は、階段側からだと、簡単に開くようになっていた。

　脱ぎ捨てた着ぐるみが目に入る。たわわちゃんにじっと見られているような気がして、思わず足が止まった。

　その間に父親が、芽衣に向かってお尻を突き出していた。

「芽衣ちゃん。ズボンのお尻ポケットにスマホ入ってるから、それで近くの病院に電話して！　あと警察にも！　『警察・佐野さん』で登録したあるから、カ行のとこ！」

「顔！　認証させるので、こっち向いてください！　……解除できました！　すぐ電話します!」

二人のやり取りを眺めながら、周は別のことを考えていた。

何かがおかしい。引っかかることがある。どうにもスッキリしないことだらけだ。

菜夏はこう言っていた。

いつ自分がどうなるかわからない、そんな痛みと恐怖で、他人をおもんばかれるようにする。そのために、京都の観光地を、人の集まりやすい場所を燃やした。

なら、被害者や実行犯が、マルチやネズミ講のメンバーだらけだった理由は?

闇バイトで集めやすかったからだと、菜夏は言った。それは、間違っていないのだろう。貧すれば鈍するのは理解できる。復讐も兼ねていたはずだ。

京都タワーで亡くなった職員も、家庭の事情で荒れていたらしい。金銭的に大変な目をしていたとも。あれは間違いなく、瞳子の父親から持ちかけられたビジネスに、手を出した結果だ。お金が足りなくなって、闇バイトに手を出したのだろう。その結果、火に巻き込まれて亡くなってしまったのは、自業自得なのか、あるいは何かの皮肉なのか。

ぞわりとした感覚が、背筋を這い上がった。

おそらく瞳子は、意図せずに重大なことを伝えてくれた。今それに気づいているのは、自分だけだ。

菜夏も、芽衣も、藤城さえも、今はまだ放心状態で、思考が追いついていない。

ならば自分がここで間違えるわけにはいかない。

すべてをつまびらかにしてこそ、命をかけて刃物に立ち向かった勇気に報いられるはずだ。

「あ……あ、ああ、あ……」

思考が答えにたどり着く前に、血が逆流するような恐怖が周を襲う。ある可能性に気づき、よろめいた。

こんなことあるだろうか。こんな残酷なことが。

馬鹿だった。もっと早くに気づけたはずだった。少なくとも、木之下家が燃えた時に気づけた。

「あかん、お父ちゃん。うち、ここでまだやらなあかんことがある」

「やらなあかんことて、なんなん？」

「藤城さんも――支援活動協会の人のことやけど、ほら、あそこに立ってる人。あの人もいるから、平気やから。大丈夫やから」

「親が子供ほっとけるわけないやろ！　しかも、周ちゃん、血まみれで泣いてるんやで？」

「お願い、お父ちゃん。うちのこと、今日だけは信用して。今は瞳子をお願い！」

言いたいこと、聞きたいことが山ほどあると、父親の顔が物語っている。だが、抱きかかえた瞳子とどちらを優先するべきか懊悩《おうのう》して、最終的には、階段を駆け下りながら叫んだ。

「なんかようわからんけど、危ないことはしたらあかんで！」

信じて任せてくれたことに、周は無言のまま感謝した。

「どうしてついていかないんですか？」

病院と警察に連絡し終えた芽衣が、尋ねてくる。

「今んなって、いろいろ気いついたことがあんねん」

よく考えればわかることだった。いくら京都タワーのゆるキャラとはいえ、火事現場に放置されているはずがない。火災が起きた時、置いて行かれたのかとも思ったが、それにしては焦げ跡ひとつもついていなかった。誰かが新たに運び込んでいたのは明らかだった。

どこから運んできたのかはわからない。あんな大きな物だから、きっと展望室のどこか、スタッフルームのような場所にしまってあったのだろう。

菜夏は、瞳子のことを裏切り者と言っていた。計画実行の直前で逃げたと。どこかで自分達の計画は間違っていると気づいたに違いない。

だが、菜夏を放っておくこともできず、おそらくは犯行を止めるために、たわわちゃんに入って隠れていたのだろう。放火現場で見かけたのも、そのせいだろう。タイミングを見計らって取り押さえるつもりだったのかもしれない。それが、こんな結果に……

周は、床に投げ捨てられていた包丁を拾い上げた。

「満足か？」

幽鬼のような立ち姿で、菜夏の前に立つ。

「世間が、他人の痛みをおもんばかれるようにしよう思て、あちこち火い付けたんやろ？　ほんで、結果がこれや。満足か？」

詰め寄られて、菜夏は何も言えずに、ぽろぽろと涙を流し続けた。

「なに今さらびびってんねんな」

淡々とした声になるのは、むしろ菜夏を憐れんでいるからだ。

もちろん、ふつふつと込みあがってくる感情もある。立派なお題目を掲げてはいるが、その

ためなら、他人を傷つけていいとする菜夏の考えは、幼稚すぎた。気持ちは、痛い程わかるが

……

包丁を手にしながら、怯えてうずくまる菜夏に歩みよる。

「周さん！　なにするつもりですか⁉」

「近づいたらあかん」

むしろ穏やかに言って、駆け寄ろうとした芽衣に切っ先を向ける。

芽衣は慌てて後ずさるも、背を向けて逃げるようなことはせず、こちらの動きを注視していた。

「大丈夫や……うちは、冷静や」

頭は冷えている。心もだ。ただし、疲れてはいた。まるで身体中に鎖が巻き付いているような重さすらある。本音を言うと、今すぐ、家に帰りたい。

眠って、翌日目覚めればすべて夢だった、なんて展開が理想的だ。

でもこれが現実だ。現実だから、こんなに悲しいし、苦しいのだ。

芽衣が近づいて来ないよう注意しながら、周はじりじりと菜夏ににじり寄った。

油断無く、切っ先をそちらに向けると、庇うように藤城が腕を広げ、立ち塞がった。

「周さん！　落ち着いて！　そんなことしても、なんにもならへん！」

「どいてください、藤城さん。お願いやから、どいてください」

怯えてうずくまっている菜夏を見つめながら、周が包丁を振り上げる。

ぎゅっと、菜夏が目を閉じた。腰が抜けているのか、逃げられないようだ。

逆に藤城は、両目をカッと見開き、身体を硬くする。

そこへ、無造作に手を振り下ろす。

その途中で手首を翻し、刃はくるりと向きを変え、柄の部分が藤城の胸に押し当たった。

「え？」

目を見開いたまま、藤城の睫毛が揺れる。

「どうして……？」

「どないしたんですか、藤城さん。ほら、受け取ってください。ほら。ほら」

二度、三度と、手渡すように突きつける。

藤城は、息を呑み、こちらを見つめ返すだけだった。

その瞳には、しっかりと動揺が浮かんでいる。

「ゆうたでしょ。うちは冷静ですて。菜夏ちゃん刺そうとか、いっこも思てません」

「……よかった」

芽衣が安堵して、後ろでくずおれる音が聞こえる。

何もよくはない。

未だ包丁を受け取らない藤城を、周は憐れみを込めて見つめた。

「これが、目的やったんですね……そやから、よけへんかったんですね」

息を吸い、呼吸を整え……涙を堪える。

「藤城さんは、他人に殺されるために、こんなこと仕組まはったんですね」

「……どうゆうこと？」

尋ねたのは、菜夏だった。涙にまみれた頬と目を、未だ自分を庇うように両腕を広げる藤城に向けている。

ひとまず包丁を、たわわちゃん神社のおさいせん箱に投げ捨てた。これで、間違って誰かを刺すことも無いはずだ。

「うちは、ほんまもんのあほや。こんな状況にならんと、わからんかったやなんて。藤城さんが用意した計画に、まんまとハマってしもてた。わかりやすい答えに飛びついてしもてた」

「どうゆうことやねんな！」

菜夏が癇癪《かんしゃく》を起こす。じろりと、周は睨み返した。怒りではなく、憐れみを込めて。

「いくらなんでも、菜夏ちゃんの考え、幼稚すぎるわ。痛みを知るから他人に優しくなれるて、理屈はそうかもしれんけど、それで観光地襲うて、ちょっと考えが飛躍しすぎてる。そもそも、復讐の初手が大量殺人て……いくらなんでも、おかしすぎる」

菜夏の瞳に怒りが浮かぶも、反論する隙も与えず、周は言葉を続けた。

「誰かに吹き込まれたんちゃうか。人は、痛みを知るから優しくなれるとか。そのためには同じ目に遭わせんのが一番早いとか。多分やけど、ＤＶシェルターの人か、その管理人さんに」

菜夏が両目に浮かべたのは、驚愕だった。

「なんでそれを……」

「藤城さんの話やとな、ＤＶシェルターて、横のつながり持つんも、あかんらしいねん。ほな当然、管理人と仲ようなんのも、あかんのちゃうか。わかってて、新しく入って来た入居者と部屋まで交換したその管理人さんは、藤城さんの計画の賛同者や。そうやって、藤城さんが二人に京都を燃やさせたんや」

無音のまま、空気に亀裂が入る音がした。

数秒遅れて、息を呑む音が聞こえた。

「何ゆうてんねん。私ら、命令されてなんか……全部、自分らで考えて……」

否定するも、語尾が小さくなっていく。

「人間関係を破壊して、孤立さして、自己否定さして、受け入れる」

「それ、ひまわりの会で教わる、洗脳の手口……」

芽衣の言葉に頷き返す。

「DVシェルターのある場所は、京都の中心地からも離れてるし、シェルターの住人同士の繋がりもあらへんから、孤立させんのにはうってつけや。孤立したら、人間ろくなこと考えへん。うちかてそうやったから、ようわかるわ。死にたなる日もあったやろ。そこに、優しいしてくれる人がいたら、すがってまうわな。そんな人からいろいろ吹き込まれたら、考えも偏るし、一緒に泣いてくれたりでもしたら、いちころちゃうか」

顔どころか、菜夏の全身から血の気が失《う》せる。

「そやけど、補助金が……そやから藤城さんは、生かさず殺さずDVシェルターに何人も匿《かくも》うてるて」

「裏は取ったんか？」

「それは……」

かたかたと、寒さにやられたように、菜夏の身体が震え出す。

「失踪して一年半以上も経ってから犯行が始まったんも、準備と、この洗脳に時間がかかったからなんやろな」

「じゃあ、菜夏ちゃんたちがＤＶシェルターに逃げ込んだのも？」

芽衣の疑問に、周は頷き返す。

「そうするように、仕向けられてたんやと思う。パソコンの画面見せたり、それとなくＤＶシェルターのシステム話したりして、逃げ込めるて思わしたんや。実際、二人はＤＶシェルターの場所突き止めて、逃げ込んだ」

驚く程慎重に、かつ大胆に、計画は進められていた。

「そやけど、実行する直前で、瞳子への洗脳が解けた。瞳子は……うちの生配信見て、自分は一人やないて思てくれたんや」

「なんでそんなん、わかんねんな」

菜夏の声は、刃こぼれを思わせるくらい震えている。

「あんたが一番ようわかるはずやで。自分でゆうてたやんか。芽衣ちゃんのこと、これ以上いっしょにいたら、うらやましいて、嫉妬して、憎んでまいそうになるて」

あっ、と芽衣と菜夏が同時に声をあげる。

「うちの親は、うちになんかあったら、心配して駆けつけてくれる……」

京都タワーの階段を駆け上って息を切らしていた父親の姿を思い出す。

厳しい言葉ばかりだが、母親はいつも自分のことを気にかけてくれていた。

翻って、瞳子はどうだろうか。

父親は言わずもがなだが、母親だって、悪い人ではないのだが、ずっと塞ぎ込んでいたイメージしかない。

「うち、瞳子の気持ち、全然わかってへんかった。無自覚に、追い込んでた……」

苦労したこと無い奴が上から見下しやがって。お前なんかに憐れまれてもムカツクだけなんじゃボケ――周自身が、芝崎との会話で口にしたセリフだ。

学校生活には恵まれなかった周だが、家族には恵まれていた。

それは、芽衣と菜夏の関係にも言えることだ。

「そやけど――そやけど、うちの気持ち、届いた。少なくとも、自分は一人やないて、そう思てくれた。ほしたら、無差別に火い付けてまわることに、抵抗が生まれたんやろな。うちに迷惑かけたないて、そうゆうてたもん」

説明しながら、身体が重くなる。

瞳子を犯罪者にせずにはすんだ。それがこんな悲劇に繋がった。自分が瞳子を刺したようにも思えた。

まだ脈はあると父親は言っていた。だが、あの怪我だ。楽観視はできない。今は、助かって欲しいと願うことしかできなかった。

「うちは最初、この放火事件、瞳子と菜夏ちゃんの復讐や思ててん。火に巻き込まれた人ら、瞳子のお父さんのビジネスの関係者ばっかりやったから。そやから、ほんまの目的聞いたとき、なんか、納得できひんかってん。いつ、誰が、ひょっとしたら自分が、どんな目に遭うかわからへん。そうゆう状況になって初めて、みんな、他人の気持ちをおもんばかれる……そうゆうてたな？」

「そうや！」

「それだけが目的やったら、普通に無差別テロ起こすだけでよかったやん」

「それは！」

癇癪を起こしたように、菜夏が叫ぶ。

「どうせ殺すんやったら、マルチとかネズミ講で、他人を食いもんにしてる奴らを狙《ねろ》た方がええ思たんや。悪い奴らを。ガソリン運んだ人らも、全員そうや」

「まあ、その考えも、ぎりわかるわ」

あっさりと認めると、逆に不安そうに菜夏の顔が曇った。

「そやけど、そんな壮大な計画、正直ゆうて、菜夏ちゃん一人で実行できると思えへん。もちろん、うちがやっても無理やったはずや。直前で瞳子も抜けてしもてるんやろ？　計画に変更も出たやろうし、余計にテンパるんちゃうか？」

アプリを使うとは言え、テキストのやり取りは膨大だ。指示を送る相手だって、一人や二人ではない。

「それは、そやから、事前に、準備して……確かに、思た以上に上手いこと行ったけど」

「そこで、ひっくり返して考えてみたんや。むしろ被害に遭《お》うた人らは、自分から進んで、計画を成功させようとしてたんちゃうか、て」

声もなく、菜夏は顔を仰け反らせた。感心したのではなく、呆れていた。

「自分から進んで火だるまになったやなんて、あほちゃうか」

「そうですよ、周さん。いくらなんでも、それこそ考えが飛躍しすぎです」

「そう考えた方が、いろいろ自然やねん。普通、テキストで指示されただけで、防犯カメラに映らんように移動できたり、鍵の３Ｄデータとか、取るやろか？　怪しい闇バイトやで？　直前でびびってやめる奴が一人もおらんかったんも、おかしい思わへんか？」

　菜夏の嘲笑が凍り付く。

「これは、うちの想像でしかないけど……」

　小さく深呼吸して、周は言った。

「加害者家族から、被害者家族になりたかったん違《ちゃ》うやろか」

　しん、と空気が静まった。

　その反応が納得故なのか、荒唐無稽と呆気にとられているからなのか、周には判断がつかない。

　菜夏が、反論しようとしているのか口をパクパクとさせる。言葉は出て来ない。

「加害者家族がどんな目に遭うかは、今さらこのメンバーにゆわんでええやろ？　そうおかしい理由やあらへん思うけどな」

　ごくりと、芽衣の喉が鳴った。

「仮にそうだとしても、わかんないです。そこまでして、どうして藤城さん、殺される必要があるんですか？　そんな手の込んだことするんだから、普通に自殺じゃ駄目な理由があるんですよね？」

　ちらりと、周の視線が藤城を見つめる。藤城の表情から感情は消えていた。

カラカラに渇いた喉を湿らせるため、唾を飲み込む。

「藤城さん自身も、加害者家族やからや」

息を呑む音は、芽衣から発せられたものだった。

何も知らなかったのか、菜夏の両目が倍近く見開かれている。

「初めて会《お》うた時、ゆわはりましたよね。藤城さん自身も、加害者家族やて。そやから、辛さ、わかるて。ほんで、お兄さんがやはるゆうたはったやないですか。どこにいるかわからへんお兄さんが。そのお兄さんが……」

最後まで言えず、表情を窺う。藤城は、否定も肯定もしなかった。

腕を組み、夜風に吹かれるまま、たたずんでいる。

「たしか刑務所て、受刑者が移送された場合、本人からの手紙が無いと、どこに行ってしもたんかわからへんのですよね？　それに、滋賀大の教育学部、中退したはるし、弟さん、イジメに遭《お》うたて……」

同じく弟のいる芽衣が、目を瞬かせた。弟の手料理という話題で盛り上がっていたのを、周も覚えている。

「過去の事件調べたわけちゃいますけど、これだけ材料そろてたら、そうかなて。正直、こじつけの部分もありますけど、でもこの考えやと、全部繋がるんです。悲しいことに」

目を伏せながら、周は願っていた。違っていて欲しいと。だが、これしかないという確信もあった。

「藤城さんは、瞳子と菜夏ちゃんの恨みを利用して、京都中のあちこちを放火するよう、コントロールした。実際は、大勢の人に痛みを感じさせるんと違《ちご》て、大勢の加害者家族を、被害者家族に変えるために」

周が言葉を発するごとに、空気が重くなる。

「瞳子の母親殺して、家燃やしたんも、ひょっとしたら、瞳子を被害者家族にするためとちゃいますか？　家を燃やさはったんは……藤城さんですよね？」

驚いたのは、菜夏だった。

「うそやん……私、瞳子ちゃんのお母さん、殺すようになんか、指示してへん。そもそも、指示出した相手が藤城さんゆうのも、知らんかった」

「そうやな。藤城さんが京都タワー来て、びっくりしてたもんな。自分で殺そうとしてたもんな。多分やけど、藤城さんは、菜夏ちゃんが計画通りいかへんて怒ったところを、殺されるつもりやったんちゃうやろか」

……まだ、藤城は黙ったままだった。

「セキュリティレベルの高いメッセンジャーアプリ使《つこ》たら、実行犯から計画考えたリーダーに辿りつくのは難しい。逆に考えたら、リーダー側からも、指示を与えてる相手がどんな人か、わかりにくいゆうことや」

そのアプリを菜夏に教えたのも、藤城かもしれない。

「うちら、藤城さんから、これから瞳子に会いに行くゆう電話もろたとき、近くにいてたんです。その直前に、瞳子の家にも入って、瞳子のお母さんが亡くなってんのも、確認しました。家が燃えたんも」

この時に気づくべきだった。

気づけたはずだった。

藤城が木之下家を後にし、自分達が訪問するまで、二〇分ほどの時間差しかなかった。この間に人一人を殺し、時限発火装置をセットするなど、簡単なことではない。

手際がよくなったのだと、あの時は考えた。この考えも間違っていた。実行犯は全て別人だ。そんなことあり得ない。

藤城が犯人なら、手際も何もない。どうやって殺したかはわからないが、そのための時間ならたっぷりとあった。

「細かいことゆうと、パンプスから運動靴に履き替えはったんも、最初から京都タワーの階段のぼること、わかってたからやないんですか？　これは、今んなって気いついたことですけど」

藤城は、答えない。ただじっと、腕を組んで、こちらの言葉を受け止めている。

「違《ちゃ》うんやったら違《ちゃ》うゆうてください。できればうちも、違《ちご》てて欲しいです。別の答えをください。みんながハッピーエンドになるような答えを。お願いです。ただ、ええかげんなことは、ゆわんといてください。今はごまかせても、後で調べたらわかることですから」

生まれて初めて、周は祈った。神仏にではなく、藤城の良心と正義に。

藤城が、薄く微笑んだ。悲しい微笑みで、答えを聞くよりも先に、周は絶望した。

「うちの兄は、奥さんと自分の子供を殺してしもたんです」

戦慄が、恐怖が、怖気が、三重の螺旋になって駆け抜けた。

重力を失ったように周の身体が揺れ、支えるために、壁に手を伸ばす。

想像していたよりも、息が苦しくなる内容だった。寒々とした風が吹き付け、心ごと身体が震える。

「奥さんからのＤＶが、結婚直前からあったみたいで。そやけど、男側がどんだけ訴えても、誰も信じてくれへんかったみたい。私も信じひんかったし。むしろ、女の暴力なんか愛情表現やろとか、それぐらいで愚痴るなとか、周りにも言われてたみたい。それで、兄はどんどん心を病んでしもて……」

お腹の奥で、不快感がぐるぐると渦を巻く。

「殴る蹴るだけやのうて、稼ぎが悪いとか、男のくせにとか、こんな父親やと子供がかわいそうとか、そういう言葉の暴力もあったみたいなんです。そうゆうのが三年続いて、とうとう我慢できひんようになってしもて……でも、ガスで無理心中するつもりが、隣の家の人が気いついて、ぎりぎり兄が……お兄ちゃんだけが、助かってしもたんです」

芽衣がいつか言っていた。周の喜怒哀楽は、全部が笑顔だと。

今の藤城もそうだ。あらゆる感情が、笑顔によって糊塗《こと》されている。

滋賀県民の藤城だが、京都人と長く過ごすうちに似てしまったのだろうか。あるいは、自分の感情を押し殺すことに特化すると、誰でもこういう所作が身につくのかもしれない。

「いっそのこと、全員死んでくれてたら、どんだけよかったか……」

言った本人が、一番胸くそ悪そうに床に視線を落とす。それでも、やはり、微かな笑みが浮かんでいた。

「自分のお兄ちゃんに、死んでくれてたらよかったて考える自分が、一番嫌やったわ。ケンカしたことないゆうたらうそになるけど、優しいお兄ちゃんやったんです」

　遠い日を思い出したのか、口調がわずかに砕けている。藤城が纏う厳格さは、一種の甲冑《かっちゅう》だったようだ。そこに、初めてヒビが入った。

　だがそれも一瞬のこと。

　風が藤城の髪を撫でつける。顔にかかるそれをかき上げると、鋭い視線が向けられた。

「この三人やったら、身内が犯罪者になると、残ったもんがどうなるかわかりますよね。そらもう、ひどい目に遭いました。おかげで父は蒸発したし、母も、首吊ってしもたんです」

　冬の夜風をよりいっそう冷たくさせる声で、藤城は天を仰ぎ見る。悲しいはずなのに、ずっと微笑みが張りついている。寒さよりも、その笑顔にこそ身を切られるような痛みを感じて、ストールを握りしめた。

「毎日変な宗教団体から電話かかって来たり、直接訪ねて来られたり。信心が足らんから犯罪を犯すんやとか言われて、お布施をせがまれて、断ったら唾吐かれたり、家中落書きされました。消しても消しても、ドアとか壁とかに、何回も、何回も。死ねとか、出ていけとか、夜道に気をつけろとか。あとは……口にするのも憚られるような、ひどいことも」

　藤城が自分の身体を抱きしめる。性犯罪的な脅迫があったことは、簡単に想像できた。

「あげくに、お兄ちゃんがしたこと書いたビラを、近所中にばらまかれて、周りから白い目で見られて。友達も、大学の教授も、誰も喋ってくれへんようになって。そやのに、引っ越そうにも親戚の誰も保証人になってくれへんで……そのまま住み続けんの、どんだけしんどかったか。最後の方は、窓ガラス全部割られてしもて、ビニールシート張ってごまかしてました。新しいのに替えても、どうせまた割られてしまうんで」

加害者家族へのバッシングは一通り経験したと、他ならぬ藤城本人が言っていた。それも、初対面の時に。

今になって、どういう思いで藤城がアドバイスしてくれていたのか、本当の意味で理解できた気がする。

周の目には、悲しいほどに憐れみが浮かんでいた。

「弟も、いじめられて、高校行かれへんようになって……もう一〇年以上前の話やけど、はっきり覚えてます。弟の担任が、早《は》よ転校した方が身のためですよて、吐き捨てたんを。抗議しても、どうせもうすぐ生徒や無くなるから、相手する必要あらへんゆわれて。弟はそれで人間不信になってしもて、あれから一歩も外でられへんようになってしもたんです」

「どこでも、今も昔も、同じなんですね。どうしてこんなことが繰り返されるの……」

同じ目に遭った芽衣が悔しそうに呻く。菜夏でさえ、苦い表情でうつむいた。

「私も、ショックでした。教育学部通て、教育実習して、あとちょっとで教員免許取れるとこやったんです。そやのに、現役の教師からそんな風に言われるやなんて。生まれて初めて学校に絶望して……教師になる夢、諦めてしもた」

上擦った藤城の声が、胸の一番深い場所を叩いた。同時に、わかってしまう。藤城がどうして、こんなことをしようと考えたのかを。

「殺されようとしたんは、やっぱり弟さんのためなんですね。他にも、瞳子のお父ちゃんに苦しめられてた人ら、マルチやらネズミ講やらに手え出した人らの家族のために、こんなことしゃはったんですね」

多くの遺族が、テレビの映像で泣き崩れていた。あの姿を見て、心ない言葉を投げかける人はいないだろう。

英雄的な死に方と言えば語弊はあるが、火だるまになった人を助けようとして、もらい火で亡くなった人が多かった。勇気を称えられていたし、遺族は多くの人に慰められ、同情されていた。あれも、被害者家族であると印象づけようとしての行動かもしれない。

「加害者家族から、被害者家族になる。そのために、瞳子と菜夏ちゃんの憎しみを、利用しゃはったんですね。二人の感情を煽って、痛みを知ることで他人をおもんばかれるようにするて計画立てさせて、その計画を利用した」

「そんなことに利用されたなんて……二人がかわいそうすぎる」

芽衣の頬に、大量の涙が溢れ出す。声は、ひび割れたように掠れていた。

「うそや……そんなん、うそや。ほな、私らがやって来たことて……」

今まで自分の拠り所にしていた考えが、実は他人に誘導されたものだと知って、菜夏が放心する。

その背中を、芽衣が優しく撫でた。低い嗚咽が、心まで寒々とさせた。

「京都の文化財狙わはったんも、ちゃんと被害者家族が注目されやすいようにですよね。世間に、かわいそうな被害者家族として印象づけるために、ここまで派手なことしゃはったんちゃいますか」

「でも、瞳子ちゃんは、直前で気づけた」

芽衣の声は、泣きじゃくる寸前の様に震えている。

「周さんが、宇宙からの生配信で呼びかけたから、一人じゃないって、そんなことしなくても、自分のことを気にかけてくれる友達はいるって、思い出せた。だから直前で、計画を抜けられた……」

藤城が使った洗脳の手口の第一段階は、人間関係の破壊だ。壊れたと思っていた人間関係が実は繋がっていたと、瞳子は気づけたのだろう。

「菜夏ちゃんにも芽衣ちゃんがいたんやけど、隔離されてしもて、声は届かんかった」

芽衣が傷つかないよう、周は先んじて自分を嘲笑《あざわら》った。

「うちはほら、あほみたいに無鉄砲やから。宇宙からメッセージ流すとか、こんなあほみたいな計画立てる奴、まともな人間には相手でけへんわ。そやからこそ、瞳子にメッセージが届いたんや。宇宙規模のあほやから」

ぐちゃぐちゃな顔で、芽衣が微笑む。微笑みながら、首を激しく横に振っていた。

「周さんは、あほじゃありません。優しい人です」

泣き顔をまともに見られず、周は藤城に視線を向ける。

藤城が、困ったように苦笑していた。

「これしかなかったんです。これしか、思いつかへんかって。そやないと、いつまでたっても私ら、加害者家族やったから」

「そやからゆうて、なんぼなんでもやりすぎとちゃいますか。金閣寺とか燃やすよう指示するやなんて」

「あれが一番燃やしたかったんです」

藤城の言葉が予想を裏切る。てっきり、耳目を集めるため標的にしたのかと思っていた。明確な目的があって、金閣寺などを狙ったようだ。

「みんな、綺麗なもんに目え奪われて、私らみたいな地べた這いずり回る人間のことなんか、全然見向きもせえへん」

「地べたて……」

「他の観光地も全部そう。お寺も神社も、地元の人間のもんのはずやのに、観光客とかインバウンド向けのもんになってしもた。なんやったら映画とかドラマまで、祇園《ぎおん》とか嵐山とか、はんなりとかイケズだけ抜き出して、お手軽エスニック京都をつまみ食いして」

初めて聞く単語だが、周がイマジナリー京都人と呼んでいたものと、おそらく似たものだろう。

「そうゆうの、ピンハネの構造とおんなじで、虫唾《むしず》が走るんです。そやから、そうゆう連中が近づかんように、京都中の観光地、燃やしたかったんです。特に京都タワーは、ずっと気に入らへんかって。底辺の人間が見上げて、観光に来た金持ちの連中が見下ろしてるみたいで」

淡々としたいつも通りの口調で、藤城は髪をかき上げる。

「観光とか、文化事業には予算があほほど出んのに、被害者支援はもちろん、加害者家族支援には、雀《すずめ》の涙しか出えへん。文化庁が移転して来てからは、特にそう。京都に関係無い偉そうな連中が、京都の文化事業に偉そうに指図して、京都で苦しんでる人らを無視するところ、反《へ》吐《ど》が出そうです」

「予算の枠組みに、文化庁とか観光とか、関係あらへんでしょ」

一般論を口にするも、藤城の表情は小揺るぎもしない。

「伝統とか文化ばっかり保護して、今を生きてる人はほったらかしなんが問題やゆうてるんです。そんなやり方に、未来があるとは思えへん」

「京都は伝統と文化だけで成り立ってんのとちゃいますし、その伝統と文化かて、支えてるんは今を生きてる人らです」

吐き捨てた言葉に反論すると、藤城の顔が残念そうに微笑んだ。

「周さんは、そっち側になるんを選んだんですね」

殴られたような衝撃が胸を突く。

――被害者か加害者、どっちになりたいですか?

初めて顔を合わせたときに、尋ねられた言葉だ。

あの時も今も、咄嗟に答えは出てこない。

だが、加害者も被害者も、ましてやその家族にいつなるのかなんて、予想できないことだ。

それぐらいは、理解できるようになった。

「藤城さんの気持ちは、わかります。うちも、藤城さんらには及びもせえへんけど、誹謗中傷受けたし、その辛さとか、知ってるつもりです。それでも!」

抑えきれない感情が、危うく爆発するところだった。怒鳴り散らしそうになるのをなんとか堪える。

「それでも、納得できひんことがあります。最初の計画通り、藤城さんが殺されたとして、その後、菜夏ちゃんをどうするつもりやったんですか？　瞳子は、両親が亡くなって、被害者家族になれた。そやけど菜夏ちゃんは？」

　あっと芽衣が声をあげ、菜夏の顔を覗き込む。

　菜夏の震える瞳が、周と藤城を交互に見つめた。

「私、あの後、死ぬつもりで……だって、妹のためにも、私が生きてたら、かわいそうなことになるし……そうなったら、養子縁組の話かて、無くなってまうかもしれへん」

「そう。この計画やと、菜夏ちゃんはどうやっても死なあかんかった。本人も、死ぬ覚悟を決めてた。そやから、京都中に火いつける命令も出せた」

　放火は、数ある犯罪の中でも特に罪が重い。死刑もあり得る。

「そうやって犯罪に手え染めさせて、引き返せへんようにして、最後に藤城さんを遠慮無く殺せるよう、補助金の着服とか、そういうのんもでっちあげたんちゃいますか。ほんで、京都タワーにやって来た」

「ひどい……」

　周は、初めて芽衣の両目に憎しみが籠もったのを見た。友人を利用しようとした大人に、おそらくは信頼さえしていたであろう相手に、黒い炎のような感情が向けられる。

「さすがにそれはあかんでしょ。藤城さんの仕事は、弱い人を作り出すことやのうて、弱い人に寄り添うことでしょ。そやのに、なんで……」

「疲れてしもたんです」

微笑んだ藤城の顔が、突然老け込んだように見えた。皺が増えたわけでも、髪が白くなったわけでもないのに、纏《まと》う空気がくすんで、声と表情がひび割れたように感じられた。

「疲れたて……」

高校生の周には、実感することのできない、得体の知れない感覚だった。

だが、命を懸けた行動が、いい加減な信念でなされているとも思えない。

それに、動機は理解できなくても、藤城の哀しみは理解できた。

「どんだけ訴えても、仕事しても、私らみたいな加害者家族への誹謗中傷は減らへん。むしろ、ずっと増え続けて、そのたんびに人間の汚い部分ばっかり見せられて……なんで人間て、他人に対してあんな残酷になれるんやろ。自分には一ミリも関係あらへんことで」

ここにいる四人全員が経験したことだ。周は、自分の動画の炎上事件で。他の三人は、加害者家族として、誹謗中傷を受けた。どれもが理不尽な暴力で、小さくない傷を、それぞれの胸に刻んでいる。

「私、マスク取るんが怖いんです。素顔やと、指さされてるような気がして。誰かとすれ違《ちご》うたあと、ひそひそ話したはんの、ひょっとしたら自分のことかもしれんて考えてしもて」

周も中華料理店で絡まれたとき、思わずマスクをして顔を隠した。

「どこで調べたんか、今でも『犯罪者の家族は出て行け』て脅迫状が来ることもあるんです」

ひまわりの会に刑事が来た時にも、そんなことを言っていた。あれは、藤城に届いたものだったのか。

「汚い言葉聞くたんびに、私の罪は消えへんにゃなて思い知るんです」

「そもそも最初から、藤城さんに罪なんかあらへんやないですか！」

「罪があらへんにゃったら、私が婚約破棄されたん、なんでなんやろ。あの人、親に命令されたゆうて、反論もせんと、最後まで目え合わさんまま別れてしもた。おんなじことするかもしれんから怖いて、捨て台詞まで残して。四年も付《つ》き合《お》うて、私がそんなことするかどうかわからへんやなんて。あの人と過ごした時間て、なんやったんやろ」

「そんな男と結婚せんでよかったやないですか！　こっちから捨てたった思たらええんですよ！」

「……強いなあ。私も周さんみたいに、強う生きられたらええのに」

「強いことなんかあらへん！」

芽衣にも、瞳子の母親にも言われたし、言い返したセリフだ。

限界が来て、周はさらに強く叫ぶ。

「どいつもこいつも、人のこと強い強いゆうて、お前らにうちのなにがわかんねん！」

ついにブチ切れ、髪を振り乱し、ぐちゃぐちゃになった感情を放つ。

「うちが強かったら……もっともっと強かったら！　人生、もっと楽に生きられたわ！　瞳子かて、あんななる前に助けられた！　うちは……強うなりたかった」

強い人間ほど苦しむという。

だとしたら、自分よりも強い人間が、目の前にいる。理不尽な目に遭い、悪意にさらされながら、それでも自分と同じ立場の人たちを支えてきた人が。

なのにその人は、悪意にさらされすぎて、この上なく疲れてしまい、絶望に飲み込まれ、それでもなんとか今の立ち位置から逃れようとして、大それた計画を企ててしまった。

なんて悲しい悪なんだろうか。

けれどもその悪に、周は助けられてもいた。

「うちがぎりぎりのところで耐えられたんは、ただの偶然です。瞳子にもっかい会いとうて、芽衣ちゃんと出会《でお》うて、藤城さんや高橋さんが助けてくれたおかげです。芝崎さんと話すのもおもろかったし、クソみたいな迷惑動画配信者に絡まれたとき、藤城さんが助けてくれはったん、どんだけ心強かったか。実際途中で挫《くじ》けそうでした。土師さんゆうて、尊敬してる人からの電話がなかったら、どないなってたか。ほんまに、周りのみんながいいひんかったら、うちかて、うちかて……」

いつの間にか、震える程強く、拳を握りしめていた。

意識して拳を開き……告げた。

「うちは……加害者と被害者、どっちに転んでも、どっちの気持ちも忘れたない思てます」

加害者と言われることに、今も呑み込むのが難しい感情がある。今回の件に限って言うなら、自分はずっと被害者だったとも思っている。

でも、少なくとも藤城達が切実な理由で犯行に及んだことは理解できた。

藤城に対する怒りはあった。血液が沸騰するような怒りが。でもそれ以上に、計画の持つ悲しさが、周の心臓から温度を奪っていく。

こんな方法でしか救われない人達がいたなんて。実際に、藤城の計画に賛同し、自ら火だるまになった人達がいるのだ。そう決断せざるを得なかったことに、やるせなくなる。

突然、藤城が動いた。

床に転がっていた菜夏の鞄を拾い上げ、中からガラス瓶を取り出す。

あっと思っている間に中身を浴びて、ライターを構える。

オイルライターだ。いつの間にか拾っていたらしい。

「藤城さん！」

悲鳴のように叫ぶと、照れくさげな微笑みが返ってきた。

「よかった。私の仕事にも、ちょっとは意味あったんやね」

声には、吹っ切れたような清々しさすらある。

「なんとなくですけど、最初から嫌な予感してたんです。初めて学校に行く前、周さんの動画見た時から。私みたいな人間が、こんなキラキラした子に関わったら、眩しいて、目えやられてまうんちゃうかて」

「うちが、キラキラ？」

今までで、一番予想外の言葉だった。

こんなにも鬱屈し、ままならないことばかりの人生なのに。藤城には自分がそんな風に見えていたのかと驚く。

「そしたら瞳子ちゃんの友達やてわかって、余計に。あそこでやめといたらよかったんやけど、もう、計画、動き出してて」

ライターに添えられた指に力が込められる。

青ざめながら、周は必死に頭を振った。

「やめてください。お願いです。藤城さんが亡くなったら、弟さん、どないしゃはるつもりなんですか。うちは今回の真相、バラしますよ。警察にもマスコミにも言います。弟さん、また加害者家族ですよ」

「私が生きてたら、余計に辛い思いする思うねん。後のことは、悪いけどひまわりの会の人に頼みます」

「そない簡単に諦めんといてください。生き残ったもんが……最後に立ってたもんが、勝ちやないですか。最後まで諦めんかったら、なんとかなるはずです！」

「生きてんのが、もう辛いねん」

寂しげな微笑みに、周の全身から力が抜けていく。藤城を説得できないことが、理性と本能、両方で理解できたからだ。

それでも、やけくそで叫び続ける。

「琵琶湖の水止めるんとちゃうんですか！」

藤城が吹き出し、お腹を抱え、涙を拭う。

「優しいなあ。ほんま、周さんは優しいわ。最後に話せたんが周さんでよかった」

「あかん！　あかん――！」

シュッと音がして、藤城の右手に火の塊が生まれた。爆発するような勢いではなく、紫の炎がゆっくりと拡大していく。

次に燃えたのは、藤城の髪だった。長く、緩いウェーブのかかった美しい髪が、ちりちりと灰になっていく。

「藤城さん！　藤城さん！」

その火を消そうと近づくが、藤城が無言のままライターを握る手を突きつけてくる。炎の勢いは一瞬ごとに増していて、熱の圧力が周を近づけさせない。

やや色の濃い、エキゾチックな魅力に満ちていた肌は、見るも無惨な姿になっていた。

やがて、藤城の身体が膝から崩れ、床を打つ。

地面を濡らしていた灯油に炎がうつり、藤城の周囲は炎に囲まれた。

そうなって初めて、周は藤城に近づけた。

コートを脱いで、火を消そうと叩きつける。勢いは落ちない。逆にボアに燃え移り、紫炎が周のコートを、そしてその下に着ていたウールのセーターを同じ色に染めた。

「周さん！　危ない！」

周の手が引っつかまれる。驚いている間に手からコートが叩き落とされ、無くなった窓の外に放り投げられた。さらに組み敷かれ、芽衣が自分の身体を覆い被せて、セーターの火を消してくれた。

「はぁ、はぁ、はぁ……よかった。よかったぁ。よがっだぁぁぁ……」

安堵すると同時にぼろぼろと泣きだし、可愛い顔をぐちゃぐちゃにさせる。

「芽衣ちゃん……」

頭を撫でてなだめると、泣き顔が胸に押しつけられた。芽衣の涙は温かく、柔らかい。

礼を言う前に、怒鳴り声が響いた。

「混蛋《フンダン》混蛋《フンダン》混蛋《フンダン》混蛋《フンダン》混蛋《フンダン》！　危ないことしちゃ駄目じゃないですか！」

「ごめん、芽衣ちゃん。そやけど……」

炎の塊を見つめ、周は吐息する。

藤城は——藤城だったものは、既に動かなくなっていた。灯油と肉の焦げる嫌な臭いを残し、ぴくりともしない。

やりきれない思いが胸を満たす。細胞のひとつひとつにまで、疲労が刻み込まれた気分だった。

込み上がってくる感情を呑み込むために、天を仰ぎ見る。今泣けば、立ち直れそうにない。

「藤城さん……多分、この結末、わかってたんじゃないでしょうか」

「なんでそう思うん？」

「だって、今までの手口はガソリンだったのに、最後に菜夏ちゃんに用意させたの、灯油でしたから」

「そやな。ガソリンやったら、火の勢い、このくらいで済まへんかったやろうしな」

ガソリンへの引火は、標準的な消火設備では対応できないほど激しい。展望室の窓ガラスが割れたことや、木之下家の燃え方からも、それはわかる。もしガソリンが使われていたら、周と芽衣の身体ごと燃えていただろう。

「それに、やろう思たら、うちら全員殺して、改めて別の人間に殺されることもでけたやろうし」

「藤城さん、最後の最後で、私達を巻き込まない方法を選んでくれたんですね」

「……あほやな」

容赦なく、周は断じる。

「ほんま、どうしょうもないあほやわ。そんな気い遣うぐらいやったら……生きてて欲しかったのに」

藤城のやったことは、許されないことかもしれない。それでも周は、藤城に助けられた。動画の炎上事件の時、藤城のアドバイスがどれだけありがたかったか。助けられた人は、自分以外にも大勢いるはずだ。

そんな人たちのためにも、これからそうなってしまうであろう人達のためにも、生きて欲しかった。

吐息して、ぼろぼろになったセーターを脱ぐ。肌が若干ひりひりしているが、幸い火傷《やけど》はしていない。芽衣の素早い対応のおかげだ。

風が吹いて、寒さに震える。階段を上ってくる途中はあれだけ暑かったのに、今は身を切るような冷たさが辛い。自分の身体を抱きしめるようにしていると、芽衣が上着を貸してくれた。

早く地上に降りたかったが、疲労が溜まって、長い距離を動く気になれなかった。それに、警察も呼んでいる。来るまで待った方がいいだろう。

菜夏は、うずくまったまま放心していた。芽衣が優しく抱きしめると、声もなく涙が流れ落ちる。今一度、芽衣が強く抱きしめた。逃げる心配は無いはずだ。

ただ、暗くて寒いのだけは辛い。何かないかと、周囲をさぐる。

上ってきた非常階段とは別に、下へ降りる階段が見つかった。今気づいたが、展望室は二つのフロアでできていた。

移動すると、工事道具が並べられていて、防寒のための大きな電熱ヒーターが二つ見つかった。充電式だ。電源を入れると、暖かな光が灯った。

芽衣と菜夏を呼び寄せる。寒々とした場所に置いておけないし、焼けた藤城の遺体と、ずっと一緒にいさせるのも酷だ。

三人で暖を取る。ガラスのなくなった窓からオレンジの光が漏れ、その姿が向かいの京都駅ビルに映っていた。

まるで——

「こうして見ると、京都タワーって、和蠟燭っていうよりは灯台みたいですね」

「ちゃうねん」

芽衣の感想を、周は否定した。

「もともと京都タワーは、灯台をモデルにしてんねん。和蠟燭は後からのこじつけ。京都人やったら、たいていの人は知ってるんちゃうやろか」

「そうだったんですね。言われてみれば、そっちの方がしっくりくる形かも」

「蠟燭が燃えるてコメント、あったやろ」

京都タワーが燃える直前のことだ。確かに、『次は蠟燭が燃える』と書き込みがあった。

「あれでピンと来てん。これ書いたんは、京都人か、京都に詳しい奴やて。そやけど、わざわざ犯行予告で、自分の身元を明かす奴なんかいいひんやん？　捜査の範囲が狭まるのも嫌がるはずや。そやからあれ書いたんは、うちになんか伝えたいことがあって、あんな書き方したんやろなて思てん。うちに内緒でメッセージ送る相手なんか、一人しかいいひんやん」

「瞳子ちゃん……」

「実際にメッセージ書き込んだんは——書き込むよう指示出したんは菜夏ちゃんやろうけどな。ひょっとしたら、台本書いたんは瞳子ちゃうか？　その台本残して、菜夏ちゃんの前から消えた」

ちらりと菜夏を見る。反応は無い。否定する必要が無いということだろう。

「うちを火事に巻き込まへんためやったと思う。『次は、お前が燃える』ゆうコメントも、気をつけろゆうことやったんや。最初は、瞳子の書き込みやて思てたおかげで、命狙われてると勘違いしてしもたけど。そやないと、最後にうちを庇うために出てきた理由、わからへんやろ。知らんけど」

「知らんことないじゃないですか。きっとその通りですよ。瞳子ちゃん、周さんのこと、心配してたんですね」

「友達やからな」

照れることなく答えると、芽衣のポケットから音楽が聞こえた。クイーンとデヴィッド・ボウイが共作した『アンダー・プレッシャー』だ。周の父親のスマホからだ。

公衆電話と表示され、父親からだとぴんとくる。滅多に見ない公衆電話だが、病院にはまだ設置されていることが多い。

芽衣がそれを差し出してくるが、嫌な想像をしてしまって、応答アイコンをタップするのが怖い。

だが、このままにもしておけず、一度だけ深呼吸して、周は覚悟を決めた。

「瞳子ちゃん、無事やで！　なんとか助かったで！」

「ほんまに!?　よかった……」

限界がきた。

視界が灰色に滲み、頬に生ぬるい感触が伝わって、音もなく雫が落ちた。

泣き笑いながら涙を拭う。聞こえていたのか、芽衣も同じようにぐちゃぐちゃな顔で抱きついてきた。

「あかん……あかんて」

動画のメッセージに気づいてくれていた。

赤い髪を見せることも、メッセージを込めたピアノを聞かせることもできた。

命を狙われたところを助けてくれて、一命を取り留めてくれた。

拭っても拭っても、涙は止まらなかった。

「会いたい……はよ瞳子に会いたい。ほんで、またあほな話で、笑いたい。ピアノ、他にも聞かせたい曲、いっぱい、いっぱい、あんねん……」

ぐずぐずと鼻を鳴らしながら、周は床にうずくまる。緊張の糸が切れて、全身に力が入らない。電話の向こうで父親がまだ何か叫んでいたが、耳に入っても来なかった。今までに感じたことの無い安堵と喜びが溢れ出してくる。

「ほんま、友達て、なんでこんなめんどくさいにゃろな」

「思っていないこと、ゆうたら駄目ですよ」

芽衣が優しく抱きしめてくれる。柔らかな感触に救われる気分だ。もし一人だったら、様々な感情に押しつぶされて、耐えられなかっただろう。

しばらくして地上を覗き込むと、下には大勢の人が集まっていた。光に誰かが気づいたらしい。パトカーもあった。警察が上ってくるのも、時間の問題だ。

壁にもたれながら、視線を京都駅に向けた。

ガラス張りの京都駅ビルに、光を放つ京都タワーが映っている。

その姿は、芽衣が指摘したとおり、モチーフとなった灯台そのものだった。

不意に、周は理解する。

登下校時の電車に乗っているとき。

京都の狭い路地を歩いているとき。

修学旅行などで他府県から帰ってきたとき。

他のどんなときでも、京都タワーが見えると、いつもどこかほっとした気分になるのは、同じ場所にずっと存在してくれていたからだ。

広大な海路や暗闇に迷わないよう、変わらずに灯り続けてくれているからだ。

「ひょっとしたら、京都タワーがうちらを導いてくれたんかもしれんな。ほんまもんの灯台みたいに」

二人の声が静かにハモる。

「「知らんけど」」

本書は書き下ろしです。

桃野雑派（もものざっぱ）

1980年、京都府生まれ。帝塚山大学大学院法政策研究科世界経済法制専攻修了。南宋を舞台にした武侠小説『老虎残夢』で第67回江戸川乱歩賞を受賞し、デビュー。筆名は、敬愛するアメリカの伝説的ギタリスト、フランク・ザッパからとった。他の著書に『星くずの殺人』。

蠟《ろう》燭《そく》は燃《も》えているか

2024年4月22日　第1刷発行

著者……桃《もも》野《の》雑《ざっ》派《ぱ》

発行者……森田浩章

発行所……株式会社講談社

〒112-8001　東京都文京区音羽2-12-21

電話　編集　03-5395-3505

販売　03-5395-5817

業務　03-5395-3615

KODANSHA

本文データ制作……講談社デジタル製作

印刷所……株式会社KPSプロダクツ

製本所……株式会社国宝社

定価はカバーに表示してあります。

ISBN978-4-06-535025-6

N.D.C.913　350p　19cm